KB241468

Dr. 양의
대인관계
클리닉

나? vs 나!

나? vs 나!

양창순 지음

현대문학

2년 남짓 진행한 CBS FM 라디오 음악프로그램의 한 코너 '음악으로 쓰는 편지'가 어느새 2권의 책으로 엮어졌습니다. 청취자들의 상담편지를 읽고 답변글을 드리는 형식이어서였는지 방송을 진행하는 동안 많은 분들의 호응이 있었습니다.

출판사의 권유로 1차 방송분을 엮어《내겐 문제가 너무 많아요》란 제목으로 책을 낸 게 재작년이었습니다. 다시 시간이 흐르다 보니 이렇게 또 한 권의 책이 만들어지게 됐군요.

《내겐 문제가 너무 많아요》를 읽은 독자들로부터 여러 통의 이 메일을 받았습니다. 읽으면 읽을수록 공감이 가고 도움이 된다는 내용이 많았습니다. 그런 독자들의 격려와 출판사의 권유가 있었기에《내겐 문제가 너무 많아요》이후의 원고들을 모아 다시 책으로 펴낼 용기를 낼 수 있었습니다. 저야말로 기대 이상의 애정을 보내주신 독자들에게 그저 감사할 따름입니다.

저 역시 한 사람의 독자로서 늘 많은 책에서 위안을 얻곤 합니다. 한 가지 예를 들어보겠습니다. 제 개인적인 얘기라는 점 미리 양해를 구합니다.

전 자주 일중독이란 소릴 듣습니다. 늘 온갖 일에 파묻혀 지내다 보니, 저 자신 일을 하지 않고 있으면 오히려 이상할 정도이긴 합니다.

그러나 꽃노래도 한두 번이라고 자꾸 넌 일중독이다 하는 얘기를 듣다 보니 언제부턴가 그 얘기만 나오면 마음이 편치 않고 죄책감마저 느끼고 있는 형편이었죠.

그런데 얼마전 마슬로우라는 심리학자의 글을 읽다가 일중독의 긍정적인 측면(대개의 글들은 부정적인 측면만 강조해 놓은 것에 비해)을 단순 명쾌하게 설명해 놓은 구절을 발견했습니다.

어떤 사람에게 일과의 관계는 완전한 연애와 같아서 "서로 의미가 있으며, 그 사람과 직업은 마치 열쇠와 자물쇠처럼 서로 꼭 들어맞아 완전히 함께 존재할 수도 있다."는 것이었죠. 전 그 글을 읽으면서 그렇게 일에 열중하고 헌신함으로써 내게 허락된 소명을 이뤄나갈 수 있다면 무엇을 더 바랄까 하는 생각을 했습니다. 그순간 마음이 환해지면서 크나큰 위로와 평화를 느꼈습니다.

전 개인적으로 미약하나마 제 글이 많은 분들에게 그런 위로로 다가가기를 소망합니다. 그리고 그런 위로와 공감을 느꼈다는 독자들의 글을 받을 때처럼 감사한 순간이 또 있을까요.

우리는 누구나 살아가면서 수없이 많은 문제에 부딪칩니다. 그리고 그때마다 나 혼자서만 그런 위기의 순간을 맞는 것만 같습니다. 하지만 가만히 살펴보면 이 세상에 그와 비슷한 문제를 안고 있지 않은 사람 또한 거의 없습니다. 그만큼 사는 것은 문제와 위기의 순간의 연속이기 때문입니다.

우리가 부딪치는 온갖 문제들이 결국 그처럼 보편적이라면, 해답 역시 그 보편성에서 찾을 수 있습니다. 다른 사람들이 어떤 문제를 겪고 어떤 해결방법을 찾는지 살펴보다 보면, 내게도 길이 열리는 것입니다.

전 개인적으로 상담글을 모은 이 두 권의 책이 많은 분들에게 그런 공감으로 다가가길 소망합니다.

정신적으로 건강한 사람은 문제가 생겼을 때 그 문제를 있는 그대로 받아들이고 바로 거기서부터 해결방법을 찾습니다. 또한 자신의 모습도 있는 그대로 받아들일 줄 압니다. 잘났다고 우쭐해하지도, 못났다고 움츠러들지도 않습니다. 있는 그대로의 나를 인정하고, 다만 내가 지금 처해 있는 상황에서 최선을 다하려고 애쓸 뿐입니다.

인생에서 죽는 순간까지 나와 함께 하는 건 나 자신뿐입니다. 그런 나를 이해하고 받아들이고 사랑할 때 우린 편안함을 느끼고 정신적으로도 건강하게 살아갈 수 있습니다. 그리고 그렇게 나와의 관계를 잘 해나가는 사람이 남들과의 관계도 잘해 나갑니다.

우린 누구도 하늘이 왜 빨갛지 않고 푸르냐고 불평하지 않습니다, 있는 그대로 받아들일 뿐. 그런 것처럼 지금 내 모습이 마음에 들지 않더라도 불평하기보단 있는 그대로 받아들이는 자세가 필요합니다. 다른 사람에게도 마찬가지입니다. 상대방을 있는 그대로 받아들이고 인정할 때 우린 좀더 편안하고 건강한 대인관계를 해나갈 수 있습니다.

그리고 할 수 있다면 서로에게서 좋은 점을 찾는다면 더 이상 바랄 게 없겠죠. 이스라엘 어느 현자의 말처럼.

"언제나 다른 사람에게서 좋은 것을 찾으십시오. 그 좋은 것에 초점을 맞추고 그것을 치켜세우며 죄인마저도 성자가 되게 하십시오. 언제나 당신에게서 좋은 것을 찾으십시오. 그 좋은 것에 초점을 맞추고 그것을 치켜세우며 우울마저도 기쁨이 되게 하십시오. 받아들이는 것과 걱정하는 것 중에서 받아들이는 것을 택하십시오."

이 책이 나오기까지 애써주신 모든 분들께 감사드립니다. 그리고 무엇보다 다시 한번 독자 여러분들께 고개 숙이고 마음을 다해 큰 감사를 드립니다.

감사합니다.

2003년 1월
양창순

차례

부드럽게 No! 자신있게 Yes!

우정, 변치 않고 주고받기

표현하고 사랑하며

우울한 날에도, 행복한 날에도

'나'라고 말할 수 있는 자유

부드럽게 No! 자신있게 Yes!

사람들이 내가 어떤 사람이기를 원하든, 난 내가 원하는 내가 될 것이다.

―무하마드 알리(프로복서)

누구와도 잘 지내야 맘이 편해요

직장에서 유독 한 선배와 관계가 좋지 못한 것 때문에 속이 상하다고 하신 여자분께 편지를 보냅니다.

자신은 성격상 주변의 모든 사람들과 잘 지내야 맘이 편안한 타입이라고 하셨군요. 그래선지 어릴 때부터 상냥하단 말을 많이 들어왔고, 지금도 웬만해선 누구하고나 허물없이 지내는 편이라구요.

지금 다니고 있는 회사에 입사한 지는 6개월쯤 됐는데, 역시 모든 동료들과 다 친하게 잘 지내고 있다고 하셨어요. 그런데 유독 한 선배가 자신을 차갑게 대해 좌절감을 느끼고 있다고 하셨네요.

처음엔 자신이 그 선배에게 뭔가 실수한 게 있어서 그런 모양이라고 생각하기도 했다구요. 하지만 아무리 기억을 더듬어봐도 특별히 잘못한 일도 없고, 실수한 적도 없으시다구요. 그런데도 어째서 날 미워할까, 하고 한동안 고민이 많았다고 하셨네요. 한참 후에야 그 선배가 사실은 같은 부서의 모든 여사원들과 거리를 두고 있다는 걸 알게 됐다구요.

동료들도 원래 그런 사람이니까 신경쓰지 말라는 말을 해줬다구요. 그래도 한 사무실에서 이왕이면 잘 지내고 싶어 의도적으로 상냥하게 인사도 건네고 해봤지만 소용없었다고 했군요. 아무리 이편에서 먼저 다가가려고 해도 쌀쌀맞기가 이루 말할 수 없는데, 어떻게 잘 지낼 방법이 없는지 알고 싶으시다구요.

말씀하신 대로 상냥하고 정이 많은 분인 거 같군요. 웬만한 사람 같으면 그냥 못 본 체하고 말 상대방과 끝까지 잘 지내보려고 하시니 말예요.

하지만 때로 그런 관심이 통하지 않는 사람도 더러 있는 법이죠. 이 세상엔 온갖 다양한 성격을 가진 수많은 사람들이 있으니까요. 쉽게 친해질 수 있는 사람이 있는가 하면 그럴 수 없는 사람도 있죠. 왠지 편안한 사람이 있는가 하면 이상하게도 불편한 사람이 있고, 친절한 사람도 있지만 냉정한 사람도 있습니다. 칭찬하기 좋아하는 사람이 있으면 무시하길 즐기는 사람도 있죠. 낯을 가리는 사람이 있는가 하면 누구하고나 잘 어울리는 사람도 있구요.

사람들이 그렇게 천태만상인데 처음부터 그 모든 사람들한테 편안하게 다가가고, 또 그들이 모두 날 좋아해주길 기대한다면, 그건 지나친 욕심이 아닐까요?

제 개인적인 생각으론 이제부터 그 선배한테 조금은 무심해져도 좋을 것 같네요. 그 선배가 만약 심하게 낯을 가리는 타입이라면, 오히려 이편의 관심을 더 부담스러워할 수도 있으니까요. 그건 그 사람의 살아가는 방식이라고 여기고, 더 이상 마음쓰지 않는 편이 서로에게 좋을 경우도 있답니다.

분명 게으른 동료에게 문제가 있어요

게으르고 무책임한 동료 때문에 직장에서 여러 가지로 맘고생이 심하다고 하신 분께 편지를 보냅니다.

팀장과 동료 셋이 한 팀이 돼 일을 하는 시스템이라구요. 그런데 그 중 한 동료가 늘 문제를 일으킨다고 했군요. 근무시간에 사적인 전화를 길게 걸고, 틈만 나면 어딘가로 살짝 없어지거나, 자리에 있다 해도 일은 안 하고 딴 짓을 하고 있을 때가 많다구요. 덕분에 매번 일이 늦어져 다른 동료들이 그 일을 대신할 때가 많다고 하셨네요. 동료들은 어떨지 몰라도 자신은 그것 때문에 스트레스를 엄청나게 받고 있다구요.

팀장도 처음엔 다른 직원들에게 미안해하는 얼굴이더니, 이젠 으레 그러려니 하며 그 동료를 내버려두고 있어서 더 화가 난다고 하셨어요. 팀장도 성격상 소심하고 내성적인 타입이라 아마 대놓고 싫은 소리하기가 싫어서 그러는 것 같다구요.

그렇다고 자신에게 더 애쓴다고 칭찬하거나 수고한다는 인사치레 한마디 없다고 하셨네요. 그런 것도 서운하고, 분명 문제가 있는 동료 때문에 회사 분위기가 나빠지고, 일이 더 많아지는 것도 참기 힘들다구요. 이젠 아침에 출근하려면 그 동료 얼굴이 먼저 떠올라 짜증부터 난다고 하셨군요.

직장생활하면서 누구나 비슷한 문제를 한두 번은 겪지 않을까 싶군요.

문제의 누군가 때문에 몹시 화가 나지만, 그렇다고 뾰족하게 대처할 방법도 없어 딜레마에 빠지게 될 때도 많죠. 최악의 경우 상대방은 그런 이쪽의 심리상태를 교묘하게 이용해 더욱 뻔뻔해지는 수도 있구요.

결국 방법은 한 가지밖에 없지 않나 싶어요. 분명하게 이편의 생각을 전달하는 것입니다. 상담하신 내용을 포함해, 그 동료에게 어떤 점이 불만이고, 그 이유는 뭐고, 그로 인해 주변에서 어떤 문제들이 일어나고 있는지, 앞으로 그가 어떻게 해줬으면 좋을지 하는 것들을 일목요연하게 정리해서 그에게 전달하는 거예요.

흔히 그런 문제가 일어나면 정면으로 대응하기보다 뒷말을 하는 경우가 많은데, 좋지 않은 대응법이랍니다. 애기할 땐 비난하거나 화풀이하는 듯한 인상을 줘선 안 됩니다. 단지 한 팀의 동료로서 일 문제에만 초점을 맞추세요. 그 말을 받아들이든 안 받아들이든, 적어도 자기 한 사람으로 인해 동료들이 어떤 어려움을 겪고 있는지는 일단 깨닫게 해줘야 합니다. 그랬는데도 상대방이 태도를 고치지 않는다면, 그건 전적으로 그에게, 그의 삶의 태도에 문제가 있는 거니까 지나치게 신경쓰지 마세요. 굳이 이편에서 마음의 평정까지 잃을 필요는 없으니까요.

우연히 상사의 이중생활을 알게 됐어요

우연히 상사의 좋지 못한 사생활을 알게 됐는데, 어떻게 처신해야 할지 고민이라고 하신 분께 편지를 보냅니다.

평소 엄격하고 단정한 사람이라고 생각해왔는데, 그런 이면이 있다는 걸 알게 돼 무척 당혹스러웠다고 하셨네요. 그 일이 있은 후 상사로부터 은근히 입을 다물어 달라는 압력도 받았다고 하셨군요.

그 후로 회사에서 그가 사소한 일까지 챙겨가며 자신에게 몹시 잘하는데, 그것도 불안하기는 마찬가지라구요. 혹시라도 자신이 어디 가서 소문을 퍼뜨릴까봐 경계해서 그런다는 생각을 하면, 때론 자존심까지 상한다고 하셨어요. 그렇다고 대놓고 절대 아무한테도 말 안 할 테니 안심하라고 할 수도 없고 여간 입장이 난처하지 않다구요.

가끔은 상사가 속으로 자길 미워해 불이익을 당하면 어쩌나 하는 생각도 든다고 하셨네요. 만약 자신이 그 상사의 입장이라도, 겉으론 어떻든 내심으론 눈 속의 가시처럼 여길지도 모른다는 생각을 안 할 수가 없다고도 하셨군요. 아무것도 모르는 동료들은, 요즘 들어 둘 사이가 꽤 돈독해 보인다는 둥 따로 로비라도 한 거 아니냐는 둥 하고 말들이 많은데 그런 말을 듣는 것도 너무나 싫다구요. 어떻게 처신하는 게 잘하는 건지 도무지 감을 잡기 어렵다고 하셨어요.

묘한 상황에 놓이셨군요. 일단은 잠자코 일이 되어가는 모양을 지켜보는 게 좋겠네요. 단, 결코 하지 말아야 할 행동이 있죠. 행여라도 상사에게 당신의 비밀을 알고 있다는 내색을 해선 안 됩니다. 그렇다고 너무 거리를 두고 정중하게 대하는 것도 좋지 않습니다. 그저 이제까지 하던 대로 딱 그만큼만 행동하되, 상사의 입장을 마음으로부터 이해할 필요는 있겠죠.

이 세상에 털어서 먼지 안 나는 사람은 없습니다. 그리고 누구나 내보이고 싶지 않은 약점 한두 가지씩 없는 사람도 없죠. 그렇게 생각하고 그의 행동을 이해한다면, 일단 내 편에서 맘이 편안해지실 거예요.

동료들의 수군거림은 더군다나 신경쓰지 마세요. 어쩔 수 없이 운이 조금 나빴다고 여기고 잊어버리세요. 상사가 아주 나쁜 사람이 아니라면 그렇게 처신하는 걸 고마워할 테고, 더 이상의 다른 문제는 일어나지 않을 것 같으니까요.

말솜씨 교묘한 상사가 싫어요

교묘하게 빗대는 말로 상대방을 깎아내리는 직장상사 때문에 괴롭다
고 하신 분께 편지를 보냅니다.

 그의 얘길 들으면 처음엔 분명 칭찬을 하는 거 같다구요. 그런데 끝
까지 듣다보면 결국 상대방을 폄하하는 말일 때가 대부분이라고 하셨
네요. 자신한테 그러는 게 아닐 경우라도 그때마다 기분이 영 불쾌해
지곤 하신다구요. 물론 자신이 직접 겪을 땐 너무너무 화가 난다고 하
셨어요.

 그런데 그의 말솜씨가 어찌나 천부적으로 뛰어난지, 예를 들기도 힘
들 정도로 교묘하다구요. 그러다보니 이편에서 뭐라고 적절하게 대응
하기도 아주 힘들다고 하셨군요. 그저 억울한 기분을 품은 채 혼자 화
를 내다 마는 식인데, 문제는 자신만 아니라 같은 부서에 근무하는 거
의 모든 동료들이 그 상사 때문에 하루에도 몇 번씩 울분을 삭여야 하
는 처지라구요.

 현재로선 그 상사가 나타나면 하나둘씩 슬금슬금 자리를 피하는 게
고작이라고 하셨네요. 동료들 중에 한번 맘먹고 혼내주자는 친구들도
있지만 그렇게 하기도 우습고, 계속해서 피해다니기도 어렵고 해서 골
치가 아프시다구요.

더러 그렇게 심술궂고 고약한 사람들이 있죠. 겉보기엔 멀쩡하지만 속마음이 비비 꼬여 있는 비상식적인 사람들이라고나 할까요.

지독한 열등감 때문에 마음속에 공격적인 욕구를 품고 있는 사람들 중에 대개 그런 유형이 많습니다. 마음속이 열등감으로 중무장돼 있는 탓에 작은 일에도 쉽게 좌절하고 분노하고 적개심을 품는 것입니다. 그것이 교묘한 형태로 잘못 표출되면 고약하고 심술궂은 사람이 되고 마는 것입니다. 이런 타입이 주변에 한 사람만 있어도 말씀하신 것처럼 나머지 사람들은 어떤 형태로든 괴로움을 감수하지 않으면 안 됩니다.

대처방법은 우선 마주치는 걸 최소한으로 줄이는 거겠죠. 이미 그렇게 하고 계신다고 했는데, 그냥 무작정 피한다는 인상을 주지 말고 가능한 정중하게 대하되 거리를 두는 것입니다. 그런 고약한 사람들의 특징은 이상하게 이편에서 "나 별 볼일 없는 사람이야." 하고 저절로 움츠러들게 만드는 재주가 있다는 것입니다. 그러므로 절대로 기가 죽거나 움츠러들어선 안 된답니다. 상대방이 하는 말을 끝까지 들어야 할 때 그렇게 하되, 얘기가 끝나면 간단하게 한 귀로 흘려버리고 그 다음엔 그냥 내 방식대로 밀고나가는 게 중요합니다. 자기가 하는 말이 어느 정도 먹히고 있다는 생각 때문에 더 고약하게 굴 수도 있으므로 결코 그렇지 않다는 걸 무언으로 알려주는 거죠.

그래도 견디기 힘들다면, 그땐 아무리 상사라 해도 정면으로 상대방의 잘못을 지적해주는 수밖엔 없습니다. 아직까지 아무한테도 그런 지적을 안 당해서 계속 고약하게 구는 걸 수도 있으니까요. 그럴 때도 물론 개인적인 감정을 드러내는 건 금물이랍니다.

사표를 내고 싶은 마음이 굴뚝 같아요

직장생활을 시작한 지 얼마 안 돼서 그런지 회사 분위기에 적응하기가 몹시 힘들다고 하신 남자분께 편지를 보냅니다.

요즘 대개의 취업준비생들이 그렇듯, 자신도 꽤나 여러 곳에 이력서를 낸 끝에 간신히 지금 회사에 입사하게 됐다구요. 아직 취직 못한 친구들도 여럿이라 꽤 거창하게 축하인사를 받으며 시작한 것까진 좋았다고 했군요.

스스로도 어떻게든 잘해내야지, 하는 각오도 상당했고, 또 잘해낼 자신도 있었다구요. 하지만 막상 부딪친 현실은 그렇지 못했다구요. 입사할 때의 각오나 자신감이 무너지는 데는 그리 오랜 시간이 걸리지 않았다고 하셨네요.

우선 입사동기들이 몇 명 있었는데, 하나같이 일류대 출신이고 자신만 학교가 달랐다구요. 그걸 아는 순간부터 어쩐지 밀리는 기분이었다고 하셨어요. 그럴 필요가 전혀 없다고 마음을 다잡아도 내심으론 사람들이 자길 덜 인정해줄지도 모른다는 부담감을 떨치기가 어려웠다구요.

더 큰 문제는, 입사 후 처음으로 맡은 프로젝트가 생각보다 너무 어려운 거였다고 하셨네요. 누구한테 의논하기도 쉽지 않고 우물거리고 있는 사이 이미 다른 동기들은 자기네끼리 힘을 합치는 기색이 역력했다구요.

　뭐 그런 대로 맡은 일을 해내기는 했지만, 그 후로 자꾸 회사를 그만 두고 싶다는 생각을 떨쳐버리기가 어렵다고 했군요. 회사 분위기도 어딘지 배타적이고 경직돼 있는 데다, 아무래도 자신이 그 분위기에 맞지 않는 것만 같다구요.

어떤 상황에 놓이셨는지 이해가 갑니다. 비슷한 문제로 고민하는 사람들이 생각보다 많습니다. 어렵게 들어간 회사에 영 적응이 안 돼 당장이라도 그만두고 싶다는 생각은 사실 대개의 신입사원이면 한번쯤 해보는 생각이기도 하구요. 그렇다고 실제로 그 생각을 실천에 옮기는 사람은 그리 많지 않죠.

　물론 그 당시에는 그만두면 잠깐은 맘이 편할 수도 있습니다. 하지만 얼마 안 가 더 큰 스트레스를 받을 건 자명합니다. 이유가 뭐든 간에 자신이 실패했고 대열에서 탈락한 것이 분명하니까요. 그러면 머릿속은 온통 부정적인 그림들로 가득 차고, 자신이 너무나 못나 보이고, 대체 그때 왜 그랬을까 하고 후회하다보면 스스로를 용서할 수 없다는 극단적인 생각에 빠질 수도 있습니다.

　늘 말씀드리지만, 문제는 정면으로 돌파하지 않으면 해결이 안 됩니다. 지금 자신이 회사에서 느끼는 문제들이 뭔지 목록을 만들어 자세히 점검해보세요. 그리고 하나씩 문제를 극복해갈 수 있도록 자신을 격려해주세요. 적어도 지금 그만두는 건 최악의 선택이 될 수도 있다는 걸 자신에게 납득시키시기 바랍니다.

이랬다저랬다 하는 상사 때문에 괴로워요

직장상사가 몹시 변덕이 심한 성격이어서 여러 가지로 곤란을 겪고 있다고 하신 분께 편지를 보냅니다.

상사는 사람이 나쁜 편도 아니고, 비열한 구석이 있는 것도 아니라고 하셨어요. 단지 하루에도 몇 번씩 이랬다저랬다 죽 끓듯 하는 변덕이 문제라구요.

귀가 얇아서 그런 건지 아니면 너무 생각이 많다보니 이 생각 저 생각 두서없이 불쑥불쑥 튀어나오는 건진 알 수 없지만, 아무튼 그 변덕스러움만큼은 누구도 상대하기 힘들다고 하셨네요.

아침에 내린 업무지시를 점심 때 바꾸고, 다시 저녁 때는 "아무래도 처음 안대로 하는 게 좋겠어." 하며 아침에 지시한 대로 하라고 할 땐 정말 맥빠진다구요.

사람들을 대할 때도 그 변덕은 여지없이 발휘되는데, 자기 기분이 좋으면 하하거리며 지나치다 싶을 정도로 친절하게 굴다가도 조금만 기분이 틀어지는 일이 생기면 돌변해서 짜증부리기 예사라구요.

술자리에서 "대체 왜 그르느냐? 아랫사람 골탕먹이기로 작정했느냐?" 하고 따지기도 여러 번 해봤지만 소용없다고 하셨어요. "내가 그랬나? 다음부터 조심하지." 해놓곤 여전히 같은 식이라구요. 동료들 중엔 드러내놓고 반감을 표시하는 경우도 있다고 하셨네요. 하지만 자신에겐 같은 고교, 대학선배인데다 나름대로 그 상사의 좋은 점도 알고 있어서 그렇게 할 수도 없고 고민스러울 때가 많다구요.

누구에게나 다 성격적인 단점과 장점이 있습니다. 그런데 단점만 보기 시작하면 끝이 없죠. 상담하신 분은 상사의 단점만 보지 않고 장점도 함께 볼 줄 아는 분인 듯한데, 상사에겐 무척 다행스런 일이군요.

변덕이 심하다는 건 결국 작은 변화에도 민감하고, 그 변화에 따라 자기 생각과 판단을 바꾸는 걸 뜻합니다. 따라서 이편에서 주의 깊게 대처하지 않으면 쉽게 그 변덕스러움에 말려들게 됩니다. 변덕스러움만큼 빨리 전염되는 습성은 없기 때문입니다.

결국 마음을 완전히 열고 가까이하기엔 여러 가지로 무리가 따르는 상대란 뜻입니다. 단순히 이랬다저랬다 말을 바꾸는 정도라면 애교로 봐줄 수도 있지만, 자기 기분에 따라 상대방을 대하는 태도까지 달라진다면 성격적으로 문제가 있다는 뜻이기도 합니다. 그런 증상이 심해지면 이른바 경계선 인격장애로 발전하는 것입니다. 그렇게 되면 결국 가까이하지 않는 방법밖엔 별다른 대처법이 없게 되죠.

하지만 증상이 심하지 않고 멀리하기 어려운 상대라면 내색하진 말고 묵묵히 이편의 소신을 지켜나가는 수밖에 다른 도리가 없을 거 같군요. 상대방의 변덕에 고스란히 비위를 맞춰주다간 나중에 어떤 낭패를 당할지 알 수 없으니까요.

일이 적성에 맞지 않아요

지금 다니고 있는 직장이 아무래도 자신에게 맞지 않는 거 같아 고민이라고 하신 남자분께 편지를 보냅니다.

영업 파트에서 일하고 있는데, 다른 동료들에 비해 실적이 안 오르는 게 그런 생각을 하게 된 이유라구요. 노력을 안 하는 것도 아니고 나름대로 여러 가지로 애를 쓰는 편인데도 결과는 늘 마찬가지라고 하셨군요.

사실 자신은 어떤 일을 기획하고, 아이디어를 생각해내고, 그걸 체계적인 문건으로 만들거나 하는 일은 꽤 잘하는 편이라고 하셨어요. 말하자면 혼자서 조용히 진행하는 독창적인 작업엔 재능이 있는 편이라구요. 하지만 그런 재능은 영업 파트에선 그다지 효용이 없는 거 같다구요. 그보다는 사람들과 잘 어울리는 친화력이 훨씬 중요한데, 자신에겐 그런 면은 거의 없다고 하셨네요.

생각다 못해 상사에게 기획 파트로 보내줄 것을 몇 번 건의하기도 했다구요. 하지만 상사가 독선적이고 고집불통인 타입이라 자신의 얘기 귀담아듣지 않는다는 걸 알고 포기하고 말았다구요. 얼마 전엔 오히려 지금 하고 있는 일이나 잘해라, 하는 모욕적인 말까지 들었다고 하셨군요. 그러다보니 날이 갈수록 자포자기의 심정만 들고 동료들과도 잘 어울리지 못해 스스로를 외톨이로 소외시키는 상황이라고도 하셨네요.

　실적은 더욱더 엉망으로 떨어져가고, 정신상태도 점점 파괴적이랄까, 그런 방향으로 흐르고 있어 괴로우시다구요.

누구든 적성에 맞지 않는 일을 하기란 괴로운 노릇이죠. 더 큰 문제는 그런 상태가 길어지면 말씀하신 것처럼 자기 파괴적인 상태에 놓이기 쉽다는 것입니다. 때문에 하루라도 빨리 대안을 찾으시는 게 좋을 거 같군요. 요즘 같은 때 쉬운 일을 아니지만 전직을 생각해보시는 건 어떨까요? 그렇지 않고 지금 같은 상황이 계속되면 결국 자신의 인생 전체가 실패한 것처럼 느끼기 쉽습니다. 사실 그런 건 아닌데도 말예요.

　말씀하신 대로, 단지 지금 일이 적성에 안 맞는 것뿐이잖아요. 게다가 자신이 어떤 분야에 재능이 있는지도 다 알고 있는 상황에서 계속 지금 같은 상황을 고집할 이유는 없지 않을까 싶군요.

　굳이 무기력한 상태에 머무르며 계속 열패감을 느낄 필요는 없죠. 물론 새로운 일에 대한 모험이 두려울 순 있습니다. 하지만 인생이란 바로 그런 모험과 도전 속에서 활짝 꽃피는 게 아닐까요?

자기주장이 강한 선배와 멀어졌어요

직장에서 가깝게 지내던 선배와 사이가 벌어졌는데, 앞으로 어떻게 처신해야 할지 고민이라고 하신 남자분께 편지를 보냅니다.

물론 둘 다 지금도 친한 척 지내고 있기는 하다구요. 함께 점심도 먹고 저녁엔 술자리도 갖고, 달라진 게 있다면 예전에는 둘이서만 지내는 시간이 많았지만 요즘엔 여러 사람이 함께 어울리는 자리가 아니면 단둘이 있어본 기억이 없다고 하셨군요.

서로 속내까지 다 털어놓고 조언을 구하고 가족들 얘기도 스스럼없이 나누던 사이였는데 언제부턴가 마음이 멀어졌다구요.

생각해보니 둘 사이의 역활관계랄까 의존도랄까 하는 것에 처음부터 문제가 있었던 거 같다구요. 대개 선배가 리드를 하는 입장이고 자신은 별다른 의견 표명 없이 따르는 쪽이었다고 하셨어요. 그런데 어느 순간부터 그런 자신이 조금씩 바보처럼 느껴지기 시작했다고 하셨네요. 아마도 선배가 너무 자기주장이 강해 자신이 일방적으로 끌려간다는 생각을 자주 하게 되면서 그런 느낌을 갖게 된 것 같다구요.

그래서 거리를 두기 시작한 게 지금의 상황까지 오고 말았다고 했군요. 선배 역시 여러 사람이 있을 땐 아무 내색이 없지만 그러나 둘이 있을 땐 아주 냉랭한 표정을 지으며 모른 체하기가 예사라고 하셨네요. 앞으로도 계속 같은 사무실에 근무해야 하는데 어떻게 해야 좋을지 난감하시다구요.

우리가 누군가와의 관계를 지속해나가는 건 서로 주고받는 게 있기 때문입니다. 그게 꼭 물질적인 것일 필요는 없습니다. 관심, 보호, 지지, 친밀감, 지식의 교환 같은 무형의 심리적인 것들이 오히려 더 중요한 역할을 할 때가 많죠. 그럴 때 주고받는 것에 균형이 깨지고 일방적인 관계로 변한다면, 그 관계는 오래 지속되기 어렵습니다. 심지어 혈연으로 맺어진 가족간이라도 말입니다.

따라서 그 선배와 거리가 멀어졌다고 해서 지나치게 위축되거나 갈등을 일으키진 마세요. 말씀하신 대로 두 사람 사이에 의존도가 달라진 것뿐이라고 생각하는 거예요. 물론 친하던 사이가 서먹해졌으니 당분간 마음은 쓰이겠죠. 선배 역시 화를 내고 차갑게 굴 만도 하구요. 그러나 한번 그렇게 멀어진 사이가 노력한다고 해서 금방 회복되긴 어렵습니다.

물론 서로 관계회복을 원한다면 대화를 통해 다시 좋은 관계가 될 수 있겠죠. 그러나 두 사람 다 예전의 관계로 돌아가길 원하지 않는다면 변화를 받아들일 수 있어야 합니다. 그리고 좀더 의연하게 대처할 필요가 있지 않을까요.

나이 차 때문에 어려워요

직장생활을 처음 시작하게 됐는데 사람들과 사귀기가 어려워 걱정이라고 하신 여자분께 편지를 보냅니다.

사무실에 남자직원들이 모두 나이 차가 많은 어른들뿐이라 적응하기가 힘이 들다고 하셨네요. 안 그래도 학교 졸업하고 처음 하는 직장생활이라 온통 긴장의 연속인데, 사무실 분위기마저 딱딱해서 어떻게 행동해야 할지 감이 잡히지 않는다구요.

게다가 상대방이 먼저 말을 건네지 않으면 눈인사도 나누지 못할 만큼 내성적이 타입이라 더 걱정이 된다고 하셨네요. 원래 익숙하지 않은 장소나 사람들 앞에선 더욱 움츠러드는 경향이 있다구요.

여직원이 두 사람 있긴 한데, 나이도 자신보다 많을뿐더러 입사한 지도 오래돼 자신이 끼어들 자리가 없는 거 같다고 했군요. 점심시간에 밥 먹으러 갈 때도 덩그마니 혼자 가게 되고, 무엇보다 회사에서도 업무적인 일 외엔 대화할 상대가 없어 그게 가장 힘들다구요.

맘 같아선 먼저 상냥하게 인사도 건네고 말도 걸고 싶은데 생각처럼 잘 안 된다구요. 그나마 또래들 사이에선 낯가림이 좀 덜한 편인데, 회사에는 다 연장자들이어서 더 스트레스를 받는 거 같다고도 하셨네요. 빨리 회사생활에 적응하고 싶은데, 그런 식으로 마음을 못 붙여서 걱정이라구요.

누구나 사회에 첫 발을 내디디면 긴장하고 흥분하고 스트레스를 받게 마련이죠. 그렇게 생각하고 우선 맘을 좀 편하게 가져보세요.

그런 다음 하나씩 새로운 생활에 적응해가는 훈련을 시작해보는 거예요. 우선 조금은 더 적극적으로 사람들과 어울리려는 시도를 해보시면 어떨까요? 나이 많은 선배라면 오히려 대하기가 더 편할 수도 있답니다. 이편에서 먼저 맘을 열고 조금만 상냥하게 대해보세요. 특별한 억하심정을 갖고 있지 않은 다음에야 누구나 다 그러는 사람을 좋아하게 마련이랍니다.

점심식사를 혼자 하기 싫다고 했는데, 기다리지 말고 먼저 동료 여직원들에게 함께 식사를 하러 가자고 제안해보세요. 상대방이 어떤 반응을 보일지 그런 것에 미리 너무 신경쓰지 마시구요. 솔직하게 맘을 털어놓아 보세요. 입사한 지 얼마 안 돼 낯선 것도 많고 모르는 일도 많으니 선배들이 좀 도와주면 고맙겠다고 얘기해보구요.

그리고 다른 남자직원들한테도 모르는 게 있으면 일부러라도 찾아가 물어보고 하면서 서로 친해지는 방법을 찾아보세요. 아마 흔쾌하게 도와줄 거라 생각됩니다. 그렇게 해서 조금씩 친해지다보면 곧 좋은 인간관계도 맺어지지 않을까요?

무능한 상사 때문에 골치예요

리더십은 고사하고 맡은 일도 제대로 처리하지 못하는 무능한 상사 때문에 골머리를 앓고 있는데, 어떻게 해야 할지 모르겠다고 하신 분께 편지를 보냅니다.

맘 같아선 회사 임원들을 찾아가 자초지종을 설명하고 도움을 구하고 싶은 심정이라구요. 아니면 적어도 당사자한텐 이편의 의견을 전달하고 싶은 생각이 굴뚝같다고 하셨군요. 같은 심정인 동료들 몇과 그 상사를 따로 만나 조용히 대화를 하는 것도 생각해봤다구요. 물론 몇 가지 제약 때문에 실천은 못했다고 하셨네요. 그래서 나온 방안이 그의 잘못된 처신을 문서화해서 이메일로 임원들한테 보내는 거였다구요. 그것 역시 몇몇 동료들의 반대 때문에 실행되진 못했다고 했군요.

결국 누군가가 십자가를 지는 셈치고 공개석상, 예를 들어 회의시간 같은 때 그에 관해 얘기하는 수밖에 없을 것 같다구요. 그러자면 처음에 얘기를 꺼낸 자신이 그 악역을 담당해야 할 것 같은데, 과연 그래도 될지 확신이 서지 않아 고민중이라고 하셨네요.

상사의 어떤 점이 문제인지 명확하지 않아 분명한 조언은 드리기 쉽지 않군요. 하지만 한 가지, 자신이 혹시라도 감정적인 대응을 하고 있지는 않은지 살펴보란 말씀은 꼭 드리고 싶네요. 상사가 갖고 있는 성격적인 어떤 한 부분이 싫어서 그 사람 전체를 싫어하는 건 아닌지 하는 것두요. 그런 것들이 마침 상사의 약간의 무능력이나 리더십 부족과 맞물려 과대포장돼 보이는 건지도 모르니까요. 먼저 그 점을 잘 살펴보시고 다음에 어떤 행동을 할지 신중히 생각해보세요.

그리고 설령 그가 전적으로 잘못하고 있고 내 편이 옳을지라도, 상대방을 공개적으로 비난하거나 모욕하는 건 우리가 해선 안 되는 일 중의 하나랍니다. 상대방을 위해서도 그렇지만 자기 자신을 위해서도 마찬가집니다. 우선 그런 일을 당하게 되면 상대방은 억울함을 느끼며 분노하게 마련이죠. 그러면 기회가 닿는 대로 복수를 퍼부어댈 지독한 적을 한 사람 만들어놓는 셈이 됩니다. 뿐만 아니라 다른 사람들 역시 언제 자신에게 비난이나 모욕을 가할지 모를 잠재적인 적으로 이편을 분류할지도 모릅니다. 굳이 그런 위험을 감수할 필요가 있을까요?

적어도 상대방의 자존심을 망가뜨리지 않고 이편의 의견을 전달할 수 있는 방법을 찾아내기 전까지는 신중해야 하지 않을까 싶군요.

거만한 거래처 사람을 참을 수 없어요

거래처 직원 중에 자주 협박성 발언을 하며 거만하게 구는 사람이 있어 대하기가 몹시 거북하다고 하신 분께 편지를 보냅니다.

가장 큰 문제는 자신이 일하고 있는 회사가 그 거래처의 하청업체라는 점이라고 하셨네요. 그걸 빌미로 삼아선지, 아니면 원래 성격적으로 문제가 있어선지는 잘 모르겠지만, 아무튼 매사에 꼬투리를 잡고, 화를 내고, 소리를 지르고, 위협적인 언동을 해대는 통에 골머리를 앓고 있다구요.

물론 그가 이편에 대해 약간의 힘을 가진 사람이란 건 인정한다구요. 하지만 그렇더라도 지금과 같은 행동은 참아주기가 몹시 힘들다고 하셨군요.

분명 제대로 처리된 일에 대해서도 미심쩍은 얼굴로 공격적인 말들을 퍼부을 땐 정말 화가 난다구요. 게다가 그 회사의 임원들 중에도 그렇게 거만하게 구는 사람이 없다고도 하셨네요. 그런데 고작 과장 직함을 가진 사람이 그토록 잘난 체하는 걸 보고 있자니 어떤 땐 진절머리가 날 지경이라구요. 하지만 뾰족한 대처방법이 없어서 모든 사원들이 스트레스를 받고 있는 형편이라고 하셨어요.

회사에선 무조건 참으라고만 하는데, 그것도 한계가 있지 않나 싶어 한판 붙을까 말까 심각하게 고민중이시라구요.

더러 그런 사람들이 있죠. 조금이라도 상대방보다 힘이 있다 싶으면 그걸 휘두르지 못해 안달하는 사람들 말예요.

물론 성격적으로도 문제가 있는 사람들입니다. 정서적으로 불안정하고, 쉽게 공격적이 되고, 분노를 조절하지 못하는 사람들이 그런 문제를 노출하는 경우가 많습니다.

우선 한판 붙을까 고민중이라고 하셨는데 그럴 필요 전혀 없을 거 같군요. 상대방이 공격적으로 나올수록 이편에서 맞대응을 해선 승산이 없답니다. 그보다는 의연하게 자기 페이스를 유지하는 게 현명한 태도랍니다. 상대방이 아무리 잘난 척 거만을 떨고, 위협적인 언동을 해도 거기에 말려들지 않는 거예요. 목소리가 크다고 해서 다 파워가 있고 게임에서 이기는 건 아니니까요.

상대방이 작은 일에도 꼬투리를 잡으며 거친 표현을 예사로 쓴다고 했는데, 그럴 땐 일단 그의 말이 다 끝나기를 기다리세요. 그런 다음 다시 한 번 얘기를 다 끝낸 건지 확인하고 나서 이편의 의사를 전달해보세요. 물론 그때는 부드럽지만 단호한 태도를 보여야 합니다. 화가 난다고 해서 언성을 높이지는 마세요. 끝까지 조용하고 차분한 태도로 밀고나가는 거예요. 화를 잘 내고 심술궂고 잘난 체하는 사람일수록 반대 성향의 사람을 만나면 쉽게 당황하는 경우가 많답니다. 그런 일이 자주 생기다보면 상대방도 더 이상 거만하게 굴 일이 없다는 걸 자연스럽게 깨닫게 될 겁니다.

면접시험에 자신이 없어요

취직시험 볼 때마다 거의 매번 면접에서 떨어져 고민이라고 하신 분께 편지를 보냅니다.

올 봄 대학을 졸업하고 곧바로 취직시험을 보기 시작해, 지금껏 거의 스무 번 가까이 시험만 치렀다고 하셨어요. 대기업만 고르는 것도 아니고 어디든 취직이 될 만한 곳에 다 이력서를 넣곤 했는데, 서류전형에서 떨어진 건 몇 번뿐이라고 했군요.

거의 다 면접시험만 보면 그날로 감감무소식이었다구요. 그러다보니 이젠 서류전형에 됐으니 면접 보러 오라는 통지만 받아도 속이 울렁거리고 눈앞이 캄캄해질 지경이라고 하셨네요.

잘생긴 건 아니지만 남한테 빠지는 외모도 아니고, 옷차림도 특별히 신경써서 깔끔하게 차려입고 가는 편이시라구요. 그런데도 일단 면접관만 만나면 불안하고 초조한 마음에 진땀부터 흘리게 되고, 누가 봐도 자신감이라곤 없는 한심한 사람으로 변한다고 했군요.

어떻게 하면 면접시험을 잘 볼 수 있을지 알고 싶으시다구요.

면접시험만큼 어려움을 느끼는 시험도 없죠. 왜냐하면 면접시험이란 면접관의 성격적 특성, 개인적 취향, 그밖의 각자가 지니고 있는 무의식에 이르기까지 대단히 다양하고 복잡한 것들이 서로 얽혀 영향을 미치기 때문입니다. 그래서 면접시험을 전쟁에 비유하는 말도 있답니다. 면접관과 시험 보는 사람이 마주앉는 순간부터 눈에는 보이지 않지만 전쟁이 시작된다는 거죠.

날카로운 시각으로 상대방의 작전을 분석하고, 신중에 신중을 거듭해가며 사람 됨됨이를 따지고, 종합적인 이해와 판단을 거쳐야 하니, 거의 전쟁상황이라고 할 수 있습니다. 그만큼 쉽지 않은 통과의례라는 뜻도 되겠죠.

제 생각엔 상담하신 분께서 지나치게 경직된 태도로 일관하는 게 아닌가 싶군요. 잘해야 한다는 부담감이 너무 크기 때문이란 건 충분히 이해합니다. 하지만 그 때문에 너무 긴장하다보면 면접관의 질문에 제대로 대답하기 어려운 건 자명합니다. 한 번 실수하면 그 뒤로 자신감이 무너지는 것도 당연하구요.

그러니 자연스러운 태도를 몸에 익혀보세요. 외모나 옷차림도 중요하지만, 자연스러운 예의범절과 당당한 모습이 훨씬 놓은 점수를 받게 마련이니까요. 애매모호함이 없는 간결하고 정확한 말투도 중요합니다. 머릿속에 있는 걸 다 내보이려는 욕심에 말이 길어지다보면 대개는 횡설수설로 이어지기 쉽답니다. 물론 면접 보러 가면서 그런 정보도 없는 사람은 없을 거예요. 하지만 중요한 건 실천하는 거죠. 그러려면 자기 자신을 끊임없이 훈련시켜야 합니다. 그 이상 좋은 방법은 없겠죠.

속물근성의 상사가 정말 싫어요

독선적이고 속물근성으로 가득 찬 직장상사 때문에 매번 어려움을 겪는다고 하신 분께 편지를 보냅니다.

온갖 시사문제는 다 아는 척 나서고, 옷차림도 무슨무슨 브랜드란 걸 꼭 밝히고, 자기 아는 사람 누가 어떤 고위직에 있고 등등, 그가 속물근성을 나타내는 일은 한두 가지가 아니라구요.

그러는 것도 참아주기 힘든데 심지어 일을 하면서 독선적인 고집을 부릴 땐 참고 넘기기 정말 힘들다고 하셨군요. 물론 상대방이 상사란 이유로 모른 척 외면하고 말지만 그때마다 몹시 속이 뒤틀린다고 하셨어요.

처음 지금의 회사에 입사했을 때부터 어딘지 맘에 안 들고 거북한 상대였다구요. 하지만 신참으로서 그런 내색은 할 수 없고, 그저 불편한 맘을 꾹 누르며 참아왔다구요. 그런데 입사 3년차가 되면서 그동안 잘 참아왔던 것들도 점점 더 맘에 안 들어서 몹시 괴롭다고 하셨네요. 물론 상사도 자기를 불편하게 여기는 건 마찬가지라고 하셨어요.

그렇다고 상사를 어떻게 할 수도 없고, 그저 매번 그 독선과 아집, 속물근성을 고스란히 참아주고 있는데, 언제까지 그럴 수 있을지 자신도 잘 모르겠다구요. 정 보기 싫으면 회사를 그만두거나 부서를 옮기면 그만이겠지만, 지금 처지로선 그렇게 하기도 어려운 처지라고 했군요. 어떻게 이 위기를 잘 넘겨야 할지 뾰족한 방법을 모르시겠다구요.

더러 그럴 때가 있죠, 나한테 크게 잘못하는 것도 없는데 이상하게 맘에 안 드는 사람, 함께 대화를 나누거나 일을 진행할 때마다 껄끄럽고 부딪치게 되는 사람이 있게 마련입니다.

그렇게 되는 데는 여러 가지 원인이 있을 수 있겠죠. 성격적으로 맞지 않는다거나, 상대방에게 지나친 면이 많다거나 등등.

그러나 자신의 감정을 통제할 수 없을 정도로 자꾸 격한 반응을 보이게 된다면, 상대방이 내 성격의 어두운 면, 열등기능을 두드러지게 갖고 있는 경우가 많습니다.

예를 들어 상사가 독선적이고 속물적이라고 했는데, 그런 면이 만에 하나 내 속의 어두운 그림자로 남아 있지 않은지 한번 돌아보시면 어떨까요? 그리고 그 어두운 부분을 상대방에게 투사해 더 싫어하는 것은 아닌지 하는 것도 말입니다.

어쩌면 이제까지 그런 생각은 해본 적이 없을지도 모르겠습니다. 하지만 우리 모두 그렇게 내게 어두운 부분으로 남아 있는 열등기능을 상대방에게 투사하는 경우가 많답니다. 내가 싫어하고 비난하는 상대방의 성격이 사실은 나도 모르는 내 성격의 어두운 일부라고 생각한다면 조금은 그를 이해할 수 있게 되지 않을까요?

그렇게 조금씩 상대방을 이해하고 지평을 넓혀간다면 상사와의 문제뿐 아니라 모든 대인관계를 훨씬 나은 방향으로 이끌어갈 수 있을 것입니다.

부당한 대우를 참아야 하나요

회사에서 교묘하게 부당한 대우를 하는 상사 때문에 괴롭다고 하신 분께 편지를 보냅니다.

성격도 잘 맞지 않고 그다지 좋아하기도 어려운 타입이라, 처음부터 고분고분하지 않았던 게 화근인 거 같다고 하셨어요. 그래도 자신이 맡은 일을 소홀히 한 적은 한 번도 없으시다구요. 드러내놓고 상사에게 적의를 보이거나 맞대응을 한 기억도 전혀 없다고 하셨네요. 물론 상사가 실수를 했을 때나 잘못된 정보를 전달했을 때, 그걸 지적해준 적은 두어 번 있다구요. 그것도 일부러 그런 건 아니라고 하셨네요. 상사의 실수 때문에 자신의 일까지 잘못될 거란 걸 알았기 때문에 하는 수 없이 얘길 한 것뿐이라구요. 그런데 만약 그 일 때문에 일종의 앙심을 품고 자신을 미워하는 거라면 더 이상 참을 필요가 없지 않을까 싶어 고민중이라구요.

그 문제로 아는 선배한테 의논을 한 적도 있다고 했군요. 그때 선배 말이, 그 상사가 원래 비열한 타입이라면 공연히 건드려 더 일을 크게 만들지 말라고 했다구요. 그 말대로 따르자니 화나는 걸 참기 어렵고, 그렇다고 맞대응을 하기도 어렵다고 하셨네요.

제 생각에도 선배의 충고를 따르는 편이 나을 것 같군요. 직장에서 상사가 비열하고 부당하게 나오는 걸 참고 있기란 물론 쉬운 일이 아니죠. 하지만 그렇다고 일일이 대응을 하는 것 역시 생각처럼 쉽지 않답니다. 자칫하면 잘난 척하며 건방떠는 걸로 비치기 쉽고, 또 논쟁하기 좋아하는 불평꾼으로 보일 여지도 있으니까요.

상사가 설령 부당한 지적을 하더라도 구구하게 변명하거나 맞대응하지 말고 깨끗하게 실수를 인정해보세요. 그러면서 난 언제라도 당신의 지적이나 평가를 수용할 자세가 돼 있다는 걸 보여주는 거예요. 대개 부당한 공격을 하는 사람은 이미 자신이 잘못된 행동을 하고 있다는 걸 어느 정도 의식하고 있는 경우가 많습니다. 그럴 때 상대방이 신경질적인 반응을 보이면 옳다구나 하고 자기 행동을 재빨리 합리화하는 데도 능숙하죠. 하지만 이편에서 당당하게 나가면 대개는 이미 맘속에서부터 한걸음 뒤로 물러나게 마련입니다.

그리고 뒤에서 다른 동료들에게 그 상사에 대해 불평을 늘어놓거나 헐뜯는 말은 절대로 하지 마세요. 어떤 경우에도 감정적이고 비합리적인 대응은 하지 않는 게 최선이랍니다.

실패와 성공의 갈림길에 서 있어요

회사에서 욕심나는 프로젝트를 맡을 기회가 생겼는데, 과연 자신이 잘해낼 수 있을지 확신이 서지 않아 고민이라고 하신 분께 편지를 보냅니다.

상사는 잘 생각해보고, 잘해낼 자신이 생기면 그때 확답을 달라고 했다구요. 이번 일만 잘해내면 회사에서 인정도 받고 승급도 되고, 동료들 중에서도 자신이 가장 먼저 엘리트 그룹에 들 것 같긴 하다구요. 하지만 문제는 욕심만 앞서서 일을 그르칠 경우라고 하셨어요. 만에 하나 일이 틀어지면 그런 야심이 다 물거품으로 돌아가는 건 물론이고, 이제 겨우 조금 넓혀놓은 입지마저 좁아질 확률이 높다구요.

일의 성격상 누구한테 터놓고 의논할 만한 상대도 없어서, 학교선배한테 대략적인 설명만 해주고 조언을 구했지만 그다지 도움될 만한 얘기를 듣지 못했다구요. "도약의 기회는 아무한테나 오는 게 아니니까 한번 움직여보든지." 하는 흐릿한 대답을 들은 게 고작이라고 하셨네요.

스스로도 과연 지금 도약의 기회를 잡아야 할지, 아니면 확신이 서지 않는 이상 다음 기회를 기다려야 할지 결론을 내리기가 어려우시다구요.

제가 보기에도 분명 굉장히 현명한 판단이 필요한 때인 거 같군요. 살다보면 누구나 더러 그런 딜레마에 빠지는데, 그럴 땐 참 결단을 내리기가 힘들죠. 그래서 더 현명한 지혜와 판단력이 요구되는 거구요.

우선 그 프로젝트가 자신이 잘 아는 분야인지 아닌지를 면밀히 점검해보시면 어떨까요? 겉으로 잘 아는 게 아니라 속속들이 잘 알고 있지 않으면 무슨 일이든 성공하기까지 너무 많은 시간이 걸리기 때문입니다. 그뿐 아니라 자칫하면 실패할 확률도 높죠. 그래서 자신이 가장 잘할 수 있는 일만을 하라는 격언도 생겨난 거구요.

그 다음으론 끝까지 책임을 질 수 있는지 어떤지 따져보세요. 최후의 결과에 대해 완벽하게 책임을 질 수 없는 일에 야심만 앞서선 곤란하니까요. 자신이 잘 아는 일이고, 뿐만 아니라 누구보다 잘해낼 수 있는 일이고, 또 결과에 대해 끝까지 책임을 질 수 있다면 이번 기회를 놓치는 게 오히려 어리석은 일이겠죠.

하지만 그런 확신이 없다면 다음 기회를 기다려보시는 게 어떨까요? 옛 어른들 말씀이, 자기가 할 수 있는 일과 할 수 없는 일을 구분해서 손해보는 경우는 없다, 고 했는데 이는 다 그럴 만한 까닭이 있답니다. 물론 모든 최종 결정은 본인의 선택 여부에 달려 있습니다. 그 점을 기억하시고 잘 생각해보시기 바랍니다.

타인, 나를 비추는 거울

나의 왕관은 머리에 있지 않고 마음속에 있다.
그건 눈에 보이지 않고, 진주나 다이아몬드로 장식되지 않았다.
눈으로 볼 수도 없다. 그 왕관은 만족이라 불린다.

−셰익스피어(시인, 극작가)

불평꾼이 돼버린 내가 못마땅해요

要즘 세상 돌아가는 것도 그렇고, 자신의 일도 꼬여만 가서 그런지 나날이 불평꾼이 되어가는 거 같아 고민이라고 하신 남자분께 편지를 보냅니다. 작은 일에도 심하다 싶게 화를 내거나 짜증을 부려 가족들마저 비명을 지를 정도라구요.

다니던 직장이 순전히 오너의 경영부실로 문을 닫게 돼 몇 달째 실업자 신세인데, 아마도 그게 자신을 가장 못 견디게 하는 요인인 거 같다고 하셨네요.

자신뿐 아니라 대부분의 동료들은 아무것도 모른 채 열심히 일에만 매달려왔다구요. 그러던 어느 날 갑자기 회사가 부도났다는 소식을 들었을 땐 충격이 너무 커서 모두들 귀를 의심할 지경이었다고 하셨네요. 아우성치며 항의도 해봤지만 결국 회사는 문을 닫고 말았다구요. 그 후론 열심히 일을 해봤자 남 좋은 일만 시킬 텐데 뭐 하러 하는가 하는 생각에 취직도 하기 싫고, 하루하루를 좌절감 속에 살아가고 있다고 했군요. 부모님들은 운이 나빴다고 여기고 새로 시작하라고 하시지만 그러고 싶은 맘이 조금도 들지 않는다구요.

더 큰 문제는 요즘 들어 사회나 세상에 대해서 조목조목 불평하는 불평꾼이 돼가는 거라고 하셨어요. 일부러 그러려고 하는 것도 아닌데 자신도 모르게 눈을 크게 뜨고 불평거리를 찾아내고, 그것의 뼈라도 발라내듯 샅샅이 해부해 비난하고 화를 내고 있는 형편이라구요.

어떤 상황에 놓이셨는지 이해합니다. 충격을 받은 심정도, 지금 아무것도 하고 싶지 않은 이유도, 사회나 세상에 대해 불평을 터뜨리는 기분도 전부다요. 하지만 그렇다고 언제까지나 지금 같은 상황에 놓여 있어선 안 되겠죠. 누구나 일이 꼬일수록 모든 문제의 원인을 타인이나 사회에서 찾고 싶은 맘이 들 때가 있습니다. 일종의 투사심리입니다. 남들에게 핑계와 구실을 대며 자신은 문제를 회피하려는 것입니다.

그렇게 해서 문제가 사라진다면 얼마나 좋을까요? 오히려 그 반대라 인생이 더 꼬인다고나 할까요. 언제까지나 남과 사회를 탓하고 있으면 맘은 잠깐 편할지 모르지만, 영원히 그 상태에서 벗어날 수 없습니다. 그러면 결국 사회에서 낙오자, 실패자가 될 확률도 그만큼 높아지죠. 하지만 그런 자신의 문제를 정확하게 인식하기란 쉬운 일이 아닙니다.

이제부터라도 불평거리를 찾는 일을 과감히 그만둬보세요. 남들이나 사회를 향한 투사심리도 가능한 한 거두어들여보세요. 물론 쉽지 않겠지만 꼭 그렇게 해야 한답니다. 그래야 자신이 처한 현실을 직시하고 문제를 해결해나갈 의지를 찾을 수 있기 때문입니다.

남의 간섭을 참을 수 없어요

다른 사람의 조언을 잘 받아들이지 못해 어려움을 겪을 때가 많다고 하신 분께 편지를 보냅니다.

그뿐 아니라 아주 사소한 비난이나 충고도 견디지 못하는 타입이라고 하셨어요. 이상하게 자신이 한번 이거다 하고 결정을 내린 일에 대해서 누가 간섭하는 걸 참기가 몹시 어려우시다구요.

다른 사람들은 타협도 잘하고 융통성도 잘 발휘하며 살아가는 거 같은데, 왜 자신만 유독 그런 게 안 되는지 모르겠다고 하셨네요. 덕분에 독선적이라느니 하는 얘기도 많이 듣는다구요. 그러면 이번엔 또 그런 비난을 참지 못해 화를 낼 때가 많다고 했군요.

가장 큰 문제는 언제부턴가 더 이상 아무도 자신에게 크고 작은 일을 상의하러 오지 않는 거라고 하셨어요. 남들은 너 혼자 잘났는데 무슨 걱정이냐 하겠지만, 사실 혼자만의 심정은 외롭고 소외감을 느낄 때도 많다고 하셨군요.

아내 역시 무슨 의논을 하는 법은 없고, 난 꼭두각시니까 그저 결정을 내려주면 그대로 할 뿐이란 표정을 숨기려 하지 않는다고 하셨네요. 젊을 땐 몰랐는데 이제 나이가 들어가다보니까 외롭고 허전할 때가 특히 많다고 하셨군요.

딱한 처지에 놓이셨네요. 하지만 혼자만의 문제는 아니에요. 남의 작은 비난이나 충고는 말할 것도 없고, 조언조차 듣지 않으려는 사람은 생각보다 많습니다.

이런 타입의 가장 큰 문제는 주변에 도와줄 사람이 점점 줄어 나중엔 아예 아무도 가까이 다가오려고 하지 않는다는 점입니다. 덕분에 점점 더 독선적이 되고, 폐쇄적이 될 수밖에 없구요.

좋은 의도에서 도와주려던 사람들조차 멀어지게 했으니 다른 도리가 없기도 하죠. 이제부터라도 마음의 문을 열 수 있도록 스스로 애써보세요. 자신의 성격적 결함 때문에 소외되고 있다는 걸 깨달았다는 것만으로도 희망은 있으니까요.

다른 사람의 조언이나 작은 비난, 충고에 마음이 굳어지려고 하거든, 그 순간 얼른 자신을 풀어놓으세요. 결심하고 그렇게 스스로를 훈련시켜보는 것입니다. 이 세상에 조언자나 조력자가 전혀 필요 없을 만큼 완벽한 사람은 아무도 없다는 말이 있습니다. 따라서 언제라도 남의 말에 귀기울일 수 있도록 마음을 여는 훈련을 해보세요. 부인께도 고민을 털어놓고 도와달라고 해보세요. 혼자서 훈련하는 것보다 훨씬 효과적일 거예요.

욱하는 성격이라 실수가 잦아요

다혈질에 욱하는 성격까지 있어 크고 작은 실수를 자주 하게 돼 고민이라고 하신 남자분께 편지를 보냅니다.

평소엔 그다지 사람들 눈에 띄는 타입도 아니고, 누가 봐도 그저 평범하기만 하다고 자신을 소개하셨어요. 그래서 잘 모르는 사람들은 자신을 얌전하기만 한 사람인 줄 안다구요. 그러다가 욱하는 거친 면을 보고는 다들 깜짝 놀라며 어리둥절해하는 경우가 많다고 했군요.

덕분에 인간관계가 어긋나는 일도 자주 있다구요. 주변에 친한 사람들조차 "네가 한 번씩 혈기를 부리기 시작하면 당하는 사람 기분 끔찍해지는 거 알지? 제발 그 욱하는 성미 좀 고쳐라." 하고 신신당부를 하곤 한다구요. 그런데도 맘에 안 들거나, 이게 아닌데 싶은 상황을 만나면 자신도 모르게 머리끝까지 피가 몰리니 어떻게 하면 좋을지 모르겠다고 하셨네요.

더구나 이번에 회사에서 부서 개편이 있었는데, 하필이면 자신이 가장 협상의 기술이 필요한 자리로 가게 됐다구요. 벌써부터 친한 동료들은 재미있어하는 표정들인데, 어떻게 하면 행동의 변화를 가져올 수 있는지 궁금하다고 하셨어요.

예로부터 모난 돌이 정 맞는다고 하죠. 정도 이상으로 다혈질이고 참지 못하는 성격도 인간관계에는 크게 마이너스를 초래합니다.

우선 무슨 일을 하거나 사람들을 만날 때, 욱하고 감정이 치미는 순간이 오거든 재빨리 호흡을 멈춰보세요. 이건 아주 결심하고 그렇게 하셔야 합니다. 그런 다음 잠시 동안은 일이 돼가는 대로 흐름에 맡겨두세요. 안 그러면 끓어오르는 감정 때문에 일을 망치기 십상이니까요.

그리고 아무래도 안 되겠다 싶을 땐 주변사람들에게 도움을 청하세요. 자기감정을 통제할 수 없는 사람은 반드시 파트너와 함께 일하란 격언도 있습니다. 특히 아주 중요한 인간관계나 프로젝트를 앞두고 있을 땐 나보다 차분하고 이성적인 판단을 할 수 있는 사람한테 도움을 청해보세요. 객관적인 판단이 중요할 땐 더욱 혼자서 일을 처리해선 안 됩니다.

협상의 기술이란 것도 따지고보면 이성적이고 객관적인 판단이 전제돼야 합니다. 그런데도 상대방이 맘에 안 들거나 공평치 못한 거 같다고 해서 욱하고 혈기를 부리면 객관적인 판단은 이미 불가능하죠.

다혈질이 꼭 나쁘기만 한 건 아닙니다. 불의한 일을 보고 참기만 하는 것도 좋은 건 아니니까요. 하지만 감정이 너무 승해 일을 망칠 정도가 되면 곤란합니다. 물론 성격이 하루아침에 고쳐지는 경우란 거의 없죠. 하지만 자꾸 길들이고 훈련하다보면 개선할 여지도 얼마든지 있다는 점, 잊지 마세요.

한없이 초라해져요

병적인 열등감 때문에 대인관계는 물론이고 하루하루 살아가는 게 때로 끔찍하게만 느껴진다는 남자분께 편지를 보냅니다.

아직 20대 후반이지만 하도 맘고생을 많이 해서 그런지 자신이 아주 폭삭 늙고 병든 거 같은 느낌이 들 때마저 있다고 하셨어요. 물론 겉으로는 아주 멀쩡하기 때문에 자신의 그런 병적인 모습을 눈치채고 있는 사람은 그리 많지 않다구요. 하지만 맘속으론 늘 전쟁을 치르는 심정이라고요. 가장 큰 문제는 사람들을 만날 때 먼저 자신의 약점부터 의식하는 거라고 하셨네요.

상대방이 친구든 선배나 후배든 상관없이 자신의 열등한 부분, 약점이라고 여겨지는 부분부터 의식하다보니 우선 아무런 자신감도 가질 수가 없다구요. 그러면 당연히 줄줄이 상대방 잘난 점만 의식하게 되고, 그럴수록 자신은 한없이 초라해져갈 뿐이라고 했군요. 한번 그렇게 추락이 시작되면 끝이 없어서 도무지 정상적인 생각을 할 수 없는 것도 문제라고 하셨네요. 그러면 별 것 아닌 일에도 빈정거림을 일삼거나 공연히 야유를 보내거나 하는 걸로 자신을 위장하는데 대개는 성공하는 편이긴 하다구요. 덕분에 오히려 저 잘난 맛에 사는 돼먹지 못한 인간쯤으로 분류되는 일마저 있다구요.

하지만 사실은 그 모든 행동이 열등감에 기인한다는 걸 자신만은 외면할 수 없으니 문제가 아닐 수 없다고 하셨어요.

열등감이란 누구한테나 참 치명적이고 끈질긴 함정이죠. 제 임상경험을 봐도 사람들이 가장 해결하기 어려워하는 문제 중 하나가 바로 이 열등감입니다.

다른 점이 있다면 개인마다 열등감의 모습이 아주 다양하다는 점이겠죠. 그러다보니 누구는 장점으로 여기는 모습이 다른 사람한테는 지독한 열등감으로 작용하는 모순이 생겨나기도 합니다. 굳이 이런 얘기를 하는 건, 열등감이란 결국 내 맘의 온갖 생각들이 빚어내는 허구, 또는 환상에 불과할 수도 있다는 걸 말씀드리고 싶기 때문입니다. 상대방은 전혀 눈치조차 채지 못하는 문제로 나 혼자 전전긍긍 괴로워한다는 점에서 더욱 그런 생각을 안 할 수 없습니다. 따라서 이제부터 내 안의 어떤 문제들이 그런 열등감을 만들어내는지 자세히 한번 살펴보세요.

그리고 말씀하셨듯이 남들은 이편의 문제를 잘 모릅니다. 따라서 혼자서 괴로워한다는 자체가 어딘지 우습고 모순되다고 생각해보세요. 그런 다음엔 약점을 의식하지 말고 먼저 행동한 후 타인의 반응을 지켜보면서 자신에 대해 평가를 내리는 훈련을 해보세요. 거듭하다보면 빈정거리는 태도를 보이지 않고도 이편의 의견을 명확하게 전달할 수 있게 될 것입니다.

사서 걱정을 해요

쓸데없는 근심걱정 때문에 할 일을 제대로 못해 고민이라고 하신 여자분께 편지를 보냅니다.

무서움증 때문에 혼자선 밤길도 못 다니고 택시도 못 타신다고 하셨어요. 더군다나 가게를 하고 있어서 밤늦게 귀가할 때가 많은데, 그래서 늘 집에 가는 게 문제가 된다구요. 혼자서 돌아다니지도 못하고 택시도 못 타 꼭 남편이 데리러오거나 다른 사람들과 함께 택시를 타고 집까지 가야 하기 때문이라고 하셨네요. 그때마다 너무 미안하고, 남편한테 핀잔도 여러 번 들었지만 어쩔 도리가 없다구요.

요즈음 아이가 태어나 친정에서 돌봐주고 있는데 그것도 늘 불안의 원인이 된다고 하셨네요. 혹시 아기가 갑자기 아프기라도 하면, 잘못해 사고라도 나면 어쩌나, 하며 온갖 불길한 상상을 혼자서 할 때도 많다구요. 언젠가 그런 애길 친정어머니한테 했다가 당황한 적도 있다고 하셨군요. 어머니 말씀이 얼마나 온갖 정성을 다해 아기를 돌보고 있는데 그런 말을 하냐며 몹시 섭섭해하셨기 때문이라구요.

또 한 가지, 아파트를 분양받아 곧 이사를 하게 됐다구요. 그런데 그곳이 무려 15층에 있어서 그것도 여간 걱정이 아니라고 하셨네요. 혼자서 엘리베이터를 타고 오르내릴 자신이 없기 때문이라구요. 남편한테 여러 번 애길해봤지만 역시 핀잔만 줄 뿐 말을 귀담아듣는 것 같지 않아 더 걱정이라고 하셨네요.

아직 일어나지도 않은 일을 미리 걱정하는 걸 예기불안이라고 합니다. 여러 번 비슷한 주제로 상담을 해드린 일이 있는데도 여전히 많은 분들이 같은 어려움을 털어놓는 걸 보면, 이 예기불안이 꽤 끈질긴 뭔가를 갖고 있다는 생각이 들기도 합니다.

누구나 자신의 앞날에 대해 그만큼 확신을 갖기가 힘들단 뜻도 되겠죠. 그렇다고 말 그대로 아직 일어나지도 않은 일을 갖고 지나치게 마음을 쓰는 건 분명 건강한 생활은 아닙니다.

누구나, 특히 여성들은 밤길을 혼자 다니거나 늦은 밤 혼자 엘리베이터를 타거나 하면 불안한 게 당연합니다. 그렇다고 생활에 지장을 받을 정도로 강박적인 불안증을 느끼거나 하진 않습니다. 이렇게 한번 해보시면 어떨까요. 불안감이 들더라도 끝까지 견디면서, 실제로 그 상황에서 아무런 일도 일어나지 않는다는 걸 경험해보는 거예요. 몇 번 그런 일이 반복되다보면 조금씩 나아지는 수도 있으니까요. 그러나 혼자선 도저히 감당하기 어렵다고 여겨지면 적절한 치료를 받아보실 것을 권합니다.

매사 부정적이에요

평소 모든 일에 부정적이란 말을 자주 듣는데 새해엔 그런 모습을 고치고 싶다고 하신 분께 편지를 보냅니다.

어떤 일을 대하든 거의 무의식적으로 긍정적인 면보다는 부정적인 면부터 살피는 버릇이 있다고 하셨어요. 그래서 남들이 그 일을 되게 하려고 애쓰는 동안 자신은 오히려 그 반대로 행동할 때가 더 많다구요. 우선 어째서 그 일이 안 될 수밖에 없는가, 그걸 따지는 일에 더 골몰한다구요. 그리고 과거에 비슷한 일이 실패로 끝난 경우만 머릿속에 떠오른다고 했군요. 그러다가 자신의 예상대로 일이 잘 안 풀리면 거 봐라 내가 뭬랬느냐, 처음부터 안 될 일이라고 하지 않더냐, 하며 말하길 좋아한다구요. 좋아한다기보다 자신도 모르게 그렇게 된다고 하는 표현이 맞을 것 같다고 하셨네요.

당연히 일도 제대로 안 풀린다구요. 결국 자신은 세상에 좋은 일이라곤 하나도 없는 불운한 사람인 것처럼 여겨지는 악순환이 계속되는 형편이라고 하셨네요.

사람들을 대할 때도 상대방의 좋은 점보다는 안 좋은 점부터 보게 되고, 그러다보면 결국 부정적인 평가를 내릴 수밖에 없게 된다구요. 덕분에 대인관계 역시 결코 좋다고는 할 수 없다고 하셨군요.

새해엔 심기일전, 자신의 그런 나쁜 면을 고치고 싶은데, 과연 가능성이나 있는지 알고 싶다고 하셨어요.

과연 가능성이나 있는지, 라고 하셨는데 그것 역시 부정적인 표현을 쓰신 것 같아 재밌군요. 물론 가능성이 있고 말구요.

우선 그동안 쓰디쓴 실패의 경험으로부터 놓여나야겠죠. 우리가 매사에 자꾸 부정적이 되는 건 과거 실패한 경험으로 인해 불안감이 너무 크기 때문입니다.

마음으론 잘해보고 싶지만 실패할지도 모른다는 불안감으로 인해 아예 미리 실패를 가정하는 거죠. 실패를 가정하고 시작한 일이 잘될 리가 없는 거구요. 그러다보면 매사에 일이 안 풀리는 악순환이 계속 이어질 수밖에 없죠. 반대로 긍정적인 사람들을 보면 치명적인 문제 속에서도 반드시 해결방법을 찾아낼줄 압니다.

긍정적인 사람이 되기 위한 첫 번째 단계는 자신의 시각을 바꿔보는 것입니다. 우선 거봐라 내가 안 될 거라고 하지 않더냐? 하는 말은 앞으로 쓰지 말아보세요. 그런 말은 자신뿐 아니라 주변사람들까지 낙담시켜 계속 일을 그르치게 만든답니다. 그런 사람이 환영받을 리 만무하죠. 그러니 앞으론 가능한 한 좋은 말, 칭찬하는 말, 긍정적인 말을 쓰려고 의도적으로 노력해보세요. 올 한 해 그런 노력을 계속한다면 훨씬 좋은 결과가 있으실 거예요.

과거의 환영에 시달려요

시도 때도 없이 지나간 일들이 불쑥불쑥 떠올라 자주 머릿속이 혼란스럽다고 하신 남자분께 편지를 보냅니다.

하루 종일 아무 때나 과거의 일들이 자신도 모르게 떠올라 일상생활에 지장을 받을 정도라고 하셨어요. 공부를 할 때도, 일을 할 때도, 운동을 하거나 쉴 때도, 거리를 걸어다닐 때도, 잠을 자려고 할 때도 그런 상황에서 벗어날 길이 없다구요.

기억들이 토막토막 떠오를 때도 있지만, 어떤 땐 아주 구체적인 사건이나 대화가 떠오를 때도 있다고 했군요. 예를 들어 군대에 있을 때 겪은 사소한 사건들, 지금은 헤어진 여자친구와 있었던 일들, 친구와 여행갔을 때의 경험, 회사에서 동료들과 일 때문에 다퉜던 장면 같은 것들이 아무 예고도 없이 불쑥불쑥 떠올라 머릿속을 채운다구요. 그러지 말아야지 할수록 기억은 더욱 또렷이 떠오르고, 스스로 통제가 전혀 불가능하다고 하셨어요. 덕분에 공부를 하든 일을 하든 집중이 안 되는 건 말할 것도 없고, 하루 종일 머릿속이 뒤숭숭한 채로 보내는 때도 많다구요. 그래도 군대에 있을 땐 좀 나았던 것 같은데 요즘은 날이 갈수록 더욱 심해지는 느낌이라고도 하셨네요.

과거의 기억이 우리의 통제를 받지 않는 건 분명한 사실이죠. 그렇지 않다면 마음 아프거나 상처뿐인 기억이 시도 때도 없이 떠올라 우리 머릿속을 어지럽히는 일도 없을 테구요.

하지만 우린 너나없이 과거의 기억 때문에 현재의 순간에도 웃고 우는 존재입니다. 따라서 지금 자신이 겪고 있는 일에 지나치게 얽매이지 마시란 말씀부터 드리고 싶군요. 누구나 조금씩은 다 비슷한 증상을 겪으며 살아가고 있으니까요. 단, 말씀하신 걸로 미루어선 일종의 강박증상을 겪고 있을 가능성이 아주 없진 않습니다. 일상생활에 지장을 받을 정도라면 말이죠.

강박증이란, 자신이 원치 않는 생각들이 반복해 떠오르고, 그 생각을 안 하려고 아무리 애써도 잘 되지 않고, 오히려 그럴수록 더 그 생각에 집착하게 되고, 그 때문에 정작 해야 할 다른 일에 집중할 수 없는 상태를 의미합니다. 그리하여 일상생활 전체가 비효율적인 상태로 빠져든다면, 그땐 병으로 간주할 수 있겠죠. 물론 그때는 전문적인 상담과 치료가 필요합니다.

그 정도가 아니고 단지 지나간 기억들이 약간의 방해물이 될 정도라면, 너무 거기에 의미를 두지 마세요. 그럴 수도 있다고 여기고 편하게 생각하는 연습을 해보는 거예요. 나뿐 아니라 다른 사람들도 이따금 비슷한 일을 겪는다고 여기면 좀 나아지실 것 같군요.

노이로제에서 벗어나고 싶어요

약간의 노이로제 증상으로 약물치료를 받고 있는데, 이제 그만 자신의 자유의지로 세상에 나가고 싶다고 하신 여자분께 편지를 보냅니다.

많은 형제자매와 함께 편모슬하에서 성장해오셨다구요. 어머니 혼자 온갖 험한 일을 다 하시면서 자식들을 키워오신 건 정말 감사드리고 있다고 하셨어요. 하지만 정작 자신이 어머니를 필요로 할 땐 한 번도 곁에 있어주신 기억이 없다구요.

20대 후반이 된 지금도 어머닌 딸의 실수만 꼬집고 윽박지르고, 칭찬은커녕 "네 주제에 뭘"이란 말만 하는 형편이라고 하셨네요. 그렇게 성장한 탓인지 정말 자신이 한심하고 무가치한 존재로 느껴질 때가 많았다구요. 그러다가 결국 사람들을 만나면 손이 떨리는 증상으로 고생하게 됐다고 했군요. 손이 떨릴까봐 긴장돼 사람들과 함께 밥을 먹어도 음식맛을 느끼지 못할 정도로 고생이 심했다구요.

얼마 전부터 정신과에서 처방해준 약을 먹으며 견뎌왔는데 이젠 더이상 약에 의존하고 싶지 않다고 하셨네요.

사람들과 교류도 않고 세상을 외면한 채 살아온 자신이지만, 이젠 그 모든 걸 떨치고 일어서고 싶은데 과연 그럴 수 있을지 확신이 서지 않는다고도 하셨군요. 하지만 그런 욕구만은 분명히 느끼고 있다구요.

먼저 그런 용기를 내신 것에 박수를 보냅니다. "세상에 나가고 싶어요. 약의 힘이 아닌 자유의지로." 라고 하셨는데 정말 그렇게 해보셔야 한답니다.

세상에 나가기 두려운 건 실제로 두려움을 주는 사람들이 세상에 가득 차 있기 때문에 그런 건 아니죠. 단지 자신이 스스로 그렇게 느끼고 생각하기 때문입니다.

어린시절 사랑받지 못하고 인정받지 못한 어두운 경험이 있었다는 점은 충분히 이해합니다. 그러나 그런 과거의 부정적인 경험 때문에 세상의 모든 사람들이 다 그럴 거라고 지레짐작해선 안 됩니다. 더구나 그런 생각을 거의 습관적으로 굳혀간 게 문제가 아닌가 싶군요.

그런 생각들을 없애기 위해선 모든 사람들이 다 그런 것만은 아니란 사실을 깨닫게 해줄 만한 새로운 대인관계의 경험이 꼭 필요합니다. 그런 경험 없이는 아무리 자기최면을 걸고 자신감을 갖자고 맹세해도 크게 도움이 안 된답니다.

다행히 세상을 향해 맘을 열고 싶단 생각이 들기 시작했으니, 이제부터 더욱 용기를 내어 조금씩 사람들을 사귀려는 연습을 해보세요.

우울증을 달고 살아요

자주 우울해져서 고민이라고 하신 대학 1학년인 여학생에게 편지를 보냅니다. 특별히 그럴 만한 이유가 있는 것도 아닌데 거의 매일 우울한 상태에서 벗어나기가 힘들다구요.

중고등학교 시절에도 비슷한 증상이 있었다고 했군요. 하지만 그땐 사춘기에 으레 따르는 증상이려니 했을 뿐, 지금처럼 심각하게 생각하진 못했다구요. 주변에서 친구들이나 부모님도 사춘기라 그런 거라며 가볍게 넘기라고 위로해주는 게 전부였다고 했네요. 스스로도 그렇게 여겼구요. 하지만 사춘기도 지났는데 여전히, 아니 전보다 더 심하게 우울한 상태에서 벗어나지 못하니 여간 괴로운 게 아니라구요.

아주 하찮고 사소한 일에도 상처받고 울음이 나오고, 맘은 바닥까지 가라앉는가 하면, 자주 아무 생각도 없이 멍하니 있을 때도 많다고 하셨어요.

요즘은 부모님도 걱정이 되시는지 병원에 가보잔 말씀을 하신다구요. 안 그래도 힘든 부모님께 그런 걱정까지 끼쳐드리고 싶지 않은데 정말 속상하다고 했네요.

나름대로 성격을 좀 바꿔보려고 친구들 만나면 애써 명랑, 활발한 척하고, 운동도 하러다니곤 한다구요. 하지만 그때뿐 혼자가 되면 다시 멍하게 있거나 표현하기 힘들 정도로 우울해지곤 한다구요.

친구들은 바쁘고 정신없으면 괜찮을지도 모른다며 같이 아르바이트라도 해보자고 하는데, 사실은 그것도 겁나고 불안해 하고 싶지 않다고 했군요. 하루도 우울한 상태에서 벗어나는 적이 없는데, 자칫 실수라도 할까봐 걱정되기 때문이라구요. 과연 치료를 받아야 할지 물어오셨네요.

우선 마지막 질문에 대한 것부터 말씀드리자면, 확실한 건 자세한 상담을 해봐야 알 수 있겠지만 일단 부모님 말씀대로 전문적인 진단을 받아보는 게 좋을 거 같군요.

사춘기엔 누구나 작은 일에도 상처받고 눈물도 많고, 기분도 자주 저조하게 마련입니다. 하지만 사춘기가 지났는데도 계속 주기적으로 우울감을 느낀다면 어느 정도 문제가 있다고 봐야 합니다.

전문가에게 우울증의 소인이 있는 건지, 그렇다면 그 정도가 얼마나 심각한지, 아니면 그다지 큰 문제는 아닌지, 하는 것들을 체크해보세요.

우울증의 소인이 있다면 치료를 받아야 합니다. 요즘은 약물치료만으로도 호전되는 예가 많으므로 그다지 걱정하진 마세요. 아무튼 그대로 방치해둬선 안 된다는 것만은 분명하답니다.

심각한 정도가 아니라면 생각을 긍정적으로 바꾸도록 자신을 훈련해야 합니다. 친구들이 아르바이트 제의를 했다면 너무 겁내지 말고 해보는 건 어떨까요? 단지 지금 우울하다고 해서 실수하면 어쩌나, 하는 걱정까지 할 필욘 없으니까요. 아직 일어나지도 않은 일 때문에 현실을 회피한다면 그건 아무런 도움도 안 된단 사실을 기억하세요.

제 고집은 아무도 못 말려요

평소 고집이 센 성격 때문에 자주 주변사람들과 불화하게 된다는 분께 편지를 보냅니다.

한번 자기주장이 시작되면 좀체 그걸 굽히기가 힘이 드신다구요. 덕분에 가족들과도 자주 마찰을 빚는다고 하셨어요.

예를 들어 요즘 같은 명절을 맞아 모처럼 형제들이 한자리에 모일 때도 혼자 돌출행동을 고집하는 경우가 많다구요. 명절이면 집안의 대소사도 서로 의논하게 마련인데, 그때마다 자신도 모르게 형들의 얘기에 반론을 펴게 된다고 하셨군요. 다른 사람들이 다 산으로 가자고 하면 자기 혼자 바다로 가자고 하는 식이라구요. 그러면 형들은 으레 "또 시작이냐? 우리 쟤 빼고 얘기하자. 넌 옆에서 듣고만 있어. 우리 얘기할 때, 입도 뻥끗하지 마." 하고 미리 연막을 치곤 한다구요.

물론 우스개처럼 말하는 거지만 자신은 찔리는 데가 많다고 하셨네요. 그렇다고 정말 아무 얘기도 안 하고 있냐 하면, 그렇지 못해서 꼭 마지막에 가서 흥분하는 건 자기 혼자뿐이라구요.

문제는 그런 버릇이 친구들을 만나서나 심지어 회사에서 부서원들끼리 회의를 할 때도 여지없이 나타나는 거라고 하셨어요. 가족들이야 지겹다고 하면서도 대개 봐주고 넘어가지만 남들은 그렇지 않아서 자주 감정적인 대립으로 이어진다구요.

　이제부터라도 좀 그런 버릇을 고치고 싶은데, 뾰족한 방법을 몰라 괴롭다고 하셨네요.

　형들은 그 성격 못 고치면 결혼해서도 문제가 많으니까 지금이라도 단단히 고쳐두라고 하는데, 과연 자신이 변화할 수 있을지도 궁금하다구요.

구체적인 얘기가 없어 다소 막연하긴 해도 어떤 상황에 놓이셨는지는 이해가 갑니다.

　자기 의견을 끝까지 고집하고 웬만해선 타협을 모른다고 하면 으레 고지식하고 가치관이 분명한 사람처럼 생각됩니다. 하지만 그게 지나쳐 남들과 감정적인 대립으로 이어진다면 문제가 있다고 봐야 합니다.

　무의식 속에 자리한 낮은 자존감, 자신감 부족 등을 나타내지 않으려고 오히려 더욱 완강하게 자기주장을 굽히지 않는 경우가 많기 때문입니다.

　어릴 때 중요한 사람으로부터 인정받지 못한 뼈아픈 경험이 패배의식으로 남아 있을 수도 있습니다. 그리하여 어른이 돼서도 자기 의견이 관철되는 게 곧 존중받고 인정받는 거란 생각에서 벗어나지 못하는 거죠. 먼저 자신에게도 그런 점들이 없는지 한번 깊은 성찰을 거치시기 바랍니다. 그리고 누구나 내 관점에서 보면 내 의견이 옳게 마련입니다. 그러므로 의견대립이 계속될 땐, 한번쯤 상대방의 입장에서 생각해보는 습관을 기르는 것이 좋습니다. 그렇게 해서 서로 타협하는 지혜를 발휘하는 것입니다.

　말씀하신 것처럼 웬만큼 문제 있는 행동도 가족들 사이에선 용서가 됩니다. 그러나 남들과는 그렇지 못하죠. 그러므로 대인관계에서 적을 만들고 싶지 않다면 상대방의 관점에서 생각하고 배려하는 능력을 길러야 합니다.

쇼핑중독증에 걸렸어요

20대 직장인인데 언제부턴가 쇼핑중독이 된 거 같아 고민이라고 하신 여자분께 편지를 보냅니다.

주말이면 특별히 살 물건도 없으면서 혼자 백화점을 순례하는 건 기본이라고 하셨어요. 샅샅이 매장을 돌아다니며 눈에 띄는 대로 자잘한 물건들을 이것저것 사들이기 시작한 게 이젠 습관처럼 되고 말았다구요.

요즘엔 인터넷 쇼핑에도 빠져 있는 중이라고 했군요. 괜히 하루에도 몇 번씩 경매사이트에 들어가 어떤 물건이 나왔나 보고, 맘에 드는 게 있으면 사들이고 있다구요. 그때마다 이건 사두면 꼭 쓸 데가 있는 물건이니까, 하며 자기합리화를 시키고 있는 형편이라고 하셨네요.

문제는 그렇게 해서 사들인 물건이 쌓아둘 곳이 없을 정도인데다, 진짜 심각한 건 파산 직전에 놓인 자신의 재정상태라구요. 그런 걸 생각하면 몹시 끔찍한 기분이라고 하셨군요. 그런 기분이 들 때마다 이제부터 절대 아무것도 사들이지 말아야지, 백화점 순례도 하지 말고 인터넷은 쳐다보지도 말자, 하며 굳은 결심을 하곤 한다구요. 하지만 그때뿐, 또 어느새 인터넷 쇼핑몰에 들어가 이것저것 들여다보고 있으니 자신이 생각해도 너무 한심하다고 하셨어요.

자기합리화와 후회를 되풀이하며 중독증상에서 벗어나지 못하고 있는데 어떻게 하면 좋을지 모르겠다구요.

어떤 중독이건 중독증상의 이면에는 불안과 그 불안을 회피하고자 하는 심리가 혼재돼 있습니다.

안 해도 그만이거나 해봐야 별로 소득도 없거나, 또는 오히려 생활에 지장이 생기고 피해만 돌아오는 일에 집중하고 있는 건 반드시 해나가야 할 어떤 일에 대해 자신감이 없고 피하고만 싶기 때문입니다.

약물이나 알코올, 도박 등에 중독증상을 나타내는 것도 그런 심리와 연관이 깊습니다. 쇼핑중독 역시, 물건을 좀 과하게 사들이는 정돈데 뭐, 하고 말기엔 문제가 적지 않습니다. 쇼핑중독증상이 심해지면 홈쇼핑이나 인터넷 쇼핑은 말할 것도 없고 대형할인점을 마구 돌아다니며 온갖 잡동사니를 다 사들여 말 그대로 쌓아둘 곳이 없을 만큼 집 안을 엉망으로 만드는 경우도 많습니다.

그러므로 이쯤에서 딱 결심하고 물건을 사들이는 걸 멈추셔야 합니다. 그리고 자신이 꼭 해야 하는데도 미루고 있거나 회피하고 있는 일이나 문제가 뭔지, 깊이 한번 생각해보세요. 그렇게 해서 자신이 해야 할 일을 반드시 해나갈 수 있도록 애쓰셔야 합니다. 경제적인 상황이 더 나빠지기 전에 말입니다. 혼자 힘들다고 판단되면 주변의 믿을 만한 사람에게 조언과 도움을 구해보세요. 그래서 꼭 이번 기회에 문제에서 벗어나시기 바랍니다.

잘못을 인정하기 어려워요

분명 자신이 실수한 일인데도 잘못을 인정하기까지 몹시 어려움을 겪는다고 하신 분께 편지를 보냅니다.

그러다보니 주변사람들과 자주 여러 가지로 마찰을 빚어 고민이라고 하셨어요. 우선 회사에서 크고 작은 실수를 할 때가 더러 있다구요. 그때마다 깨끗하게 실수를 인정하면 그냥 넘어갈 일도 부인하고, 변명하고, 고집부리다가 더 큰 곤욕을 치를 때가 적지 않다고 하셨군요.

여자친구하고도 매번 그 비슷한 문제로 다투곤 한다구요. 여자친구말이 "남자가 무슨 일이든 저질렀으면 책임을 져야지, 너처럼 끝까지 아니라고 버티고, 자기 잘못을 인정할 줄 모르는 사람은 처음 본다."고 한다구요. 그런 여자친구의 지적이 아니더라도, 스스로 자신의 그런 모습이 한심하게 느껴질 때가 많다고 하셨어요. 그런데도 막상 그런 일이 닥치면 자신도 모르게 똑같은 행동을 되풀이하게 된다구요.

어떤 땐 정말 자기 잘못이 아닌 거 같아서 어떤 땐 잘못했다는 걸 알면서도 일단 우기고 버티고 보는데, 왜 그런지 모르겠다고 하셨네요. 자존심 때문도 아닌 거 같은데, 아무튼 자신의 실수나 잘못을 인정하는 데 굉장한 어려움을 겪고 계시다구요.

아마도 모르긴 해도 스스로 생각하는 것만큼 그렇게 많은 실수나 잘못을 하는 타입은 일단 아니실 거 같군요. 왜냐하면 말씀하신 걸로 봐서 완벽주의 성향이 매우 강한 분인 거 같기 때문입니다. 이런 타입은 자신의 아주 작은 실수에도 매우 민감한 반응을 보입니다. 나아가 자기가 실수했단 거 자체를 인정하고 싶지 않은 맘이 너무 강해 그 때문에 자주 갈등을 빚기도 합니다. 작은 잘못이라도 일단 그걸 인정하고 나면 자신이 아무 쓸모없는 사람인 것처럼 느껴져서 견디지 못하는 것입니다.

그러므로 먼저 자신에게 그런 완벽주의 성향이 없는지 한번 잘 살펴보세요. 만약 그런 성향이 있다는 결론이 내려지거든 가능한 거기서 벗어나려고 많이 노력해야 합니다.

사람은 때로 실수할 수도 잘못을 저지를 수도 있으며, 자기 역시 거기에서 예외가 아니란 사실을 인정하고 스스로를 설득해보세요. 이 세상 누구도 언제나 옳고 완벽할 순 없습니다. 우린 인간이기에 때때로 실수하고 잘못을 저지릅니다. 그리고 그런 사실을 알고 인정하는 건 매우 중요합니다. 우린 누구나 수많은 실수와 실패 속에서 넘어지고 다시 일어나며 성장해나가는 존재이기 때문입니다.

그 속에서 나 역시 예외가 아니라고 한 번만 인정해보세요. 생각보다 맘이 아주 편안해지실 거예요. 나아가 실수와 실패는 깨끗하게 인정하는 편이 훨씬 품위 있다는 사실도 깨닫게 되실 거라 생각됩니다.

사이버 세상에서 탈출하고 싶어요

언제부터인가 하루 종일 컴퓨터 앞에 앉아 사이버 공간을 드나들다 보니 정상적인 인간관계가 두려워지기 시작했다는 분께 편지를 보냅니다.

평소 내성적이고 수줍음이 많은 성격이라 사람들 앞에 나서서 자기를 드러내는 일에는 늘 서투른 편이셨다구요. 그러던 중 인터넷의 대화방이란 델 우연히 들어가게 된 후, 어느 틈엔가 그 매력에 푹 빠지고 말았다고 하셨네요. 우선 무엇보다 자신이 누구인지 어떤 사람인지 알리지 않고도 많은 사람들과 대화를 나눌 수 있다는 게 큰 용기를 주었다구요.

처음에 두 살배기 아이의 육아정보를 알아보려는 게 목적이었지만, 이젠 아예 인터넷 중독이 아닌가 싶게 하루 종일 컴퓨터에만 매달려 있는 형편이라고 하셨어요.

더 큰 문제는 사이버 공간이 아닌 정상적인 인간관계에 더욱더 서툴러지고, 심지어 기피하게까지 된 거라구요.

요즘 들어 비슷한 문제로 고민하는 분들이 의외로 많더군요.

사이버 공간의 가장 큰 장점은 익명성이 보장된다는 것입니다. 대인관계에서 사람들이 가장 신경을 쓰는 것 중의 하나가 남들이 날 어떻게 평가할까, 하는 것입니다. 그래서 남들이 주목하는 상황에선 손도 떨리고 목소리도 떨리고, 아무것도 생각이 안 나 당황스럽다는 사람들이 많습니다. 그런데 이런 사람들일수록 사이버 공간에선 용감한 경우가 많습니다. 익명성 때문입니다.

내가 상대방에게 어떻게 보이든, 어떤 평가를 받든, 익명성이란 편리한 장치 뒤로 숨을 수 있는 것입니다. 그러나 익명성 뒤에 자신을 가두는 일이 심해지면 자칫 정체성 상실로 이어질 수 있다는 점을 간과해선 안 됩니다.

평소 정상적인 대인관계에서 더욱더 움츠러드는 것도 바로 그런 점 때문입니다. 그러므로 앞으로 더 심한 상황에 빠지기 전에 자신을 추스르시기 바랍니다.

혼자서 어려우면 남편에게 사정을 설명하고 도와달라고 하세요. 처음엔 화를 낼지도 모르지만 곧 여러 가지 방법으로 도와주려고 할 것입니다. 기꺼이 그 도움을 받도록 애써보세요.

컴퓨터를 아예 치워버린다는 사람들도 있더군요. 극단적으로는 그런 방법도 생각해보세요. 다른 취미생활이나 운동 등에도 마음을 붙이려고 애써보세요. 아무튼 자신에게 문제가 있다는 걸 안 이상 더 이상 거기에 매달리지 않으려는 본인의 노력이 중요하다는 점을 꼭 기억하시기 바랍니다.

무조건 참는 성격이에요

화나는 일이 있어도 참는 게 거의 병적인 수준인 거 같아 괴롭다고 하신 여자분께 편지를 보냅니다. 학교 졸업 후 직장에 다니고 있는데, 그런 성격 때문에 혼자 고민할 때가 많다고 하셨어요.

직장에서 동료들과 사소한 일로 부딪혀도 자신은 그저 혼자 꾹꾹 눌러 참기만 하는 타입이라고 했군요. 다른 사람들을 보면 그 자리에서 발끈하며 화도 잘 내던데, 자신은 아마 죽었다 깨어나도 그러진 못할 것 같다는 생각을 자주 한다구요. 자신은 아무리 화가 나도 무조건 참고 또 참기 때문이라고 하셨네요. 문제는 그럴 때마다 마음속으로 혼자 전쟁을 치르는 거라구요. 감정을 주체하지 못해 어떤 땐 아무도 모르게 죽어버릴까 할 때마저 있다구요. 그렇지만 결코 남한테 내색은 하지 않는다고 하셨어요.

그래선지 누가 자신에게 화를 내는 것도 잘 견디지 못한다고 하셨군요. 물론 내색은 안 하지만 그 사람이 너무나 싫어져서 두 번 다시 보고 싶지 않다고 생각할 때가 많다구요.

어릴 때부터 무서운 아버지 때문에 자신의 생각이나 감정을 제대로 표현해본 적이 한 번도 없다고 하셨어요. 뭐든 아버지의 일방적인 훈계나 명령에 따라 그저 기계적으로 행동하곤 하는 게 고작이었다구요. 아마도 그 때문에 지금도 좋은 감정, 싫은 감정, 화나는 감정 등을 표현하지 못하는 게 아닌가 싶다고 하셨네요.

비슷한 문제를 겪는 분들이 의외로 많습니다. 말씀하신 것처럼 어릴 때부터 감정표현을 하는 데 어려움을 겪은 게 원인인 경우도 많구요.

부모자식 사이든, 부부 사이든, 친구나 연인 사이든, 모든 대인관계는 서로 상호작용하게 마련입니다. 예를 들어 아버지께서 일방적으로 엄하게만 하셨다고 했는데, 어쩌면 스스로 무조건 참고 의사표현을 하지 못한 탓에 더 그렇게 됐을 수도 있습니다. 지나치게 자신을 억압하고 표현하지 못했던 거죠. 적어도 열 번 중에 한 번만이라도 자기 의사를 제대로 표현했더라면, 아버지께서도 열 번 중에 한 번은 일방적이지 않았을 수도 있습니다.

따라서 이제부터 난 무조건 참는 타입이야, 하는 고정관념부터 깨뜨려보세요. 누구한테든지 화나는 일이 있으면 열 번에 한 번은 그 화나는 감정을 표현해보는 거예요. 물론 성격상 어려움을 겪는다는 건 충분히 이해합니다. 그러나 부당하다고 생각되는 일까지도 참기만 해선 곤란하지 않을까요? 이제부터라도 꼭 하고 싶은 말이 있으면 무조건 참지 말고, 조금씩 표현해보는 훈련을 해보시기 바랍니다.

나는 지지리도 운이 없는 남자예요

마음의 평정을 찾고 싶은데 그게 뜻대로 안 돼 괴롭다고 하신 남자분께 편지를 보냅니다.

지난 몇 달을 포함해 지금까지 자신의 인생에서 가장 힘든 시기를 보내고 있는 것 같다고 하셨어요.

3년 동안 사귄 여자친구와는 두 달 전에 헤어졌고, 회사에선 순간적인 실수를 일을 잘못 처리해 감봉처분까지 받았다구요. 게다가 친구가 주식투자하자고 꼬이는 바람에 저금해두었던 돈까지 몽땅 털어넣었는데 그것도 바닥을 모르고 헤매고 있는 형편이라고 했군요.

한꺼번에 그렇게 여러 가지 힘든 일이 겹친 건 이번이 처음이라고 하셨어요. 누구 하나 허심탄회하게 얘길 나눌 상대도 없고, 그렇다고 혼자 감당하며 끙끙 앓고 있자니 사는 게 너무 혼란스럽다구요.

여기서 무너지면 안 된다는 생각은 기본적으로 갖고 있다고 하셨어요. 하지만 그건 생각뿐, 실제론 하루에도 몇 번씩 지옥을 경험하는 것만 같다고 하셨네요. 무엇보다 마음의 평정을 찾고 싶은데, 어떻게 해야 할지 잘 모르시겠다구요. 어떤 식으로든 결단을 내려야 한다는 생각도 갖고 있지만 그럴수록 혼란만 가중되는 것 같다고도 하셨군요.

딱한 상황에 놓이셨네요. 살다보면 누구나 한 치 앞도 안 보이는 캄캄한 어둠을 헤매는 것 같은 때가 있게 마련이죠. 그러면 맘의 평정은 고사하고 하루하루 그저 숨쉬며 살아가는 것마저 힘든 처지에 놓이고 맙니다. 하지만 거기서 주저앉고 만다면 인생은 너무 무가치한 게 되겠죠. 그래서 어떻게든 방법을 찾고 싶지만 그것 역시 여의치 않습니다.

가장 좋은 대처방법 중 하나는 지금의 격랑이 가라앉기를 기다리는 것입니다. 격류에서 벗어나려고 몸부림칠수록 더 격한 물살 속으로 끌려들어가지 않던가요? 인생의 격랑을 만났을 때도 마찬가집니다. 거기서 벗어나겠다고 발버둥칠수록 더 고통 속으로 들어가기 쉽습니다.

그럴 땐 그저 되어가는 대로 놓아두고 잠잠해지길 기다리는 게 더 현명할 때도 있는 법입니다.

혼란스런 머리로 이것저것 방법을 찾아 헤매다가 오히려 더 일을 그르치는 경우를 많이 보았기 때문에 드리는 말씀입니다.

옛 선인의 말씀에, 오늘 양보하고 내일 성공하라는 얘기가 있습니다. 그것이 오늘의 격류와 혼란을 피해가는 최선의 방법이란 것입니다. 당분간은 기도하는 맘으로, 힘들면 힘든 대로 자신을 가만히 놓아둬보시면 어떨까요? 그렇게 해서 시간이 흐르다보면 반드시 떨치고 일어설 순간이 올 테니까요.

혼자 있는 게 무서워요

혼자 있는 걸 잘 견디지 못해 고민이라는 여학생에게 편지를 보냅니다. 대학에 진학하면서 부모님과 떨어져 혼자 지내게 됐는데, 그걸 견뎌내기가 쉽지 않다고 했군요.

어릴 때부터 혼자 있는 걸 굉장히 싫어했다구요. 어쩌다 부모님이 외출해 혼자 집을 볼 때가 있으면 무섬증에 어쩔 줄 모르는 버릇이 있을 정도였다구요. 밤에도 혼자 자기 방에서 자지 못해 초등학교 졸업 때까지 부모님과 함께 잘 정도였다구 했네요. 다행히 중학교에 가면서 그 버릇이 없어지고, 혼자서 집도 볼 수 있게 됐다구요. 그러다가 다른 지방에 있는 대학에 가면서 혼자 떨어져 오피스텔에서 지내게 됐는데 그때부터 다시 무섬증에 시달리게 됐다구요. 처음엔 다른 친구들도 다 그런 줄 알았다구요. 지금도 방학 때 집에 가면 여전히 혼자서도 잘 지내는데, 학교로 돌아오기만 하면 같은 버릇이 되풀이된다구요.

그렇다고 집안에 무슨 문제가 있냐 하면, 전혀 아니라고 했군요. 경제적으로도 여유가 있는 편이고 부모님들끼리도 서로 사이가 좋으시고, 또 자신을 끔찍하게 사랑하고 계신다는 것도 잘 알고 있다구요.

성장과정에서 무슨 특별하게 나쁜 경험을 한 기억도 없다고 하셨어요. 그저 자신이 좀 응석이 심하다는 정도로 가볍게 여기는 부모님들은 대학원은 서울로 진학하라고 하시는데, 여간 고민이 아니라구요.

아무래도 자신에게 정서적으로나 정신적으로나 뭔가 문제가 있는 것만 같은데, 어떻게 해야 할지 알고 싶다구요.

문제가 아주 없다고 할 순 없겠군요. 아직 부모님으로부터 정신적으로 완전히 독립하지 못한 거 같으니까요. 아직 태어나지 않은 아기는 엄마 뱃속이 가장 안전하고 포근합니다. 하지만 그렇다고 해서 언제까지나 태어나기를 미룰 순 없습니다. 태아가 점점 몸이 커지면 엄마 뱃속은 너무 작아져 더 있고 싶어도 있을 수 없게 됩니다. 그리고 우리는 세상에 태어나게 됩니다.

태어나서도 누구나 아이 시절엔 부모 곁을 멀리 떠나는 걸 두려워합니다. 하지만 사춘기가 지나고 어른이 되면 부모의 울타리가 답답하게 여겨져 오히려 멀리 떠나지 못해 안달하게 마련입니다. 그로 인해 반항하고 갈등하다가 결국 부모님으로부터 독립하는 것과 동시에 다시 한 번 태어나게 되는 것입니다. 그래서 어떤 심리학자는 그것을 제2의 탄생이라고도 했답니다. 상담하신 분은 바로 이 두 번째 태어남을 위한 용기가 부족한 게 문제인 듯합니다.

물론 혼자 있는 순간의 불안과 두려움은 이해합니다. 그러나 그런 불안과 두려움을 이겨내고 앞으로 나아가지 않으면, 우리 인생에서 성장과 도약 또한 기대할 수 없습니다. 그렇다고 너무 깊게 고민하진 마세요. 참을성을 갖고 꾸준히 노력하다보면 어느 순간 부모님으로부터 독립하는 날이 분명 올 테니까요.

정말 과소평가일까요

남들의 객관적인 평가와는 달리 자신은 타고난 재능도 훈련된 능력도 없는 사람인 것만 같아 괴롭다고 하신 여자분께 편지를 보냅니다.

30대 초반이고 한 번의 결혼 경력이 있다고 하셨어요. 고등학교 졸업 후 얼마 안 돼 곧장 결혼했다가 3년 만에 이혼한 후로 줄곧 독신으로 지내오고 있다구요.

그동안 열심히 사느라 애는 썼지만 결과는 그렇게 좋은 편이 아니라고 했군요. 친구들은 자신이 타고난 재능도 뛰어나고 끼도 다분해 얼마든지 멋지게 살아갈 수 있는데 그렇지 못해 안타깝다는 얘길 많이 한다구요. 지금 다니고 있는 회사의 선배나 동료들도 그 회사에서 재능을 썩히긴 아깝다는 말을 자주 한다고 하셨네요. 그런데 자신은 그런 말을 들을 때마다 기분이 묘해진다구요. 상대방이 꼭 비웃는 거 같고, 잘못 산다고 뭐라 하는 거 같기 때문이라고 하셨어요.

지금 사귀고 있는 남자가 있는데 그 역시 자신을 가리켜 "너처럼 스스로를 과소평가하는 사람은 처음 봤다."고 한다구요. 혹시 정신적인 문제가 있는지도 모르니 치료를 받아보라는 말을 진심으로 한 적도 있다고 했군요. 어떻게 하면 좋을 알고 싶으시다구요.

말씀하신 내용만으로는 구체적인 걸 알 순 없지만 아무튼 스스로를 믿지 못하는 게 가장 큰 문제인 거 같군요. 모르긴 해도 어린시절의 경험이나 첫 결혼의 실패를 통해 뭔가 자신의 이미지가 나쁘게 고착되지 않았나 싶기도 합니다. 그러면 남들이 보기에 객관적으로 아무리 뛰어난 능력을 가졌어도 본인은 그걸 알 수가 없죠. 설령 어느 정도 안다고 해도 믿을 수 없긴 마찬가집니다. 따라서 언제까지나 자신을 과소평가하며 타고난 재능을 그저 물처럼 흘려보내며 낭비하게 되는 것입니다.

자신을 믿었다가 실패하게 되면 어쩌나, 하는 불안감과 두려움, 책임지고 싶지 않다는 회피의 심리 등이 복합적으로 뒤엉켜 그런 결과를 초래하기도 합니다. 다행히 상담하신 분은 주변에 친구나 동료, 그리고 남자친구가 아주 좋은 사람들인 거 같군요. 이편의 재능을 알아보고, 또 객관적인 평가를 내려주는 사람들이 있다는 건 커다란 행운이죠. 이제부터 주변사람들의 말에도 귀를 기울이며 스스로 고착된 이미지에서 벗어나도록 애써보세요. 허심탄회하게 자신의 현재 심정을 솔직하게 말하고 도움도 구해보시구요. 그렇게 해서 인생을 낭비하는 일이 없으셨으면 정말 좋겠군요.

시간표대로 움직여야 직성이 풀려요

30대 초반의 주부이신데 아무래도 자신의 성격에 결함이 있는 거 같아 고민이라고 하신 분께 편지를 보냅니다.

가장 대표적인 증상이 집안일을 할 때 시간표대로 되지 않으면 견디지 못하는 면이 있다구요. 예를 들어, 아침에 몇 시부터 몇 시까지 설거지, 청소, 빨래를 하기로 했으면 정확히 그 시간에 끝이 나야 맘이 놓이는 식이라고 하셨어요. 어쩌다 그 중간에 누가 전화를 걸어 길게 수다를 떨거나, 예고 없이 옆집 애기 엄마가 놀러와 차를 마시는 시간이 길어지거나 하면 안절부절못하게 될 정도라구요.

그런 형편이라 시간표대로 집안일이 끝난 다음이면 몰라도 그 전엔 누구도 만나러 가지 않는다구요.

남편이나 아이들 역시 자신의 스케줄대로 움직여주지 않으면 자신도 모르게 짜증이 부글부글 끓어올라 참을 수 없다구요. 그런 증상은 자신이 생각해도 너무 심한 것 같다고 했군요. 하다못해 아침 7시에 출근하는 남편이 어쩌다 30분이나 1시간쯤 늦게 나갈 때가 있는데 그것조차 화가 난다구요. 그러면 아침 시간표가 엉망이 되기 때문에 자신으로서도 어쩔 수가 없다구요. 아무리 생각해봐도 정상은 아닌 거 같아 고민이라고 하셨어요.

일종의 강박증으로 고생하시지 않나 싶군요. 모르긴 해도 성격적으로 완벽하고 원칙주의자 같은 면이 강하실 거예요. 그런 타입 중에 강박증으로 고생하는 사람들이 많습니다.

강박증은 그 유형이 매우 다양합니다. 하루에 스무 번씩 손을 씻는 사람, 집 밖에만 나서면 집안단속을 덜한 거 같아 수없이 들락거리는 사람, 집 안 물건에 먼지 하나만 앉아도 못 견뎌 하루 종일 걸레만 들고 돌아다니는 사람 등등.

그 중에 시간표대로 움직이지 않으면 견디지 못하는 건 경미한 증상이라고 할 수 있습니다. 하지만 일상생활에 지장을 줄 정도라면 어느 정도 치료가 필요할 거 같군요. 치료에 앞서 자신에 대한 기대치가 필요 이상으로 높지는 않은지 한번 체크해보시면 어떨까요?

어떻게 해도 현실적으로 그 기대치를 채우기 힘들 경우, 누구나 자신도 모르는 열등감과 좌절감을 느끼게 마련입니다. 그러면 그 스트레스를 견디느니 차라리 자신이나 가족들을 들볶으면서까지 완벽주의를 향해 나가려고 드는 것입니다.

따라서 맘에 아주 조금이라도 틈새를 허용해보세요. 아마 그랬는데도 정작 아무런 일도 일어나지 않는 걸 알면 스스로 깜짝 놀라게 될 거예요. 그렇게 해서 조금씩 여유를 찾아가는 거예요. 혼자서 힘들다 싶으면 전문적인 치료를 받아보는 것도 생각해보시기 바랍니다.

누가 똑같은 물건을 가진 걸 못 참아요

20대 직장여성인데 다른 사람이 자신과 똑같은 물건을 갖고 있는 걸 참기 힘들다고 하신 분께 편지를 보냅니다.

특히 상대가 누구든 자기와 똑같은 옷을 입은 사람을 만나는 게 제일 싫다고 하셨군요. 거리를 걷다보면 더러 그런 우연이 생기는데 그러면 집에 가서 당장 그 옷을 누구한테 줘버리든가 헌옷 수거함에 넣어버린다구요. 주변에선 기성복 사 입다보면 그럴 수 있지 무슨 유난이냐고 하지만 자신은 그보다 더 짜증나는 일도 없다고 했네요. 그러다보니 여유도 없는 형편에 무리해서 비싼 브랜드의 옷을 사 입게 된다구요. 그럴 경우 적어도 거리에서 같은 옷을 입은 사람을 마주치는 확률은 거의 없기 때문이라구요.

옷뿐만 아니라 물건이나 액세서리도 마찬가지라고 하셨군요. 어쩌다 친구들이 똑같은 물건을 갖고 있을 때가 있는데, 그러면 그 물건은 곧바로 서랍 속으로 들어가고 만다구요. 그래서 꼭 필요한 건데도 사용하지 못할 때가 있다구요. 그럼 공연히 억울한 생각이 들고, 친구가 미워져 나중에 만나면 꼭 한소리를 하게 된다고 했네요.

성격 좋은 친구는 그래 너 잘난 맛에 살아라, 하며 웃고 말지만, 예민한 친구와는 그 일로 꼭 싸우게 된다구요. 결국 그런 친구와는 곧 사이가 벌어지다보니 지금은 친한 친구도 없는 형편이라고 하셨어요.

자신도 그러지 말아야지 하지만, 막상 그런 상황에 놓이면 화가 나고 자제가 안 되니 어떻게 해야 할지 모르겠다구요.

아마도 남의 시선을 지나치게 의식하는 타입이신 것 같군요.

뭘 하든, 누굴 만나든, 어떤 옷을 입고, 물건을 쓰고, 액세서리를 하든, 일단 남의 시선부터 의식하는 게 버릇이 되진 않으셨는지요? 그렇게 주위의 시선을 의식하다보니, 남들은 별 상관없이 넘어가는 일도 절대 그냥 보아 넘기지 못하게 되는 거구요.

그렇게 되는 건 비교의 기준이 자신에게 있지 않고 남들에게 있기 때문입니다. 자신이 정한 기준, 자신이 좋아하는 것, 자신이 하고 싶은 것, 자신이 싫어하는 것에 따라 행동하지 못하고 남들과 비교해서만 자신을 평가하기 때문입니다.

거기서 벗어나는 방법은 자기만의 평가기준을 갖는 길밖에 없습니다. 이제부터라도 남들의 시선을 의식하지 말고, 자기가 좋아하고, 자신이 하고 싶은 걸 해보는 연습을 해보세요.

누가 나와 똑같은 옷을 입었으면 나처럼 패션감각이 있는 사람이 또 있네, 하며 웃으며 넘어가보세요.

그런 문제로 짜증내고 화내다보면 자신도 피곤하지만, 말씀한 것처럼 친구들도 떠나가기 쉽습니다. 굳이 그럴 필요가 있을까요? 물론, 그 맘은 어느 정도 이해하지만, 그런 비교와 평가기준이 바르지 못한 것만은 분명합니다. 따라서 앞으론 좀더 의연하게 자기의 가치관을 확립하도록 노력해보시기 바랍니다.

생각하는 건 골치 아파요

급하고 신중하지 못한 성격이 문제가 될 때가 많아 고민이라고 하신 남자분께 편지를 보냅니다.

성격이 급해 무슨 일이나 단숨에 후딱 해치우는 게 아니면 일단 골치부터 아파지는 타입이라고 자신을 소개하셨네요. 어릴 때부터 그런 버릇이 있었던 것 같다구요. 하다못해 만화책을 볼 때도 글자를 읽으며 내용을 파악하는 게 성가셔서 그림만 보곤 했다구요. 지금도 신문을 읽거나 할 때 자세한 내용은 읽지 않는다고 하셨군요. 제목만 대충 휙 훑어보면 그걸로 끝이라구요.

매사가 그런 식이라 시간을 두고 깊게 생각해야 하는 일은 아예 처음부터 회피하는 편이라고 하셨어요. 자신과는 체질적으로 맞지 않는다는 걸 잘 알기 때문이라구요. 하지만 그렇게 회피하는 일이 많다보니 실수나 실패를 할 때도 많아 그게 문제라고 하셨네요.

올해 들어 나이 서른을 넘기면서부터 자신도 좀 신중한 사람이 되려고 애는 쓰고 있다구요. 한 번 생각할 일도 두 번 생각하는 사람이 되려고 하는데, 그게 맘처럼 잘 안 돼 고민이라고 하셨어요.

생각과 판단이 필요한 일은 일단 골치부터 아파져서 결국 누구든 곁에 있는 사람에게 떠맡기고 만다구요.

어떤 상황에 놓이셨는지 이해가 갑니다. 더러 그런 분들이 있죠. 머리 아픈 일엔 아예 처음부터 발을 들여놓고 싶어하지 않는 타입이라고 할까요.

하지만 그건 신중하지 못하다거나, 생각이나 판단력이 결핍됐다는 것과는 사실 그다지 큰 관계가 없습니다. 그보다는 책임져야 할 일이나 상황은 일단 회피하고 보는 심리적 기제가 더 큰 문제입니다. 대부분 지나친 불안, 자신감 부족, 열패감, 그로 인한 두려움 등이 원인입니다.

그것을 성격이나 체질 때문이라고 스스로 변명하고 있으면 일단 맘은 편한 게 사실입니다. 하지만 말씀하신 것처럼 여러 가지 문제가 일어나죠. 그러므로 먼저 자신의 심리적 문제를 인정하고 스스로를 변화시키겠다는 굳은 의지를 가져보세요.

그런 다음 단계적으로 작은 일에서부터 문제를 회피하지 않고 정면으로 해결하는 훈련을 쌓아나가야 합니다.

무슨 일이든 심사숙고해서 해로운 법은 없습니다. 어떤 상황에 놓였든, 어떤 일이 주어졌든, 성급하게 결정하기보다는 한 번 더 생각해보고 신중하게 처신하는 것보다 나은 해결책은 없습니다. 물론 그것도 지나쳐서 매사에 주저하고 우유부단하게 시간만 끄는 건 최악의 상황을 만들어내기 쉽습니다. 하지만 적절하게 시간을 두고 신중하게 생각해서 나쁜 일은 결코 없답니다.

따라서 아주 작고 사소한 일에서부터 그런 태도를 몸에 익히도록 스스로 훈련을 쌓아나가 보세요. 혼자서 힘들다면 주변의 믿을 만한 사람에게 부탁해 함께 노력해보세요. 꼭 좋은 결과가 있으실 거예요.

실직 후 과민해졌어요

언제부턴가 이상하게 감정적으로 과민한 상태가 계속돼 고민이라고 하신 여자분께 편지를 보냅니다.

전에도 그런 면이 아주 없진 않았다구요. 그런데 회사를 그만두고 집에서 지내면서 더 그런 증상이 심해졌다고 하셨어요. 대학 졸업하고 첫 직장이라 꽤 열심히 일했는데, 그만 회사 사정이 나빠져 그만두지 않을 수 없었다구요. 그 후로 몇 군데 이력서를 내보기도 하고, 친구와 자그만 가게라고 내려고 시도도 해봤지만 다 뜻대로 안 돼 지금은 거의 자포자기 심정에 놓이셨다구요.

그래서 그런지 아주 작은 일에도 깜짝깜짝 잘 놀라고, 별것 아닌 일에도 눈물부터 앞서는 일이 많아졌다고 했군요. 심지어 텔레비전 드라마를 보다가, 비디오 영화를 보다가도 눈물을 펑펑 쏟는 일이 많아졌다구요. 그런가 하면, 집에서 부모님이 뭐라고 한두 마디라도 싫은 소리를 하면 그게 또 서러워 짜증을 부를 때도 있다고 하셨네요. 아무튼 나이에 어울리지 않게, 마치 유아적인 상태에 놓이기라도 한 것처럼 변덕스럽고 감정의 통제가 되지 않는다구요.

친구들한테 그런 자신의 모습을 안 보이려고 꽤 애쓴 거 같은데 별 효과가 없었던 모양이란 말씀도 하셨네요.

어떤 상황에 놓이셨는지 짐작이 갑니다. 아마도 가벼운 우울증이 아닌가 싶군요.

평소에도 감정적으로 예민한 타입이란 소리를 많이 들으셨을 거예요. 그런 데다 엎친 데 덮친 격으로 실직상태에 놓이니까 더 과민해질 수밖에 없죠. 그래서 아무것도 아닌 일에도 자주 놀라고, 시도 때도 없이 눈물이 나고, 때때로 히스테릭한 상태에 놓이기도 하는 거랍니다. 그건 곧 정신건강에 이상이 생겼다는 신호이기도 하구요. 따라서 가능한 한 마음을 가라앉히고 정신을 안정시키도록 애써야 합니다.

증상이 심하면 전문적인 치료가 필요하겠지만, 상담하신 분의 경우엔 자신을 지금 상태로 가만히 놔둬보는 것도 한 가지 방법이 아닐까 싶군요. 내가 왜 이러지, 하며 신경을 쓰기보다 우울하면 우울한 채로, 서러우면 서러운 채로 감정을 있는 그대로 받아들여보는 거예요. 자주 놀라고, 눈물 좀 많아지면 어때요? 그런다고 세상이 달라지는 것도 아닌데, 오히려 펑펑 울어서 감정의 찌꺼기들을 다 배출해내는 것도 나쁘지 않답니다. 그렇게 생각하고 맘을 편하게 가져보세요. 어떤 문제가 생겼을 때 그것을 있는 그대로 받아들이는 것도 해결방법의 하나랍니다. 그러면서 조용히 맘이 가라앉기를 기다려보세요. 친구들 생각에도 마음쓰지 마세요. 당분간은 혼자서 조용한 시간을 가져보는 것도 도움이 될 거예요.

직접 하지 않으면 불안해요

큰일이든 작은 일이든 혼자 끌어안고 해결해야 직성이 풀리는 성격 때문에 곤경에 처할 때가 많다고 하신 분께 편지를 보냅니다.

맞벌이를 하는 주부인데 덕분에 늘 분주하게 쫓기는 생활에서 벗어나지 못하고 있다고 하셨어요. 잘 모르는 사람들은 슈퍼우먼콤플렉스라도 있느냐, 그거 아무나 하는 거 아니라더라, 너무 무리하지 마라, 하고 농담 삼아 말하기도 한다구요. 하지만 자신은 단지 자기 몫이라고 여겨지는 일은 일일이 직접 챙기지 않으면 맘이 불안하기 때문이라고 하셨군요. 그러다보니 집에선 집에서 대로 회사에선 회사에서 대로 늘 불안하고 초조한 생활의 연속이라구요.

집에선 남편이 집안일을 이것저것 도와주겠다고 나서긴 하지만 맘에 안 내켜 웬만한 일은 자신이 직접 한다고 하셨네요. 회사에서도 역시 마찬가지라구요. 얼마든지 다른 사람한테 부탁해도 무리가 없는 일도 그렇게 하지 못해 혼자 끌어안고 쩔쩔맬 때가 많다고 하셨어요.

그렇게 혼자 동동거리며 스트레스 받는 걸 보다 못한 남편이 대체 뭐 때문에 사서 고생을 하느냐, 완벽주의도 어느 정도여야지 정말 보기 딱하다고 말할 때도 많다구요.

일종의 희생자 타입이 아니신가 싶군요. 무슨 일이나 자신이 나서서 희생해야만 제대로 돌아간다고 여기는 성격은 아닌가 하는 것입니다.

누가 시키지 않았는데도 혼자 그렇게 여기고 모든 일을 도맡아 처리하려고 든다면 그럴 가능성이 높습니다.

언뜻 완벽을 추구하는 성격으로 보일 수도 있지만, 실제론 자신의 낮은 자존감, 자기비하의 감정 등을 제대로 처리하지 못하는 게 원인인 경우가 많습니다.

문제는 그럴 경우 마음속엔 자신을 희생시키는 타인들에 대해 적개심과 원망이 있을 수 있다는 점입니다. 그러면 당연히 스트레스를 많이 받을 수밖에 없죠.

남한테 사소한 일로 도움을 청하는 자신이 어딘지 구차하고 못나 보이는 게 원인일 수 있습니다.

하지만 그런 생각 역시 누구한테도 쉽게 맘을 열지 못하는 자기중심적인 성격이 원인인 경우가 많습니다. 이제부터라도 남들에게 과감하게 맘을 열고 도움을 청해보세요. 물론 처음엔 어려움이 뒤따를 거예요. 하지만 계속 노력해나가야 합니다. 남편께도 자신의 그런 점을 설명하고 도와달라고 하세요. 회사에서도 마찬가지구요. 모르긴 해도 모두들 진심으로 나서서 도와줄 거예요. 지금처럼 계속 모든 짐을 혼자 짊어지고 가다가 언제 그 짐에 치여 더 곤란을 겪을지 모르니 한번 신중하게 생각해보세요.

누군가에게 도움을 구하는 건 열린 맘의 소유자가 아니곤 불가능하다는 사실 또한 한번 생각해보셨으면 좋겠군요.

솔직한 게 잘못인가요

솔직한 성격 때문에 가끔 낭패를 당하는데, 그런 성격을 고쳐야 할지 아니면 그대로 밀고나가야 할지 갈등하게 된다는 여자분께 편지를 보냅니다.

우리 사회는 솔직한 사람을 건방지다고 보는 경향이 있는 거 같다고 하셨어요.

예를 들어, 자신은 회사에서 맡은 프로젝트를 훌륭하게 잘 끝냈을 때, 솔직하게 기쁨을 표현하면서 당당하게 보상도 요구하는 편이라고 했군요. 그러나 상사나 동료들 반응이 떨떠름해지는 걸 본다구요. 겉으론 잘했다고 하면서도 돌아서서 자기들끼리는 너무 잘난 척하는 거 아니냐, 건방지다, 하는 얘기들을 하는 걸 알고 있다고 했군요.

반면 어떤 동료들은 그거야 운이 좋았던 거죠, 라든가 어쩌다 소가 뒷걸음질하다가 쥐잡은 격이죠, 하며 겸손을 떨 때가 있다구요. 그러면 모두들 그의 겸손한 성격까지 칭찬하며 흐뭇해하는 걸 보는데 자신은 그런 위선적인 태도가 우습기 짝이 없다고 하셨네요. 그가 정말 겸손한 사람이라면 물론 자신도 배울 점이 있다고 생각한다구요. 하지만 주변사람들의 태도를 의식해 으레적으로 겸손을 떠는 건 위선적인 태도 이상도 이하도 아니라는 게 평소 생각이라고 했군요.

그건 하나의 예고, 아무튼 사회생활을 하면서 자기는 단지 감정에 충실한 것뿐인데 그로 인해 뜻밖의 불이익을 당할 때가 있다구요. 칭찬해주고 싶은 사람에겐 마음껏 칭찬하고, 맘에 안 드는 일을 하는 사람에겐 맘에 안 든다고 솔직하게 말해주는 게 과연 그렇게 나쁜 일인지 정말 알 수가 없다고도 하셨네요.

어떤 상황에 놓이셨는지 이해가 갑니다. 우선 솔직함과 건방짐의 차이에 대해서 생각해보죠.

저라면 거짓으로 꾸미지 않고 진실만을 내보인다면 솔직한 쪽에 훨씬 후한 점수를 주겠어요. 단 감정을 거짓으로 꾸며가며 솔직한 체하는 거라면 그건 문제가 있겠죠.

또 한 가지, 솔직한 게 좋다지만 상대방의 어려운 처지라든가 약점 같은 걸 지적하는 건 절대 해선 안 될 행동입니다. 그렇지 않고 자신의 감정에 대해, 또 경험한 것들에 대해 솔직할 수 있다면 그건 분명 커다란 장점입니다. 겸손을 떤다며 우물쭈물하기보다는 힘든 얘기라도 당당하고 솔직하게 하는 쪽이 훨씬 품위 있는 행동이기 때문이죠.

물론 우리 사회에서 지나치게 당당하고 솔직한 태도는 사람들에게 어느 정도 부담을 주는 게 사실입니다. 사회 정서상 잘 수용이 안 되기 때문이죠. 아마 회사동료들도 그 때문에 건방지다고 하는 걸 테구요. 하지만 거짓으로 꾸며서 겸손 떠는 태도보다는 진심으로 솔직한 쪽이 나중에 가서는 더 나은 평가를 받게 마련입니다. 따라서 지나치게 모난 데가 없다면 지금의 성격을 굳이 변화시키려고 애쓸 필요는 없겠죠.

단, 아까도 말씀드렸지만 상대방의 아픈 곳을 건드리는 건 솔직한 것과는 별개로 해선 안 될 행동이랍니다.

불길한 생각부터 들어요

무슨 일을 하든 성공을 기대하기보다는 우울한 결말부터 먼저 예상하고, 밝음보다는 어둠에 이끌리는 버릇 때문에 괴롭다고 하신 남자분께 편지를 보냅니다.

그래서인지 되는 일보다는 안 되는 일이 훨씬 더 많은 것 같다고 하셨어요. 하긴 실패를 먼저 예상하고 시작한 일이 잘될 리가 만무하다구요. 그래도 어쩌다 예상이 빗나가 좋은 일이 생길 때도 있다구요. 문제는 그러면 마치 무슨 불길한 전조라도 되는 것처럼 더 불안해지는 거라고 하셨네요.

아마도 자신이 행복이나 성공을 받아들일 준비가 전혀 안 된, 정서적으로 문제가 있는 사람이 아닌가, 하는 생각을 할 때도 많다구요. 왜 그런지 모르겠지만 밝고 긍정적인 쪽보다는 어둡고 부정적인 쪽에 더 끌리는 성향을 타고난 거 같기도 하다고 했군요.

주변엔 언제나 유쾌하고 즐겁게 살아가는 것처럼 보이는 사람들도 많은데, 그들을 볼 때마다 어쩌면 저들도 다 거짓된 삶을 살아가는 건 아닐까, 하는 의심이 들곤 한다구요. 그러다보니 친구도 별로 없고, 혼자 고독 속에 파묻혀 살아갈 때가 많다고 하셨네요. 그럴수록 생활도 실패와 침체를 되풀이해서 여러 가지로 괴로우시다구요.

딱한 상황에 놓이셨군요. 아마도 어린시절부터 뭔가 어둡고 두려운 경험이 많은 분이 아닌가 싶네요.

우리 삶을 힘들게 하는 요소는 많습니다. 그 중에서도 두려움과 불안의 감정이 너무 승하면 여러 가지로 문제를 일으킵니다. 그런 감정은 말씀하신 것처럼 우리를 자주 밝음이 아닌 어둠으로 이끈다는 점에서 때로 치명적이기까지 하죠. 따라서 자신이 두려워하는 게 뭔지 그 실체를 명확하게 알아낼 필요가 있습니다.

어떤 일이든 먼저 실패부터 예상한다고 했는데, 그렇게 되는 것도 실패에 대한 두려움과 불안이 너무 크기 때문입니다. 그런 감정으로 고통받느니 차라리 아예 처음부터 실패를 가정하면 그만큼 덜 괴로운 거죠. 하지만 그건 자기기만일 뿐 아니라 인생 자체를 회피하는 태도랍니다. 게다가 더 지독한 건 내가 어떻게 생각하느냐에 따라 내 운명의 실타래로 그 생각을 따라 흘러간다는 말이 때때로 들어맞을 때가 있다는 거 아닐까요?

이제부터라도 생각을 긍정적으로 바꾸는 연습을 해보세요. 내가 내 인생의 행복과 불행을 어떻게 받아들이느냐에 따라 우리 삶은 다양한 모습으로 바뀐다는 사실 또한 꼭 기억하셨으면 좋겠군요.

우유부단함 그 자체예요

뭔가 결정을 내려야 할 때 몹시 어려움을 겪는다고 하신 남자분께 편지를 보냅니다.

사회생활을 시작한 지 얼마 안 돼서 그런지 크고 작은 일을 선택하고 결정하기가 매번 쉽지 않다고 하셨어요.

어려서부터 그런 습성이 조금은 있었지만 지금처럼 심하진 않았다구요. 하지만 지금은 회사에서 업무처리를 할 때도 이럴까 저럴까 하다가 시간을 놓칠 때가 적지 않다고 하셨네요. 그때마다 선배한테 "넌 대체 무슨 생각을 하며 사니? 머릿속에 뭘 집어넣고 다니니? 제발 머리 좀 빨리빨리 회전시켜라. 그렇게 우물거리다가 대체 무슨 일을 하겠니?" 하는 야단을 맞곤 한다구요.

그밖에도 학교 때부터 친하게 지내던 선배에게 거의 인신공격으로 느낄 만한 지적을 자주 당한다구요. 결국 선배 말대로 자신이 생각도 없고, 굼뜨고, 우유부단해서 별 볼일 없는 존재로 여겨질 때가 많다고 하셨네요.

물론 주변에서 "너의 신중함이 부럽다."고 말하는 친구들도 어쩌다 있긴 하다구요. 하지만 그런 말이 오히려 비난처럼 들리는 형편이라고 하셨군요.

머지않아 작게라도 자신의 사업을 하나 시작하고 싶은데, 그러기 위해선 결단력부터 갖춰야 할 거 같아 고민이라구요.

신중함이 나쁠 건 없습니다. 하지만 신중함이 지나쳐 남들 눈에 우유부단하게, 혹은 굼뜨게 보인다면 그건 문제지요. 언제나 그렇듯 지나친 건 모자람만 못한 법이니까요.

직장생활을 할 때도 그렇지만, 독립해 자기 사업을 하려면 빠른 결정력은 다른 무엇에 못지않은 파워를 가져다줍니다. 물론 태생적으로 소심하고 우유부단한 사람들이 없는 것은 아닙니다. 하지만 설령 그런 타입이라 해도 독립된 사업체를 끌어가고 싶다면 결단력부터 키워야 합니다.

소심하고 매사에 우물쭈물하는 사람들을 보면 대개 눈앞에 보이는 이익을 먼저 고려하기 때문입니다. 당장 보이는 어떤 이득 때문에 망설이는 것이죠. 하지만 사업이란 대개 장기적인 안목과 그에 따른 결단력이 성패를 좌우하는 경우가 많습니다. 그러므로 자신이 평소에 혹시라도 눈앞의 이익에만 너무 집착하는 건 아닌지 한번 진지하게 생각해보세요.

만약 그렇다는 결론이 내려지면 우선 그런 소소한 데서 벗어나는 훈련을 해보세요. 한두 번 길게 내다보고 어떤 결정을 내려보는 것입니다. 물론 처음엔 작은 일에서부터 출발해야겠죠. 지금 회사에서 업무 처리를 할 때도 사소한 것부터 결정력을 길러보세요. 선배에게 조언과 도움을 구하는 것도 좋은 방법입니다.

작게라도 사업을 하겠다는 계획 자체가 어떤 결단을 요구하는 일이므로 자신이 결단력이 없다는 데 너무 의미를 두진 말았으면 하는 생각도 드는군요.

아무래도 '걱정병' 같아요

어떤 일이든 다 마무리가 된 뒤에도 꼭 뭔가 빠진 거 같아 늘 최악의 상황을 가정하게 된다는 남자분께 편지를 보냅니다.

대학을 졸업하고 사회생활을 시작한 지 얼마 안 되셨다구요. 그래서인지 더욱 불안하고 걱정이 많다고 했군요. 뭔가 빼먹은 거 같고, 일을 잘못 처리한 거 같아 불안해하는 버릇은 꽤나 오래됐다고 하셨어요. 그런 버릇이 이젠 아예 일종의 '걱정병'이 아닐까 싶을 정도로 심각해진 거 같다구요.

예를 들자면 조수석에 앉아 차를 타고 가면서도 사고가 나는 상상을 하는 식이라고 하셨네요. 그런 식으로 매사에 자신도 모르게 늘 최악의 상황이 먼저 연상돼 미칠 노릇이라구요. 그러다보니 일을 잘해 칭찬을 들어도 하나도 기쁘지 않고 오히려 불안하다고도 하셨군요. 자신이 일을 잘해서가 아니라, 어쩌다 운이 좋아 그렇게 된 것뿐, 다음엔 분명 실수할 거란 생각부터 들기 때문이라구요.

이제 막 사회생활을 시작한 만큼 정말 잘해보고 싶은데, 방법을 못 찾아 고민이라고 하셨군요.

사회생활을 처음 시작하면서 불안감에 시달리는 분들은 의외로 많습니다.

대개는 잘해보고 싶다는 생각, 실수하고 싶지 않다는 생각에 잔걱정이 많기 때문이죠. 하지만 말씀하신 걸로 봐선 그런 일반적인 범주는 약간 벗어난 거 같군요. 아마도 자기 자신에 대한 자존감이 정도 이상으로 약화돼 있는 게 원인인지도 모르겠습니다.

그렇더라도 분명한 이유도 없이 만성 걱정병 환자가 되어선 안 되겠죠. 이 세상에 자신의 앞날에 대해 불안과 걱정이 없는 사람은 아마 한 사람도 없을 거예요. 이 세상 누구라도 꼭 예측 가능한 삶을 살아가는 건 아니니까요. 하지만 누구나 다 걱정병 환자가 되진 않죠. 가능한 한 근심, 걱정, 불안을 극복해가며 열심히 자신에게 주어진 생활에 최선을 다합니다.

어떤 작가는 성공의 천적은 불안과 공포란 말까지 했더군요. 그런 감정에 휘말려 벗어나지 못하는 사람은 자신의 능력도, 하나님의 돌보심도 믿지 못하는 사람들이라구요.

어느 정도는 맞는 말이 아닌가 합니다. 따라서 자신의 삶에 의욕을 가지고 불안과 걱정을 극복하려고 끊임없이 노력해보세요. 그럴 때 비로소 씩씩하게 미래를 헤쳐나갈 수 있으니까요.

안 좋은 성격은 다 가졌어요

스스로 생각하기에 자기 성격 중에 맘에 안 드는 부분이 너무 많아 괴롭다고 하신 분께 편지를 보냅니다.

내성적이고, 우유부단하고, 사람들 앞에서 자주 긴장하고, 소극적이고, 소심하고, 겁도 많고, 무슨 일이든 부정적인 면부터 생각하고, 자주 불안에 시달리고, 기타 등등. 안 좋은 쪽으로 나열하자면 열 손가락이 모자랄 정도라구요.

그래서 다른 사람들은 어떤가 유심히 살펴보기도 하는데, 모두들 자신만 빼고 잘 살아가는 거 같아 더 우울해진다고 하셨군요.

아무리 봐도 자기 성격 중에 살아가는 데 도움이 될 만한 구석이 없는 거 같아 고쳐야겠다는 생각을 안 해본 것도 아니라구요. 하지만 그런 결심이 노력도 잠깐, 뭔가 안 좋은 일에 직면하면 곧바로 예전의 성격으로 돌아가버리곤 한다고 하셨네요.

그러다보니 대인관계도 나날이 폐쇄적으로 돼가는 거 같다구요. 친구들과도 연락을 끊은 지 오래고, 여자친구는 더더욱 없고, 그저 매일 집과 회사를 오가며 지루하고 재미없는 일상을 반복하고 있다고 했군요.

자신도 남들처럼 사람들과도 잘 어울리고, 적극적이고 긍정적으로 살아가고 싶은데, 그렇지 못해 괴로우시다구요.

우선 지나치게 자기 이미지가 부정적으로 고정돼 있는 분인 거 같군요. 동시에 그런 자기 이미지를 깨끗이 지워버리고 전혀 다른 성격을 갖고 싶다는 열망도 몹시 큰 것 같습니다.

그러나 그건 생각처럼 쉬운 일은 아니죠. 타고나거나 어린시절부터 형성돼온 성격을 송두리째 바꾼다는 건 그 자체가 무모한 시도이자 지나친 욕심입니다.

그보다는 온통 부정적으로 고정돼 있는 자신의 이미지를 바꾸려고 애써보세요. 그러려면 먼저 지금 자신이 갖고 있는 성격의 장단점을 객관적으로 판단해보는 작업이 필요합니다.

이 세상에 전적으로 장점만 있다거나 단점만 있는 사람은 아무도 없습니다. 누구나 장점도 있고 단점도 있게 마련이죠.

인생에 대한 시각이 긍정적이고 개방적이며 적극적인 사람들은 자신의 장점과 마찬가지로 단점도 받아들이고 그걸 보완해나가려고 노력합니다. 반면 부정적이고 폐쇄적인 사람들은 자신에게서 단점만을 찾아내고 그것을 못 견뎌하는 특징이 있습니다. 이제부터 자기 성격 중에 받아들일 건 받아들이고, 맘에 안 드는 점은 고쳐나가려고 애써보세요.

물론 그러기 위해선 대단히 힘든 훈련과정이 필요합니다. 일종의 길고도 고통스러운 자기 극복의 시간이라고나 할까요. 하지만 해볼 만한 가치가 있다는 건 물론 알고 계시죠?

도벽을 멈출 수 없어요

자신도 어떻게 할 수 없는 도벽이 있어서 심하게 괴로움을 당해오고 있다고 한 여자분께 편지를 보냅니다.

어릴 때부터 다른 사람의 물건이나 돈을 보면 자기도 모르게 손을 대곤 했다구요. 꼭 그 물건이 갖고 싶은 것도 아니고, 돈이 필요한 것도 아닌데 그런 일을 저지르곤 했다고 하셨네요.

얼마 전엔 오랜만에 친구 집에 놀러갔다가, 그 친구의 지갑을 열고 말았다고 했군요. 그런데 그 후로 그 친구가 자신을 대하는 태도가 많이 달라진 것 같다구요. 아무래도 그때 자신이 한 행동을 눈치챈 것 같은데, 그 생각만 하면 미칠 것 같으시다고 하셨네요. 어릴 적부터 친구라 엄마들끼리도 잘 아는 사인데, 혹시라도 그 친구가 자기 엄마한테 말해 일이 커질까봐 너무 두렵고 불안하다구요. 죄책감도 눈덩이처럼 불어나 이젠 혼자 감당하기도 어렵다고 하셨어요. 물론 당연히 죗값을 치르고 있는 거지만 문제는 그런 불안감에 시달리다가 언제 또다시 같은 일을 저지를지 알 수 없는 거라구요.

이제까지 자신의 행동으로 미뤄볼 때, 아무래도 머지않아 뭔가 또 일을 저지를 것만 같다고 했군요.

그런 자신이 너무 싫고 어떤 땐 섬뜩하고 무섭게까지 느껴진다구요. 그런데도 어느 순간 또 같은 일을 저지르곤 하니, 대체 앞으로 어떻게 해야 할지 모르겠다고도 하셨네요. 그런 생각에 사로잡혀 갈팡질팡하다보면 기본적인 일상생활을 해나가는 것조차 힘들 때도 있다구요. 해결할 수 있는 방법이 없는지 알고 싶다고 하셨어요.

딱한 처지에 놓이셨네요. 정신적으로 몹시 취약하고 불안정한 상태가 너무 오래 지속되지 않았나도 싶군요.

그리고 지금 당장 직면한 문제를 어떻게 해나갈지 고민하는 건 임시적인 해결책밖에 되지 않겠죠. 자신도 모르게 똑같은 행동을 앞으로도 또 반복한다면 그때마다 또다시 비슷한 고민을 하게 되고, 그런 일이 계속 반복되다보면 상황은 점점 더 나빠질 테니까요.

자신도 원치 않는 일을 반복하게 되고, 그 때문에 일상생활에 지장을 가져오고 대인관계에도 문제가 되풀이된다면 좀더 근본적인 원인을 찾아봐야 합니다.

지금 상황으로 미루어볼 때 피상적인 노력으로 그냥 나아지길 기대하긴 좀 어려운 듯합니다. 따라서 가능한 한 전문적인 상담치료를 받아볼 것을 권합니다.

꿈만 있고 실천의지가 없어요

매사 의욕부족인 자신을 올해가 가기 전에 바로잡고 싶다고 하신 남자분께 편지를 보냅니다.

30대 초반의 직장인이라고 자신을 밝히셨어요. 다행스럽게도 아직 결혼은 안 하셨다고 했군요. 그런 말을 하는 건, 자기처럼 결단력도 의지력도 부족한 남자와 결혼하는 여자는 불행할 게 뻔한데 아직 결혼을 안 했으니 다행이란 뜻이라구요.

누구나 세상을 살아가면서 자신의 꿈과 이상을 갖고 있듯이 자신도 물론 꿈도 있고 목표도 있다구요. 하지만 문제는 꿈과 목표만 있을 뿐 그걸 실천할 의지력은 조금도 없는 거라고 하셨네요.

앞날을 생각해 공부도 더 하고 싶고, 담배도 술도 끊고 운동도 열심히 하고 싶고, 등등 하고 싶은 일이 많은데 어째서 실천이 안 되는지 그걸 알고 싶다구요.

무슨 일이나 거창하게 계획을 세우고 나서 가장 길게 실천을 해본 기간이 딱 일주일이라고 했군요. 그 후론 다시 원점으로 돌아가서 흐지부지 없던 일이 되고 만다구요. 그런가 하면 일주일 중 단 하루만 계획대로 안 돼도 그걸로 끝, 하고 단념해버리는 고약한 버릇도 있다고 하셨어요. 뭔가 정신적인 문제가 있는 건지, 단순히 실천력 부족인지, 그것이 알고 싶다고 하셨네요.

의지력 부족현상이 나타나는 건 사람에 따라 그 원인이 매우 다양합니다. 따라서 먼저, 자신이 어떤 계획을 어떻게 세우고, 또 그걸 왜 실천하지 못하는지 하는 걸 자세하게 점검해보시기 바랍니다. 근본적인 이유를 알아야 대책을 세울 수 있으니까요.

일반적으로 의지력이 부족한 타입을 살펴보면 첫째, 성격이 나약하고 의존적인 경우가 많습니다.

둘째, 성격이 다소 허황해 실현가능성이 없는 거창한 계획만 세우는 타입도 있죠.

셋째, 완벽주의자도 비슷한 문제를 겪는답니다. 완벽주의적 성향 때문에 처음 계획에서 일이 조금만 틀어져도 실패로 간주하고 중간에 아예 그만둬버리는 거죠. 일주일 중에서 하루만 실천을 못해도 계획 전체를 그만둬버린다고 하셨는데 여기에 해당되지 않나 싶네요.

그밖에도 공허감 때문에 뭔가 계획을 위한 계획만 잔뜩 세웠지, 실제론 별로 실천할 맘 자체가 없는 경우도 있습니다.

따라서 자신이 어떤 타입에 해당되는지 먼저 자세하게 점검해보세요. 그런 다음 자신에게 맞는 실천 가능한 작은 계획들을 세워 아주 조금씩 앞으로 나가보시면 어떨까요?

악몽에 시달려요

어떤 낯선 사람이 날카로운 뭔가를 들고 자신을 쫓아오는 꿈을 자주 꿔서 괴롭다고 하신 여학생에게 편지를 보냅니다.

꿈속에 등장하는 그 낯선 사람이 아버지란 사실을 꿈에서 어렴풋이 느끼곤 한다구요. 거의 비슷한 줄거리의 꿈을 잊어버릴 만하면 한 번씩 꾸는데, 깨고 나면 기분이 너무 허탈하고 맥이 빠진다고 했군요.

혼자서 고민만 하다가 겨우 상담해볼 용기를 얻었다구요.

그런데 평소 아버지와는 그렇게 사이가 나쁘지 않다고 하셨네요. 그래서 꿈속의 그 사람이 아버지란 사실이 언제나 기묘하고 이해할 수 없게 느껴진다구요. 오히려 엄마와는 사이가 좋지 못하다고 했네요. 자주 말싸움을 하고, 그때마다 엄마가 심한 말을 해서 분노를 참을 수 없을 때가 많다구요.

부모님은 서로 사이가 좋지 않아 최근엔 이혼 얘기가 오가는 중이라고도 하셨군요. 자신은 만약 두 분이 이혼하면 아버지와 살 계획이라구요. 아무튼 아버지보단 어머니와 더 사이가 나쁜데, 어머니가 나오는 꿈은 그다지 꾸어본 기억이 없다고 하셨어요.

얼마 전 꿈속에선 가족들이 모두 자신을 한가운데 놓고 빙 둘러앉아 그동안 마음속에 쌓아뒀던 원망하는 말들을 한꺼번에 쏟아놓는 바람에 펑펑 울다가 잠이 깬 적도 있다구요.

어머니를 제외한 다른 가족들과는 그렇게 사이가 나쁘지 않은데 그런 꿈을 꿔서 역시 기분이 이상했다고 했군요. 어째서 그런 비슷한 꿈을 계속 꾸는지 알고 싶다구요.

우린 자신의 완전한 결백을 주장할 때, "꿈에서도 그런 생각은 해본 적이 없다."는 표현을 자주 씁니다. 그렇듯이 평소 표현되지 못한 감정들이 찌꺼기로 남아서 꿈에서 표현되는 예는 얼마든지 많습니다.

아마도 아버지에게 자신이 의식하지 못하는 어떤 억압된 감정을 느끼고 있는 건 아닌지요? 아버지와는 달리 어머니에 대해선 오히려 쌓인 감정이 덜할지도 모르겠습니다. 왜냐하면 이런 상담글을 통해서 공개적으로 나쁜 감정을 표현할 정도로 자신의 감정을 스스로 인정하고 있기 때문에 굳이 꿈속에서까지 표현되지 않는 것일 수도 있습니다.

따라서 이제부터 자신의 감정을 꿈에서만 표현하지 말고 실제로 가족들과 얼굴을 마주하고 솔직하게 털어놓아보세요. 쉬운 일은 아니지만 계속 나쁜 꿈을 꿀 정도로 자신을 억압하는 것보다는 그 편이 훨씬 용기 있는 행동이랍니다.

가족들한테 자신의 어려움을 솔직하게 얘기하고 도움을 구해보세요. 아마 생각보다 많은 부분 서로 이해하고 받아들일 수 있으실 거예요.

내게 돈 쓰는 게 너무 아까워요

50대 초반의 주부신데 자신을 위해 돈을 쓰는 일에 늘 자책감을 느껴서 괴롭다고 하신 분께 편지를 보냅니다.

두 아이는 다 자라서 자기 몫을 훌륭히 해내고 있고, 남편도 아직 현직에서 성실하게 일하고 있는 가정이라고 하셨어요. 경제적으로도 어느 정도 여유 있는 생활을 하고 있는 편이라구요. 그런데 어릴 때부터 너무 가난하게 자란 탓인지 자립심은 강한 반면 돈 쓰는 일에 몹시 인색하고, 또 돈을 제대로 관리하지 못하는 거 같아 늘 자책을 느끼고 있다고 하셨네요.

예를 들어 돈 쓰는 게 불편해 친교모임마저 피하고 있는 정도라구요. 아무래도 대인관계가 넓어지면 인사치레할 때가 많아지고 자연 남만큼은 돈을 써야 하는데, 그게 생각처럼 잘 되지 않기 때문이라고 하셨어요. 하지만 자신을 위해 쓸 돈은 아낄 수 있을 만큼 아껴 불우시설에 후원금을 보내고 있다구요.

가끔 자신의 삶을 돌아보면 여유가 없는 것도 아닌데 왜 이렇게 궁상스럽게 살까 싶어 자괴감으로 우울할 때도 많다고 하셨군요.

그래서 검소하게 살면서도 돈을 적절하게 잘 관리하고, 여유 있는 마음가짐을 가진 사람이 매우 부러우시다구요. 그런 생각을 하면 자신이 한없이 째째하고, 초라하고, 미운 생각이 든다고도 하셨네요.

집안에서 누구도 자신이 돈쓰는 것에 대해 관여하지도 않고, 모든 걸 믿고 맡기는데 그 때문에 더 힘든 점도 있는 거 같다구요.

얼마 전에도 꼭 인사를 챙겨야 하는 일이 있었는데 돈 쓰는 게 겁나고 불편해 그냥 넘어가고 말았다고 하셨군요.

스스로 자신이 째째하고 한없이 초라하게 느껴진다고 하셨지만, 가족들은 바로 그런 돈 관리능력이 믿음직스러워 모든 걸 믿고 맡기는 게 아닐까요?

물론 한편으론 그런 가족들의 믿음이 부담스럽고 갑갑하게 느껴질 수도 있습니다. 아마 그래서 더욱 더 자신을 위해서나 낭비라고 생각되는 인사치레에 돈을 쓰기 어려운 걸 테구요. 그것 때문에 너무 자책감을 갖진 마세요. 자신이 아껴서 불우시설에 후원금도 보내신다니 대단하십니다. 마음이 있다고 누구나 할 수 있는 일은 아니니까요.

그보다는 돈문제를 떠나 마음속에 어떤 어두운 우울감이 자리잡고 있는 건 아닌지요? 이제껏 살아온 인생 전반에 대해 한두 번쯤은 그런 시기가 찾아옵니다. 중년기 특유의 회의감이라고 할까요.

독립심 강하고 자기관리에 철저한 사람일수록 어느 순간 그 한계를 느끼고 우울감에 빠지는 경우가 많습니다. 따라서 자신을 자책하기보다 좀더 편안하고 여유 있는 맘을 가지려고 노력해보세요.

결혼을 냉소적으로 생각해요

어린시절 부모님의 이혼과 재혼, 그 와중에 표현하기 어려운 상처를 많이 입었는데 아직도 그 때문에 괴롭다고 하신 남자분께 편지를 보냅니다.

이젠 부모님들로부터도 독립해 어엿한 사회인이 됐는데도 계속 어린시절의 아팠던 기억들이 잊혀지지 않는다고 하셨어요.

가장 견디기 힘든 건 결혼에 대해 아주 냉소적인 생각을 갖게 된 거라구요. 사실은 만약 결혼이란 걸 했다가 자신도 부모님처럼 서로 지독하게 미워하며 자식마저 돌보지 않을 정도가 되면 어쩌나, 하는 공포가 너무 큰 건지도 모르겠다구요.

지금도 젊은 부모가 아이 손잡고 행복에 겨워하는 모습을 보면 자신도 모르게 외면하고 만다고 하셨네요. 아무한테도 그런 고민을 말한 적도 없고, 단지 아직도 밤마다 어린시절로 돌아가는 악몽을 꾸고 있을 뿐이라구요. 그 정도로 상처가 깊은 탓에 정말 좋아하던 여자친구도 떠나보냈을 정도라고 했군요. 그 후론 여자들과 깊이 사귀는 관계를 되도록 피해오고 있다구요. 덕분에 바람둥이란 소리도 심심치 않게 듣는데, 그때마다 허탈한 기분에 빠진다고 하셨네요.

그러면서 새삼 그때 부모님은 나한테 그렇게 해선 안 되는 거였어, 난 절대 그걸 참을 수 없어, 하며 분노한다구요.

안타깝고 마음 아픈 얘기네요. 하지만 이젠 부디 과거의 상처에서 놓여나셨으면 좋겠군요. 그만 과거와 화해를 시도해보는 거예요. 우리가 과거를 바꿀 순 없습니다. 그런 이미 일어난 일이니까요. 하지만 과거에 대한 생각은 바꿀 수 있습니다. 과거의 상처와 갈등을 받아들이고 용서하는 것입니다.

물론 쉬운 일은 아닙니다. 하지만 포기하지 말고 끝까지 시도하고 해내야 하는 일이기도 하답니다. 도대체 과거를 얘기하면 그런 걸로 골치를 썩이는 존재가 인간 말고 어디 있는가, 작가 토마스 만의 얘깁니다. 그의 말처럼 인간으로 태어난 이상 과거의 상처를 단번에 잊고 그 사슬에서 자유롭기는 어렵습니다. 그렇게 잊기 힘들다면 받아들이고 용서하는 길밖에 없지 않나요?

이제껏 한 번도 누구한테 과거의 상처를 말씀하신 적이 없다고 했는데, 이제라도 주변의 믿을 만한 사람에게 맘속 얘기를 다 털어놓아보세요. 그것도 과거와 화해하는 좋은 방법의 하나랍니다. 그리고 내 앞에 펼쳐진 새로운 하루하루를 받아들이는 거예요. 부디 그렇게 하시길 바랍니다.

'만약'이라는 가정법에 갇혔어요

원하는 대학을 졸업하지 못한 것 때문에 계속해서 열등감에 시달린다고 하신 분께 편지를 보냅니다.

대학진학을 앞두고 갑자기 가세가 기울어 2년이나 기다렸다가 원하지 않던 대학에서 공부를 하게 됐다구요. 그나마 아르바이트를 해가며 어렵게 끝마칠 수 있었다고 하셨네요. 그런데 대학을 졸업하고 3년이 지난 지금도 원하는 대학에서 마음껏 공부하지 못한 게 한탄스럽기만 하다구요.

지금은 조그만 회사에 다니며 그럭저럭 버티고 있는데 언제 자신이 박차고 나갈지 늘 조마조마하다고 했군요. 자신이 그렇게 당당하지 못한 것도 다 대학 때문인 것만 같다구요. 그래선지 지금도 만약 그때 원하는 학교에 갔더라면 이렇게 살진 않을 테지, 하는 생각에서 벗어나기가 힘들다고 하셨어요.

주변에서 누가 대학 얘기를 하면 재빨리 자리를 피하거나 아무한테도 어느 학교 출신이란 얘기를 절대 하지 않는다구요. 그러다보니 계속해서 불안하고 현재 자신이 처해 있는 상황이나 환경, 그밖의 어떤 것에도 만족감을 느낄 수 없다고 했군요.

그저 만약 내가 그때 원하는 대학에 갔더라면, 하는 공상에나 빠져서 힘들게 하루하루를 보내고 있다구요. 그랬더라면 지금처럼 그다지 매력도 없는 일을 하느라 애쓰지 않아도 됐을 테고, 누굴 만나든 떳떳했을 텐데, 하는 생각을 하면 미칠 것 같은 기분이 들 때도 있다고 하셨어요. 그런 상태로 장차 어떻게 살아갈지 그것도 두렵다고 했군요.

안타까운 처지에 놓이셨네요. 이 세상에서 사람을 가장 맥 빠지게 하는 것 중의 하나가 뭔지 아세요? 바로 만약 그때 내가 이러저러했더라면 하고 과거를 가정해보는 거랍니다.

계속해서 몇 년 동안 그런 상태에 빠져 있다면 심리적으로나 정서적으로 최악의 상황에 놓였을 수도 있습니다. 지금이라도 그 만약의 가정법에서 한시라도 빨리 벗어나야 합니다. 그러기 위해선 정면으로 자신이 처한 현실을 인정해야 합니다. 혹시라도 자신이 그런 식으로 현실의 여러 가지 문제들을 외면하고 있다는 생각은 안 해보셨는지요? 만약 그렇다면 이제라도 원하는 대학을 졸업하지 못한 걸 방패삼아 현실에서 자신이 해야 할 일들을 회피하지 않았는지 자세하게 점검해보세요.

그리고 한번 거꾸로 생각해보시면 어떨까요? 예를 들어, 남들이 부러워할 만한 대학을 졸업해서 남들이 선망하는 직업을 가졌다고 가정해보세요. 그런데도 누구도 그걸 그다지 부러워하지도 인정하지도 않는다면 그땐 어떻게 하시겠어요?

중요한 건 자신의 맘을 바꾸고 변화시키는 것입니다. 물론 이제까지 여러 가지 시도를 해보셨겠지만 다시 한 번 더 변화를 모색해보세요. 그 길만이 지금의 문제에서 벗어나는 길이니까요.

시계처럼 정확한 게 이상한가요

자신은 무슨 일이나 완벽하지 않으면 견디지 못하는 성격인데 주변 사람들은 그렇지 못한 거 같아 속상할 때가 많다고 하신 여자분께 편지를 보냅니다.

대학을 졸업하고 직장에 다닌 지 얼마 안 됐는데 사회생활을 시작하면서 더 자주 그런 벽에 부딪히고 있다구요.

자신은 예를 들자면 약속 시간에 1분이라도 늦는 걸 못 참는 성미라고 하셨어요. 몇 시 몇 분에 전화 걸기로 했으면 딱 그 시간에 걸어야 하고, 30분 동안만 누구와 만나기로 돼 있다면 그 시간을 1분이라도 넘기는 적이 없다구요. 보고서를 내기로 했으면 그 기한을 넘기는 법도 이제까지 없었다고 했군요.

따라서 자신이 아는 사람들도 모두 그렇게 해주길 바란다구요. 하지만 거의 대부분의 사람들이 그렇지 못한 거 같아 화가 날 때가 많다고 했네요. 오히려 그렇게 약속시간에 정확하고 완벽을 기하는 자신을 이상한 사람 취급할 때마저 있다구요. 사람들이 어째서 그렇게 두루뭉실, 좋은 게 좋은 거지 뭐, 하며 뭉치고 살아가려고 하는지 그것도 이해가 안 된다고 했군요.

결국 피해를 입는 건 자신처럼 매사에 정확하고 분명한 사람들이니, 그런 모순이 어디 있는가 싶을 때도 많다고 하셨네요. 그런데도 동료들이 자신을 가리켜 인정머리 없다느니, 너무 잘나 재수 없다는 말까지 하는 걸 들은 적도 있다구요.

어떤 상황에 놓이셨는지 이해가 갑니다. 그리고 무엇 때문에 속상하고 괴로운지도.

말씀하신 대로 매사에 정확하고 완벽을 기하며 살아가는 게 최선이죠. 하지만 꼭 그럴 수 없을 때도 있는 게 세상살이입니다. 그럴 때 조금만 여유를 가지고 상대방의 입장을 이해하려고 노력해보세요. 그렇지 않고 난 이렇게 분명한데 넌 왜 그 모양이니, 하고 비난만 하다간 쓸데없는 피해의식을 키울 수도 있답니다. 피해의식이 커지면 더욱더 그런 상황을 못 견디게 되고 나중에 강박증으로 발전할 수도 있습니다. 그러면 혼자선 치료하기 어려운 상태가 되기도 한답니다. 따라서 웬만한 일엔 타협하는 기술도 몸에 익힐 필요가 있습니다.

물론 그럴 때 분명한 한계선은 있어야겠죠. 하지만 필요 이상으로 경직돼 있으면 상대방은 물론이고 나까지 피곤해지기 쉽습니다. 그저 지금보다 조금만 더 자신을 풀어놓는다 생각하고 여유를 가져보세요.

전화중독증으로 남자친구까지 잃었어요

자신이 아무래도 전화중독증인 거 같아 고민이라고 하신 여자분께 편지를 보냅니다.

누구하고든 별로 특별한 용건도 없으면서 전화로 길게 수다를 떠는 버릇이 있다구요. 그러다가 끊고 나면 금방 허탈한 기분에 빠져 또 다른 누군가에게 전화를 걸기가 일쑤라고 했군요.

특히 남자친구가 생기면 더 전화에 집착하는 버릇이 있다고 하셨어요. 어쩌다 전화가 오지 않으면 견디지 못하는 건 물론이고, 미칠 듯한 심정이 돼서 상대방에게 전화를 걸어 마구 화를 낼 때도 많다구요. 자신도 왜 그러는지 모르겠는데 아무튼 전에 만나던 남자친구도 전화가 발단이 돼서 헤어지기까지 했다구요.

시작은 전화지만 결국엔 자신이 상대방에게 집착하게 되는 게 문제인 거 같다고도 하셨네요. 그런 점을 깨닫고 고치려고 많이 애썼고, 또 어느 정도 고쳤다고 여기고 있었다구요.

그런데 새롭게 남자친구를 만나자마자 또다시 같은 버릇이 되풀이되니 너무 괴롭다고 하셨어요. 또다시 예전처럼 상대방에 대해 집착하고 질리게 하고 싶지 않은데, 어떻게 하면 전화에 대한 생각을 잊고 또 집착에서 벗어날 수 있는지 알고 싶다구요.

단순한 전화습관의 문제가 아닌 거 같군요. 그보다는 의존적인 성격
이 더 문제가 아닌가 싶습니다.

지나치게 의존적인 성격을 가진 타입은 연애를 할 때도 상대방이 전
부인 경우가 많습니다. 모든 걸 그에게 의지하고 매달리는 거죠. 자신
의 마음속에 숨어 있는 이성과 애정, 결혼에 대한 어린아이와 같은 환
상과 욕구들이 그런 집착을 일으키는 것입니다.

따라서 자신의 경우는 어떤지 좀더 깊이 살펴보고, 의존상태를 고치
려고 애써야 합니다. 자신이 거부당하고 혼자 남겨질지도 모른다는 공
포감이 너무 큰 건 아닌지도 살펴보세요. 그런 경우 지나치게 사랑을
확인하고 상대방에게 의존하려고 드는 게 사람 마음이기 때문입니다.

물론 그 모든 건 성격적인 특질이기 때문에 말처럼 쉽게 고칠 수 있
는 건 아닙니다. 하지만 스스로를 인식하고 수정해가는 과정을 거치다
보면 어느 정도 좋은 결과를 기대할 수도 있답니다. 그러면 전화습관
도 자연히 달라질 수 있을 거라 생각되는군요.

끝으로, 사랑이란 맘을 열고 서로의 감정을 공유하는 거란 말씀을
드리고 싶네요. 그건 의존과는 근본적으로 그 형태가 다르단 사실을
이해하셨으면 합니다.

고시생활에 찌들려 매사에 자신이 없어요

고시공부를 하고 있는데, 아직 경제력이 없어서 그런지 매사에 자신이 없어서 괴롭다고 하신 분께 편지를 보냅니다.

자신과는 달리 형과 동생은 다 직장생활을 하며 나름대로 자리를 잡아가고 있어서 더 그런 생각이 드는 것 같다고 하셨네요.

집에서 사소한 문제로 형제들과 마찰이 있을 때도 다들 자신을 무시하는 것만 같아 의기소침해질 때가 많다구요. 부모님들도 돈 벌어오는 다른 자식들한테는 더 잘해주시는 것만 같은, 사실은 말도 안 되는 자괴감에 사로잡힐 때도 더러 있다고 하셨군요.

다른 형제들과 달리 자신의 본분을 다하지 못한다는 것 때문에 다른 가족들이 자신을 생각할 때 혹시라도 공부를 한다며 현실을 회피한다고 여기지는 않을지, 하는 의구심이 들 때도 있다구요.

한번 그런 생각이 들기 시작하면 자신이 얼마나 무능하고 형편없는 인간인지, 하는 생각이 꼬리를 물어 더욱 괴롭다고 하셨네요. 그러면 공부고 뭐고 다 그만두고 쓸데없는 공상이나 하며 시간을 때울 때도 많다구요. 그러고 나면 이번엔 그런 자신에 대한 죄책감 때문에 또 한동안 시간을 낭비하며 움츠러든다고도 하셨군요.

상담하신 분의 경우 자신감과 죄책감의 문제는 자신감을 회복한다면, 죄책감은 자연히 해소된다는 점에서 마치 동전의 앞뒷면과 같지 않나 싶군요.

사소한 문제로 크게 무시당했다고 느끼고 곧장 의기소침해지는 건 자존감이 낮고, 맘속에 열등감이 많다는 뜻입니다. 자존감을 유지할 수 있는 가장 중요한 요소 중 하나는, 자신이 어떤 역할을 얼마나 잘해내고 있느냐 하는 것과 연결됩니다. 그리고 그 역할수행의 하나가 경제적인 독립입니다.

그런데 지금 경제적으로 여전히 누군가에게 의존하고 있고, 고시생 이외에 다른 뚜렷한 역할이 없기 때문에 늘 예민한 상태에 있는 건 아닌지요. 그러다보니 다른 사람들이 지나가는 말 한 마디에도 상처를 입게 되고, 그런 감정은 곧바로 무력감과 좌절감으로 연결돼 괴로운 것입니다.

따라서 지금 중요한 건 자신이 하고 있는 공부에 대해 뚜렷한 소명의식과 비전을 갖는 게 아닐까요? 그런 게 없이 막연히 잘되고 싶다는 생각에서 공부에 매달리는 건 아닌지 자신을 한번 돌아보세요.

제 말씀이 다소 냉정하게 들리실지 모르겠네요. 하지만 스스로 자괴감을 느낄 정도로 생각이 위축됐다면, 한번쯤 진지하게 그런 문제를 생각해볼 필요가 있습니다. 그런 다음 소명과 비전을 향해 앞으로 나간다면 다른 문제들은 자연스럽게 해소될 것입니다.

변덕이 심해 진로를 정하지 못하겠어요

20대 중반인데 아직도 명확하게 진로를 결정하지 못해 고민이라고 하신 여자분께 편지를 보냅니다.

어릴 때만 해도 여자 나이 스물다섯이면 정말 숙녀가 돼 있을 거란 꿈을 갖고 있었다구요. 하지만 막상 자신이 그 나이가 됐는데도, 아직 뭘 해야 할지, 자신이 진정 원하는 게 뭔지조차 잘 알지 못하고 있는 형편이라고 하셨어요.

그래서 말할 수 없이 한심하고 답답하고 자신이 미울 따름이라구요. 온갖 핑계를 대며 자신의 처지를 합리화시키고 도망칠 궁리를 하는 것도 정말 맘에 안 든다고 하셨네요. 외국에 나가 공부하고 싶다는 생각을 하다가도 아냐 난 영어를 못하잖아 하고 금방 단념하고, 학교를 다시 다니고 싶지만 분명 따돌림을 받을 거야 하며 그만두는 식이라구요. 심지어 괜찮은 회사를 들어간대도 상사가 날 못 살게 굴면 어쩌지, 하는 생각을 할 정도라구요. 그렇게 무시당하기 싫으면 열심히 하면 된다는 걸 모르지 않는다고 하셨어요. 그런데 행동으로 옮기기엔 자신이 무기력하게만 느껴져 두려울 뿐이라구요.

어쩌면 백 퍼센트 만족할 만한 완벽한 뭔가를 찾느라 그런 것도 같다고요. 그런 자신이 싫고 짜증나지만 뾰족한 수가 없어 괴롭다고 하셨어요.

마지막 말씀 속에 문제의 핵심이 들어 있지 않나 싶군요. 현실에서 백 퍼센트 만족할 수 있고, 백 퍼센트 칭찬만 들을 수 있는 일은 없습니다. 그런데도 백 퍼센트의 완벽함을 추구하다보면 결국은 아무것도 하지 못하는 이상한 상황에 놓이기도 하는 것입니다.

외국에 나가 공부하고 싶고, 학교에도 다시 다니고 싶고, 좋은 직장도 구하고 싶지만 모든 게 두려워 포기하는 것도 이 완벽함의 추구와 관계가 있습니다.

완벽함을 기준으로 따지다보면, 이건 이래서 안 되고, 저건 저래서 안 되고, 또 다른 건 그것대로 뭔가 맘에 걸리는 점이 있게 마련이죠. 그러다보니 정작 아무것도 제대로 만족할 만한 결정을 내리지 못하고, 망설이고, 자기 합리화에 빠지고, 확신을 갖지 못하게 되는 것입니다.

결국 현실에선 모든 게 다 맘에 차지 않고, 뭘 하든 다 부족하게만 여겨지고 불안과 불만이 쌓이게 되는 거죠. 그러다가 끝내 생각뿐 아무것도 행동으로 옮기지 못하는 이상한 처지에 빠지게 된다고 할까요. 그러므로 앞날에 대해 완벽한 설계를 꿈꾸기보다 실행 가능한 것들부터 하나씩 점검해보세요.

아직 20대 중반이면 모든 것이 가능한 무한한 나이입니다. 미리 두려움과 불안으로 자신을 무장할 필요가 조금도 없죠. 단 완벽함에 대한 기대를 조금만 낮추고 자신이 할 수 있는 일부터 첫발을 내디디시기 바랍니다.

아이양육으로 미래가 불투명해요

석사과정 논문을 남겨놓고 있는데 아이양육과 집안일 때문에 공부를 계속할 수 없어서 고민이라고 하신 분께 편지를 보냅니다.

만 두 돌이 지난 딸과 이제 7개월 된 아들이 있는데, 두 아이 키우기도 만만치 않다고 하셨어요. 남편과 나이 차가 많아서 아이를 빨리 갖자고 하는 바람에 공부도 다 마치지 못한 상태에서 두 아이를 낳아 기르게 되셨다구요. 다행히 남편이 시간 여유가 있는 직업을 갖고 있어서 집안일을 많이 도와주고 있다고 하셨네요. 그 점에 대해선 고맙게 생각한다구요.

하지만 아이를 함께 키우는 건 당연하다는 자신의 생각과, 그걸 고마워해야 한다는 남편의 생각이 충돌할 땐 어쩔 수 없이 피곤하다고 하셨군요.

어쩌면 공부를 계속하고 싶고, 뭔가 밖에서 자신의 일을 이루고 싶어서 집안일에 더 맘을 못 붙이는지도 모르겠다구요. 남편은 아이들이 좀 크고 나면 공부를 계속할 수 있게 해주겠다고 하지만, 지금 같아선 그다지 앞이 보이지 않는 것 같다고 하셨군요.

물론 지금 공부를 하기 힘들다고 해도 완전한 포기가 아닌 유보란 건 알고 있지만 앞날에 대한 전망이 너무 불투명하다는 생각을 하면 몹시 불안하고 맘을 붙이기 어렵다구요.

어떤 상황에 놓이셨는지 백번 이해가 갑니다. 다 그런 건 아니지만 결혼하고 나서 다시 한 번 정체성의 혼란을 겪어야 하는 게 우리나라 여성들이 처한 현실이 아닌가 합니다.

말씀하신 것처럼 남자들과 똑같이 경쟁하고 똑같이 공부해왔는데 어느 날 결혼하고 나면 집안일과 자녀양육이란 짐이 거의 일방적으로 여자들에게만 떠맡겨지는 경우가 많기 때문입니다. 슬기로운 판단과 처세가 필요한데 그것 또한 혼자 힘으론 어림없죠. 남편과 주변 가족들의 협조가 없인 불가능한 일이니까요. 이 문젠 결국 부부가 함께 맘을 열고, 서로 충분히 대화를 나눔으로써 해결하는 수밖엔 없습니다.

그런데 지금 놓이신 상황으로 미뤄, 이건 순전히 제 개인적인 견해지만 공부는 조금 유보하시는 게 어떨까 싶군요. 아기들이 아직 너무 어린데다 주변에 맘놓고 도움을 구할 만한 곳이 없는 걸로 보이기 때문입니다.

지금 무리하게 욕심을 내기보다는 아이들이 좀 큰 후에 다시 공부를 할 수 있게 남편의 후원을 끌어내시는 편이 낫지 않을까요? 그때 가서 일이 어떻게 될지 몰라 불안하다고 하셨는데, 그런 불안감을 떨쳐버리는 대신 공부를 포함해 자기실현을 하기 위한 장기적인 플랜을 분명하게 계획해보시는 게 어떨까요? 그리고 그 플랜에 따라 노력한다면 꼭 좋은 결과가 있을 테니까요.

직업 선택이 어려워요

20대 후반인데 직업 선택에 여러 가지로 어려움을 느껴 고민이라고 하신 남자분께 편지를 보냅니다.

군에서 제대하고 사회생활을 시작한 후 이미 여러 번 직장을 옮겨다 녔다고 하셨군요. 어렵게 입사를 해놓고도 길어야 서너 달을 버티기 힘들다구요. 한 회사에 가장 오래 있었던 기간이 1년 남짓이라고 하셨 네요. 마음 같아선 하루빨리 그런 방황을 끝내고 확실한 인생의 목표를 향해 정진하고 싶다구요. 하지만 그게 뜻대로 안 되니 하루하루가 그저 괴로움의 연속일 뿐이라구요.

그렇다고 힘든 일을 기피하는 건 아니라고 하셨어요. 군대생활도 아주 힘든 곳에서 했고, 제대한 후에는 건설현장에서 막노동을 한 경험도 있다구요. 하지만 그런 경험을 한 후 인생에서 성공하려면 무엇보다 확고한 목표가 있어야 한다는 사실을 더욱 절감하게 됐다고 하셨군요.

얼마 전 한 선배로부터 남자는 나이 서른을 넘기기 전에 확실한 자기 경력을 만들어둘 필요가 있다는 얘기를 들었다고 하셨네요. 선배 말이 이 직장, 저 직장 전전하다가 20대를 마감하면 30대에 접어들어 자기 전문분야가 없어 더 힘들고 초라해질 거라고 했다구요. 그 말이 옳다는 생각이 들수록 자신의 인생은 그 반대로 진행될 것만 같은 위기감을 느낀다고 하셨어요.

인생에서 가장 중요한 것 중의 하나가 확고한 목표의식인 것만은 분명합니다.

놀라운 재능을 지녔으면서도 확고한 목표가 없어서 한평생 부표처럼 떠도는 삶을 살아가는 사람들을 보면 더욱 그런 생각을 안 할 수가 없습니다.

그러나 한편으론 목표의식만 분명하다고 모든 일이 다 제대로 진행되는 것은 아닙니다. 우리의 삶이란 내가 원한다고 해서 꼭 원하는 방향으로 이뤄지는 건 아니니까요. 그보다는 이것저것 시행착오를 거치면서 마침내 자신이 원하는 방향을 찾게 될 때도 많습니다. 아직 20대라면 바로 그런 시행착오를 거치는 과도기에 있다고 할 수 있습니다. 그리고 20대에 자신이 평생 할 일을 찾아 매진하는 사람은 생각보다 많지 않을 거예요. 그렇게 생각하시고 우선 자신이 진짜 하고 싶은 일이 무엇인지 좀더 진지하고 깊이 있게 생각해보세요. 그러려면 자신의 내면을 잘 성찰해볼 필요가 있습니다.

의외로 미래에 대해 비현실적인 기대를 안고 있는 건 아닌지, 자신의 재능과 하고 싶은 일 사이에 간격이 너무 큰 건 아닌지, 하는 것들을 잘 살펴보시기 바랍니다.

앞날이 막연해요

지난 해 대학입시에 떨어지고 아예 대학진학을 포기한 뒤 앞으로 뭘 해야 할지 몰라 흐지부지 시간만 보내고 있다고 하신 분께 편지를 보냅니다.

처음 대학진학을 포기했을 때만 해도 그래 두고봐라 대학에 안 가도 성공한다는 걸 꼭 보여주고 말 테니, 하는 오기도 있었다구요. 하지만 1년 가까이 시간이 흐른 지금은 그런 오기도 결심도 온데간데없어졌다고 했군요.

집에서 부모님들은 "거봐라, 그렇게 공부 안 하더니 보기 좋게 됐구나. 다 네 자업자득이란 거 알지? 대체 앞으로 어떻게 살 작정인지 그거라도 좀 정해보거라." 하며 매일 성화시라구요.

선생님들이나 친구들은 재수를 권하기도 했지만 한 번 실패한 거 두 번씩 실패를 맛보고 싶지 않아 아예 생각도 하지 않았다고 했네요. 결국 자신이 이 사회에서 이것도 저것도 아닌 아주 애매모호한 존재로 전락해 있다는 걸 뼈저리게 깨달으며 보낸 1년이었다구요. 닥치는 대로 아르바이트도 해봤지만 별로 하고 싶지 않아 그저 놀며 시간을 보내고 있는데 그것도 못할 일이긴 마찬가지라고 했네요. 그렇다고 지금 실력이나 학벌로 할 수 있는 건 아무것도 없는 거 같고, 앞날은 불투명하다 못해 시커멓기만 한 거 같다구요.

마음 한구석에선 "그래도 뭔가 도전해볼 만한 일이 있을 거다, 어떻게든 그걸 붙잡아 도약해야 한다."는 속삭임도 들려오지 않는 건 아니라구요. 하지만 막상 뭘 해야 할지, 뭘 할 수 있을지 너무 막연하기만 하다고 하셨네요. 뜬구름이나 잡는 허황된 사람이 되긴 싫은데, 이제부터라도 다시 시작할 수 있을지 알고 싶다고 했군요.

마지막 말씀에 대한 답변부터 한다면 물론 너무나 당연히, 백번이고 다시 시작할 수 있답니다.

우선 그 무엇보다 강력한 인생의 무기인 젊음이 앞으로 무한정 펼쳐져 있는데다 허황한 사람이 되고 싶지 않다는 건전한 사고방식을 갖고 있는데 뭐가 문제겠어요?

단 앞으로 자신의 인생에서 목표와 소명의식을 좀더 확고히 할 수 있도록 많이 경험하고, 많이 배우세요. 지금 중요한 건 그게 아닐까 싶군요. 그리고 기억이 정확한 건 아니지만 언젠가 책에서 다음과 같은 얘길 읽은 적이 있는데 들려드릴게요. 도움이 됐으면 좋겠네요.

"지금 당신의 삶은 아직 완성되지 않았습니다. 오히려 이제 막 시작이죠. 당신에겐 최선의 당신이 될 수 있는 힘과 에너지가 있습니다. 기억하세요. 그 시작을 위해 늦은 때란 결코 없다는 걸, 당신 앞에 놓인 도전에 대해 감사하세요. 그리고 앞으로 나가세요."

외모에 자신이 없어요

올해 대학에 입학한 후로 아무래도 자신감을 찾지 못해 고민이라고 한 여학생에게 편지를 보냅니다.

특히 자신의 외모에 대해 여러 가지로 고민이 많다고 했군요. 중고 등학교에 다닐 땐 남자애들과 어울릴 기회가 없어 특별히 그런 생각을 갖어보지 않았다구요. 그러다가 대학에 입학해보니 같은 과에 남학생들이 많은 게 신기하기도 해서, 이제부터는 남자친구들과 얘기도 많이 나누고 잘 지내봐야지, 하고 굳게 결심하게 됐다구요. 그런데 어찌된 일인지 한 학기가 다 지나도록 친하게 지낼 남자친구를 사귀기는커녕 남학생들한테 말 한 마디 제대로 걸어보지 못한 채 한 학기가 다 지나가고 말았다구요.

어느새 새학기가 시작된 지도 한참 됐는데, 여전히 같은 형편이라구요. 그런데 진짜 문제는 그 이유를 스스로 자신의 외모에서 찾기 시작한 거라고 했군요. 다들 예쁜데 자기만 미운 거 같아 자꾸 초라한 생각만 들고 나날이 자신감을 잃어가고 있다구요.

새학기가 시작되면서 성형수술을 하고 학교에 오는 용감한 친구들도 더러 있다구요. 자신은 그러기엔 너무 겁이 많고, 그렇다고 한번 잃어버린 자신감을 회복할 뾰족한 방법이 있는 것도 아니라 고민이라고 하셨어요. 이젠 정말 멋진 남자친구도 사귀고 싶은데, 그럴 수 없는 현실이 그저 서글프다구요.

마음 아픈 얘기로군요. 하지만 혼자서만 그런 고민을 하는 건 아니랍니다. 갓 대학에 입학한 여학생들, 뭐 남학생들도 마찬가지지만 거의 대부분이 비슷한 고민을 하곤 한다는 걸 아세요? 그건 새로운 세계에 대한 호기심은 큰데, 그 호기심을 채울 수 없을 때 누구나 느끼는 궁핍함과 난감함이랍니다.

외모에 대해 고민하는 것도 대부분의 여학생들이 호소하는 문제입니다. 특별히 예쁘지도 매력적이지도 않은 외모 때문에 나날이 자신감을 잃어간다는 것이나, 남자친구 사귀는 것이 어렵다는 것도 마찬가집니다.

그러니 먼저 혼자만의 고민이라고 속단하고 너무 심각해지진 마세요. 그 대신 자신을 변화시키는 문제에 대해 한번 심각하게 생각해보면 어떨까요?

외모 중에 맘에 안 드는 부분이 있다며 예뻐지기 위해서 애써보는 거예요. 옷을 잘 입고 싶다면 그런 쪽으로 시간을 내서 공부하고 투자해보세요. 난 외모에 자신이 없어, 하고 한탄하고 있을 시간에 자기만의 개성을 찾아내고, 그 개성을 독특한 매력으로 발전시켜보세요.

남자친구들과 허물없이 얘기를 나누고 싶다면, 먼저 이편에서 맘을 열고 다가가보세요. 새침하게 굴거나 뚱해 있으면서 누구와 친하게 사귈 바랄 순 없겠죠. 그건 동성 친구끼리도 마찬가지랍니다. 그렇게 조금씩 노력하다보면 어느새 자신감도 생겨나지 않을까요?

미소년콤플렉스에 시달려요

나이보다 어려 보이는 데다 여성적인 외모 때문에 고민이 많다고 하신 남자분께 편지를 보냅니다.

키는 큰 편이지만 작고 하얀 얼굴에 날씬한 팔다리가 얼핏 보기에도 여자 같은, 눈에 띄는 그런 외모를 하고 있다구요. 게다가 나이보다 한참 어려 보이기까지 해 술집이나 나이트클럽 같은 데서 출입금지를 당할 때도 더러 있다고 하셨네요. 그럴 때마다 당혹스럽고 또 그렇게 보이는 자신이 여간 한심한 게 아니라구요. 미팅이나 소개팅을 할 때도 여자 같다, 앳되다, 하는 말을 하도 들어서 이젠 웬만해선 그런 자리에도 나가지 않고 있다구요.

친구들은 요즘 여자들이 너처럼 미소년풍으로 생긴 남자를 더 좋아한다고 부추기지만, 그런 말을 들으면 화부터 난다고 하셨군요. 군대도 갔다 오고, 신체적으로나 정신적으로 아무런 문제도 없는 정상적인 남자가 분명한데도 스스로 피해의식이 생기는 건 어쩔 수 없다구요.

한동안 헬스클럽에 다니며 열심히 몸을 만들기도 했지만 그렇다고 얼굴 모습까지 달라지는 건 아니어서 여전히 콤플렉스에 시달리고 있다고도 하셨네요. 게다가 운전도 잘 못하고 무슨 기계조립이나 그런 것에도 소질이 전혀 없다고 하셨어요. 계산도 잘 못하는데 그런 게 모두 여성적인 특징인 것만 같아 더 괴롭다구요.

더러 비슷한 고민을 하는 분들이 있습니다. 심하면 자신의 성정체성에까지 의심을 품는 경우도 있는데, 다행히 상담하신 분은 그런 면은 전혀 없으신 거 같군요.

그렇다면 한번 생각을 바꿔보시면 어떨까요? 자신의 모습을 있는 그대로 받아들이되 오히려 장점으로 여겨보는 거예요.

친구들이 요즘은 미소년풍의 외모가 더 각광받는다고 했다죠? 그런데 그건 어느 정도 사실이랍니다. 실제로 요즘 젊은 여성들을 붙잡고 물어보면 아마 반수 이상이 그렇다고 대답할 거예요. 그러므로 맘을 편하게 갖고 더 이상 피해의식을 키우지 말았으면 좋겠군요. 그리고 일반적으로 외모나 성격이 여성스런 남자들도 있고, 반대로 아주 남성적으로 보이는 여자들도 많습니다. 더구나 요즘은 많은 분야에서 규정된 남자와 여자의 성 역할 자체가 사라지고 있는데, 굳이 난 운전이나 계산 같은 걸 잘 못하니까 더 여성스럽게 보인다고 여길 필요 전혀 없죠.

그런 쪽으로 성을 구분짓는 것 자체가 무의미할 뿐아니라, 편견이나 고정관념의 산물일 뿐이랍니다. 이제부터는 그런 고정관념이나 피해의식에서 벗어나 새롭게 자신을 발견하고 창조적인 쪽에 에너지를 쏟아보세요. 그러면 훨씬 달라진 자신을 발견하게 되실 거예요.

주목받는 생이고 싶어요

외모에 자신이 없어서 사는 게 온통 회색빛이라고 하신 20대 초반의 직장여성께 편지를 보냅니다.

특별히 예쁜 데가 없기도 하지만, 이제껏 그 누구한테도 주목을 받아본 기억이 없다구요. 그래서겠지만 대인관계에서 스스로를 소외시킬 때가 많다고 하셨어요. 친구도 한두 명뿐이고 남자친구는 사귀어본 경험도 없다구요. 직장에서는 마치 자기라는 존재가 그림자라도 되는 것처럼 생각하고 행동할 때가 많다구요. 어쩌다 있는 회식 자리도 어색해서 절대로 가지 않고, 퇴근하면 곧바로 집으로 직행해 텔레비전이나 보며 시간을 보낸다구요.

거울은 가능한 한 보지 않고, 특별히 미용실에 가는 걸 힘들어한다고도 했군요. 그런 데 가면 사방의 거울을 통해 자기 모습을 봐야 하는 게 우선 너무 싫다구요. 게다가 언젠가 친구와 함께 미용실에 갔다가 큰 상처를 받은 기억이 있다구요. 친구한테는 환하게 미소를 지으며 온갖 서비스를 다 하고, 끝나고 나서 명함도 건네던 사람들이 자기한테는 웃지도 않고 무뚝뚝한 태도로 머리 손질을 끝내고는 명함도 건네지 않았다고 했네요.

그렇다고 타고난 외모를 어떻게 할 수가 있는 것도 아니고⋯⋯. 결국 자신은 평생 그렇게 세상으로부터 소외당한 채 살아가야 할 운명이라 생각하셨다구요.

안타까운 얘기로군요. 20대 초반이면 이제 막 새롭게 모든 걸 시작할
수 있는 나이인데 벌써부터 그런 좌절과 아픔을 겪고 있어선 안 되죠.

우선, 자신의 외모를 바꿀 수 없다고 했는데, 그건 생각과 결심의 문
제가 아닌가 싶군요. 외모는 타고난다는 게 맞는 말이지만, 얼마나 용
기를 내느냐에 따라 개성 있는 모습을 연출할 수 있는 것 또한 사실입
니다. 그러니까 미리 포기하고 좌절할 이유 조금도 없는 거죠.

그리고 미용실 애긴 지나치게 지레짐작의 오류에 빠져 있는 건 아닌
지 한번 생각해보세요. 미용사들이 힘들다보면 어쩌다 서비스를 다 하
지 못할 때도 있는 건데, 그걸 자신한테만 그러는 걸로 지나치게 해석
한 건 아닐까요? 실제로 그런 일은 얼마든지 일어나고, 그걸 정신과에
선 과잉일반화라고 부릅니다.

무엇보다 스스로를 세상과 차단시키려고 애쓰지 마세요. 그건 운명
도 다른 무엇도 아니랍니다. 부디 용기를 내서 자신을 바꿔보려고 노
력하시기 바랍니다.

희망 없는 대학졸업반이 싫어요

취업을 준비중인 대학졸업반 여학생인데 너무도 미래가 불투명해 괴롭다고 하신 분께 편지를 보냅니다.

요즘 들어 더욱 부쩍 암담한 기분에 빠질 때가 많다고 하셨군요.

누구 하나 시원한 얘기 하는 사람은 없고, 다들 졸업하고 나서 만약 취직이 안 되면 어쩌나 그 걱정들만 하고 있는 형편이라구요. 게다가 자신은 스스로 생각하기에 뭐 하나 내세울 만한 게 없는 것 같아 더욱 고민이라고 하셨네요.

이것저것 취업에 필요한 공부를 하고 있긴 하다구요. 하지만 남들도 다 비슷한 공부를 하고 있는 만큼 특별히 자신감을 가질 만한 일이 하나도 없다고 했군요. 대인관계도 나날이 깊고 넓어지는 게 아니라 오히려 더욱 좁아지고 위축되어가기만 하는 것 같다구요. 요즘은 학교에 가서 친구들과 어울려도 더욱 소외감만 깊어간다구요. 게다가 취업 생각만 하면 올 한 해가 지나가고 내년이 오는 게 두렵고 불안할 지경이라고 하셨어요.

처음 올 한 해를 시작할 때만 해도 꿈이 없진 않았다구요. 열심히 공부하고 취업준비도 착실히 해서 남들보다 뛰어나야지, 하는 야무진 희망도 품었건만, 지금은 그 모든 게 다 진짜 부질없는 꿈으로 끝나고 만 것 같아 허무하다구요.

어떤 심정인지 충분히 이해가 갑니다. 누구나 이맘때쯤이면 삶의 허무가 찾아오는 게 당연합니다. 게다가 취업을 앞두고 있는 대학 졸업반이라면 맘이 심란한 게 오히려 정상이 아닐까요? 우선 혼자서만 그렇게 온통 불안하고 허무하다고 생각지는 말았으면 좋겠군요. 아마 비슷한 처지에 놓인 거의 대부분의 사람들이 똑같은 심경을 느끼곤 했을 테니까요.

한 가지 도움 말씀을 드린다면 예기불안은 갖지 말라는 것입니다. 아직 일어나지도 않은 일 때문에 미리 걱정하고 불안해하는 걸 예기불안이라고 합니다. 아직 대학을 졸업한 것도 아니고, 취직시험을 봐서 떨어진 것도 아니잖아요. 그런데 미리 걱정하고 불안에 떨 필요가 조금도 없죠.

"내가 근심한다고 그 근심의 키를 한 자라도 줄일 수 있느냐"는 성경말씀도 있잖아요. 제가 살아보니 그 말씀이야말로 새록새록 진리라는 걸 알겠더군요.

아직 일어나지 않은 일에 근심하고 불안해하지 말자고 자신을 설득해보세요. 그렇게 해서 불안이 사라지면 당연히 대인관계에서 소외감을 느끼는 일도 줄어들 것입니다.

일류대 진학 후 열등감을 느껴요

수재들이 모인다는 대학에 입학했는데 그것 때문에 오히려 스트레스가 많다고 한 남학생에게 편지를 보냅니다.

어렸을 때부터 공부를 잘했고, 또 스스로 생각하기에 제대로 할 수 있는 게 그것밖에 없는 거 같아 열심히 공부를 했다고 했네요. 그러다가 사춘기가 되고 고등학생이 되면서 잠깐 공부를 소홀히 한 적이 있었다구요. 물론 3학년 때 다시 열심히 해서 원하던 학교에 입학하긴 했다고 했군요. 시험공부를 하는 동안은 합격해야 한다는 생각에 정신없이 매진해왔다구요. 합격하고 나선 물론 잠깐이긴 했지만 성취감도 꽤 컸다고 하셨어요. 그런데 문제는 자신이 같은 학교 학생들에 비해 뭔가 모자라고 뒤처지는 느낌이드는 거라구요.

이제껏 살아오면서 요즘처럼 초조하고 조바심나고 자신감이 없어 보기는 처음일 정도라고 했네요. 예전에 매사에 적극적이고, 새로운 환경에 적응도 잘했고, 오히려 변화를 즐기며 미래에 대해 구체적인 계획을 세우고 그걸 이루려고 노력하는 타입이었다구요. 하지만 지금은 소극적인 성격으로 바뀐 건 말할 것도 없고 자신감도 없고, 앞으로 나보다 뛰어나 보이는 아이들과 경쟁해야 한다는 사실에 그저 중압감을 느끼고 있을 뿐이라고 했군요. 물론 지금 성장과정의 한 고비를 넘기는 거라는 걸 모르진 않지만 아무튼 괴로운 건 사실이라구요.

아마도 전국적으로 상당히 우수한 인재들이 모이는 학교에 진학한 거로 보입니다. 그런 학교에 진학한 학생들 중에 비슷한 갈등을 겪는 학생들을 종종 보게 됩니다.

자신이 비교할 수 있는 대상이 그런 우수한 학생들뿐이니, 어쩌면 당연한 고민이라고도 할 수 있을 거예요. 이제까진 자신이 뛰어난 학생인 줄 알았는데, 자기보다 더 뛰어난 학생들이 많다는 걸 알고 충격과 좌절, 열등감에 빠지게 되는 거죠. 아마 그곳에선 하위권에 머무르는 학생들도 전체적으로 보면 아주 우수한 학생들일 거라 생각되는군요. 그런데도 자신이 못나 보이고 열등감에 빠진다는 게 아이러니지만 현실이 그러니 어쩔 수 없는 일이긴 하겠죠.

따라서 지나치게 다른 학생들과 자신을 비교하는 데 초점을 맞추지 말았으면 좋겠군요. 그보다는 조금 더 젊고 객관적인 기준으로 자신의 실력을 있는 그대로 평가해보세요. 그리고 그 평가에 대해 스스로 자신감을 가질 수 있도록 노력해보세요. 그렇게 해서 크게 흔들림 없이 자신을 믿고 자기 페이스대로 꾸준히 공부해나갈 수 있기를 바랍니다.

진로를 바꾸고 싶어요

法대에 다니면서 사법시험을 준비중인데 아무래도 자신의 길이 아닌 거 같아 고민이라고 한 남학생에게 편지를 보냅니다.

자신은 오히려 문과 쪽에 훨씬 더 소질이 있는 편이라고 생각한다구요. 그리고 앞으로도 그런 쪽의 일을 하고 싶다고 하셨어요. 하지만 전문직을 가져야 한다는 부모님의 설득과 또 그런대로 우수한 학교성적 때문에 자신의 의지와는 달리 법대에 진학하게 됐다구요.

그 후론 당연한 수순으로 사법시험 치를 준비를 하고 있는데, 학년이 올라갈수록 점점 더 자신의 길이 아닌 거 같고, 따라서 공부에도 열심을 내기가 힘들다고 하셨네요. 사람들은 자신의 갈등을 두고 행복한 고민을 한다느니 하지만, 당사자로선 몹시 심각한 상황이라구요. 이제 와서 부모님께 진로를 바꾸겠다고 말씀드리기도 어렵고, 자신감은 점점 줄어들고, 정신연령도 오히려 퇴화하는 느낌이라고 하셨군요. 사소한 걸 결정하는 것조차 힘들 만큼 성격도 우유부단해졌다구요. 게다가 오랜만에 만나는 친구들이 너 변했다, 고 할 만큼 자기주장이 사라졌다고 하셨네요.

이래저래 하루하루가 불안하고 재미없고 스트레스의 연속이라구요. 그리고 좀더 솔직하게 표현하자면, 이제 와서 다른 길로 진로를 바꿀 자신도 없다고 했군요.

그저 긴 방황이 계속되고 있는데, 어떻게 해야 할지 모르겠다구요.

본래 가보지 않은 길엔 미련이 남는 법이죠. 더구나 그곳이 자신이 꼭 가보고 싶은 곳이었는데 타의에 의해 다른 길로 가야 했다면, 그 미련은 더욱 클 수밖에 없습니다.

그리고 지금 하고 있는 공부에 대해 너무 큰 중압감을 느끼는 것도 갈등과 방황의 한 원인이 아닐까 싶군요. 매사 중요한 문제에 있어서 자기 의지를 희생해가면서 이끌려온 사람들일수록 어느 순간 지금 말씀하신 것 같은 회의와 우울감, 정체성의 혼란을 겪는 경우가 많습니다.

만약 시간이 흐를수록 점점 더 견디기가 어렵다고 판단되면 부모님들과 한번 진지한 대화를 나누어보시기 바랍니다. 자신의 능력과 재능, 성격 등에 대해서도 터놓고 얘기하고, 자신이 정말 하고 싶은 일에 대해서도 허심탄회하게 말씀을 해보세요.

이제 와서 그러기가 두렵다고 하지만 시간이 흘러 더욱 문제가 심각해진 다음에 하는 것보단 지금 하는 편이 낫습니다. 그것이 부모님의 충격도 더 줄일 수 있습니다. 그런 다음 자신의 앞날에 대해 새로운 비전을 갖고 그에 따른 계획을 세우는 편이 막연히 지지부진하게 현재 상태를 끌고가는 것보다 낫지 않을까요?

대학에 진학한 게 잘못 같아요

스물일곱 살 된 여자분인데, 앞날에 대한 비전이 불투명해 고민이 많다고 하신 분께 편지를 보냅니다.

고등학교를 졸업하고 한동안 열심히 직장생활을 해오셨다구요. 그러다가 대학에 대한 미련과 콤플렉스 때문에 직장을 그만두고 대학에 진학해 졸업을 하셨다고 했군요. 대학만 졸업하면 좀더 나은 세상이 열릴 거란 희망이 가득했는데, 어찌된 셈인지 더 불투명하고 힘든 미래가 기다리고 있어서 괴로우시다구요.

대학에선 작가가 되고 싶어서 공부를 했지만 오히려 재능이 없는 게 아닌가, 하는 회의만 더 키웠고, 졸업 후엔 더구나 원하는 직장도 얻을 수 없는 처지가 됐다고 하셨어요. 차라리 그때 고등학교 마치고 직장생활이나 계속했더라면 지금쯤 돈도 모으고 좋은 남자 만나 결혼했을지도 모르는데 괜히 가족들 반대까지 무릅쓰고 대학엘 갔나, 하는 후회의 맘이 들 때도 많다구요.

조그만 회사에서 다시 하찮은 일을 할 수도 있지만 그래서야 언제 경력을 쌓을까 싶은 생각뿐이고, 그렇다고 원하는 건 아무것도 손에 잡히지 않으니 어떻게 하면 좋을지 모르겠다고도 하셨네요.

대인관계도 점점 좁아지고, 자신감은 하루가 다르게 추락하고, 몸도 마음도 자꾸 위축되어간다고 하셨군요.

안타까운 처지에 놓이셨네요. 누구나 살다보면 굉장한 슬럼프의 순간을 맞게 되죠. 혹시 지금이 그런 때는 아니신지요? 만약 그렇다면 얼마든지 새롭게 떨치고 일어날 수 있답니다. 우선 자기 자신에 대해 좀더 열린 맘을 가져보세요.

재능도 없는 거 같고, 할 수 있는 일도 없는 거 같다고 한탄하셨는데, 그런 부정적인 생각이야말로 우리를 늘 슬럼프에 빠뜨리는 주범이랍니다. 과거에 이러저러했더라면 하는 가정도 더 이상 하지 마세요. 후회하는 맘은 이해하지만, 그렇다고 옛날로 돌아갈 순 없으니까요.

그보다는 좀더 많은 삶의 체험을 자신을 늘 열어두고, 그 모든 걸 받아들여보세요. 이건 안 되고, 저건 하기 싫고, 하다보면 이 세상에서 우리가 할 수 있는 일은 정말 거의 없답니다. 자신이 처한 상황에선 언제나 최선을 기대하고 최선을 다하란 말씀을 꼭 드리고 싶군요.

제 생각에 앞으로 얼마든지 자신의 계획과 목표를 분명하게 세우고 그것을 향해 정진할 능력이 있는 분 같으니까요. 고등학교를 졸업하고 한동안 직장생활을 하다가 다시 대학에 도전해 졸업까지 했다면 그것만으로도 대단한 일 아닌가요? 지금 위기를 겪는 건 당분간 슬럼프가 찾아온 것뿐이라고 여기고 다시 한 번 도전해보세요.

그리고 진정으로 간절한 꿈도 꾸고, 또 그만큼 열심히 노력해보세요. 노력한 건 반드시 이뤄진다는 말은 결코 빈말이 아니랍니다.

우정, 변치 않고 주고받기

누구나 이야기를 나눌 상대를 필요로 한다. 진지한 얘기를 주고받기 원한다.
먼저 가면을 벗고 나약함을 보여주어라. 상대방도 그런 태도로 다가올 것이다.

−리브 울만(배우)

나쁜 소식만 옮기는 친구가 싫어요

꼭 나쁜 소식만 골라 전해주는 친구가 있는데 어떻게 대응해야 할지
몰라 고민이라고 하신 여자분께 편지를 보냅니다.

그 친구와는 중고등학교를 함께 다닌 처지라 서로 잘 알고, 또 친하
다고 느낄 때도 없지 않은 사이긴 하다구요. 하지만 그 친구로부터 매
번 남의 험담 아니면 썩 유쾌하지 못한 소문만을 전해듣다보니, 이젠
참 싫다는 기분을 떨쳐버리기 어렵다고 하셨네요. 그러다보니 어떤 땐
전화 오는 것도 반갑지 않을 정도라구요. 더러 자신도 모르게 싫은 내
색을 할 때도 없지 않은데, 오히려 상대방은 그런 건 개의치 않는 거
같다고도 하셨군요. 일단 자신이 알고 있는 소문을 누군가한테 전해야
직성이 풀리는 타입이기 때문인 거 같다구요.

그 친구가 "친구 누구는 시어머니와 사이가 안 좋아, 남편과도 별거
할 위기에 놓였다더라, 누구는 아이가 너무 속을 썩여 맘고생이 심하
다더라, 누구는 남편이 바람을 피워서 난리가 났다더라." 하며 신바람
을 낼 땐, 어이가 없기도 하다구요.

좋은 야기만 들어도 사는 게 힘든 세상에 매번 남들 안 좋은 얘기,
실패한 얘기만 듣다보니 기분도 저절로 우울해지곤 한다며 적절한 대
처방법을 물어오셨어요.

더러 그런 사람들이 있죠. 이상하게 남의 실패담, 험담에만 열을 올리는 사람들, 그런 타입의 가장 큰 특징은 몹시 취약하고 불안하다는 것입니다. 그런 자기의 내면을 들여다볼 엄두가 나지 않으니까 끝없이 남의 애기를 하면서 불안을 감추는 거죠. 한편으로 과장된 감정을 즐기는 면도 없지 않습니다. 자기 애기를 듣고 사람들이 흥분하거나 당황해하는 데 일말의 쾌감을 느낀다고나 할까요? 그것 역시 내면의 취약성, 정서적 불안과 관계가 있답니다.

따라서 그런 함정에 같이 말려들고 싶지 않다면, 이편에서 일정한 마지노선을 만들어둘 필요가 있습니다. 그리고 만약 상대방이 그 한계를 넘어서려고 하면, 분명하고 따끔하게 지적해주는 것도 필요합니다. 그렇지 못하고 어영부영 끌려가다보면 상대방은 이편의 약점을 간파하고 있다고 여기고 자기 맘대로 구는 것입니다. 그러니 싫은 애기, 불편한 감정은 그렇다고 솔직하게 애기하세요.

아마 그랬다가 그 친구가 다른 사람한테 내 험담을 있는 대로 하고 다니면 어쩌나, 하는 불안감 때문에 그러지 못할 수도 있습니다. 하지만 그런 험담이란 일정한 시간이 지나면 다 잊혀지게 마련이고, 또 그런 친구의 애기라면 다른 사람들도 그다지 귀기울여듣지 않을 게 분명합니다. 그러므로 단단히 결심하고 단호하게 대처하세요.

둘 이상의 친구와 어울리기 힘들어요

어릴 때부터 단짝 친구밖에 없었는데, 사회인이 된 지금도 두 명 이상의 친구들과는 잘 어울리지 못해 고민이라고 하신 분께 편지를 보냅니다.

상대방이 누가 됐든 둘이 있을 땐 자유로운 기분으로 얘기도 잘하고, 잘 웃고, 잘 놀고 하는 편이라구요.

그런데 누가 한 사람 끼어들어 셋이 되면 갑자기 상황이 전혀 달라진다구요. 모든 게 서툴고, 어색하고, 갑갑해서 견디기가 힘들 정도라고 하셨군요.

그럴 땐 대개 나머지 두 사람이 자기들끼리 어울리는데, 그러면 이번엔 또 엄청난 질투심에 사로잡히곤 한다구요. 질투심은 곧장 다른 한 사람에 대한 험담으로 이어질 때도 많다고 하셨어요. 그러다보면 결국 뒤에서 남 험담이나 하고 다니는 못된 여자로 찍히게 마련이고, 혼자 따돌림을 당하는 경우도 많다구요.

학교 다닐 때도 그런 문제로 늘 고민했건만 직장인이 된 지금까지도 그 버릇을 고치지 못하고 있다고 하셨네요. 지금은 회사에서 친하게 지내던 동료나 선배들과도 다 사이가 나쁘다구요. 속마음과는 달리 자신이 처신을 잘못해서 진심을 제대로 전달하지 못하는 게 문제인 거 같다고도 하셨군요.

이제부터라도 모두에게 사과하고 진심으로 잘 지내고 싶은데, 마음 뿐 행동으로 옮기기가 너무 힘들다구요. 여전히 여러 사람과 함께 어울리기가 쉽지 않기 때문이라고 하셨어요.

의외로 비슷한 문제로 고민하는 사람들이 참 많습니다. 그 때문에 대인관계에 굉장한 어려움을 겪는다는 호소도 적지 않구요.

대개는 말씀하신 것처럼 질투심과 소유욕이 문제의 원인이랍니다. 질투심은 타인에게도 고통을 주지만 누구보다도 자신을 파괴하는 무서운 감정이죠. 특히 대인관계를 소유의 관계로만 파악할 때, 우린 쉽게 질투심의 함정에 빠지곤 합니다. 상대방이 오로지 내 소유물이어야 한다고 여기는 거죠. 그러면 그 사람을 누군가와 나눠가진다는 것 자체를 참을 수 없는 게 당연합니다.

근본적인 원인은 열등감과 애정결핍, 남과의 지나친 비교의식 등에서 찾아볼 수 있습니다. 누군가가 나보다 더 많은 사랑을 받고 있는 거 같거나, 더 많은 뭔가를 소유하고 있는 것처럼 느낄 때마다 더욱 비참해지는 게 사람 마음입니다.

따라서 그런 비교를 멈추고, 상대방을 소유의 대상이 아닌 독립된 인격과 자유를 가진 존재로 받아들이는 연습을 해보세요. 쉽진 않겠지만 해내고 나면 많은 관계에서 훨씬 자유로워진 자신을 느낄 수 있을 거예요.

고민을 들어주다 문제가 생겼어요

여자 후배가 언제부턴가 인생상담을 한다며 시도 때도 없이 전화하고 찾아오고 해서 고민이라고 하신 남자분께 편지를 보냅니다.

회사일로 찾아간 한 영업장에서 그 후배를 아주 오랜만에 만나게 됐다구요. 업무를 끝낸 다음 술을 한잔 하게 됐는데, 그 자리에서 후배 말이, 학교 다닐 때부터 선배를 몹시 좋아했었다, 이렇게 만나니 얼마나 반가운지 모르겠다, 사실 요즘 고민이 많은데 누구 털어놓을 만한 사람이 없었다, 이렇게 만났으니 선배처럼 대단한 사람이 혹시 조언을 좀 해준다면 너무 기쁘겠다, 고 했다구요.

그 순간엔 은근히 기분이 좋았다고 하셨군요. 그 후배한테 썩 대단한 사람인 양 비춰졌다는 것도 그렇고, 후배가 아주 허물없이 나오는 것도 맘에 들었기 때문이라구요.

그래서 덥석 내가 생각나거나 필요하면 아무 때나 찾아오라고 큰소리를 치고 말았다구요. 그날 이후 후배는 잊어버릴 만하면 꼭 전화해 안부를 묻고, 또 이런저런 고민을 털어놓곤 했다구요. 그때마다 고맙기도 하고, 일종의 사명감 비슷한 것도 느껴져서 열심히 후배 애길 들어줬다고 하셨어요.

그런데 언제부턴가 정도가 심해지더니, 최근엔 아예 그야말로 아무 때나 전화하거나 찾아오기에, 이건 아니다 싶어 한번 좀 따끔한 소릴

했다구요. 그런데 마치 서로 연애하다 한쪽 맘이 떠나기라도 한 것처럼 나와서 깜짝 놀랐다고 하셨군요.

그런 생각은 전혀 해보지도 않았는데 후배는 마치 무슨 큰 배신이라도 당한 것처럼 흥분하고 있는 형편이라구요. 상처를 주지 않고 타이를 방법은 없는지도 물어오셨군요.

여자 후배가 좋아했었다, 대단하다, 인생상담 좀 해주라, 하고 나올 때 이미 어느 정도 지금 같은 결과를 예상했어야 하지 않을까 싶은데요.

물론 그렇게 나오는 상대방한테 냉정할 수 없었다는 점은 충분히 이해합니다. 그래도 처음부터 분명한 선을 긋지 못한 건 실수였다고 생각되는군요. 그 여자 후배가 만약 히스테리성 인격장애라도 갖고 있다면 스토커로 발전할 가능성도 배제할 수 없을 듯합니다. 그러므로 이쯤에서 분명하게 입장을 전달하세요.

상대방한테 아주 싫은 감정이 없는 한, 누구나 날 좋아한다는 사람한테 약해지는 게 사람 마음입니다. 하지만 이쪽에서 계속 만날 마음이 없다면 아주 단호한 태도를 보여야 합니다. 이 상황에서 우유부단하게 행동하면 후배 역시 계속 미련을 가질 수밖에 없을 테니까요.

후배가 상처입는 걸 걱정할 필요는 없습니다. 그건 그 후배가 감당해야 할 몫이지 이편에서 걱정한다고 해결해줄 수 있는 게 아니니까요. 오히려 하루빨리 후배 마음이 돌아서게 하는 게 그 후배를 위해서도 좋지 않을까요?

이기적인 친구와 절교하고 싶어요

이기적인 친구 때문에 마음고생인 너무 심해 괴롭다고 하신 분께 편지를 보냅니다.

대학 1학년인 여학생인데, 그 친구와는 신입생 환영회 때부터 가까워졌다구요. 그것도 자기편에서 그 친구한테 반해 일방적으로 친하게 지내자고 해서 친구가 됐다고 했군요. 그런데 지난 1년 간 그 친구하고 보낸 시간들이 그렇게 즐겁지만은 않았다구요. 착하고 얌전하게 생긴 겉모습과는 달리 이기적이고, 자기 멋대로고, 상대방을 좌지우지하려는 강한 성격의 소유자란 걸 나중에 알게 됐기 때문이라고 하셨네요.

그래도 자신이 먼저 친구하자고 했고, 또 그 친구 외엔 달리 친하게 사귀게 된 친구도 없어서 늘 둘이 붙어다니는 처지라구요. 평소 그 친구가 하자는 대로 해주고, 가고 싶은 데 군말 없이 따라가주고 하면 별일은 없다구요. 하지만 한 번이라고 이편에서 반대의견을 내거나 하면 그땐 친구의 태도가 돌변해 완전히 다른 사람처럼 되고 만다고 했네요.

결국 자신이 상처를 입으면서도 친구가 원하는 대로 해줄 때가 많은데, 이젠 더 이상 그러고 싶지 않다는 생각이 강하게 든다구요. 하지만 그러려면 친구와 절교하는 수밖에 없을 것 같아 문제라고 하셨네요. 이제까지 함께 해온 1년이란 시간이 아깝기도 하고, 또 속 모르는 사람들이 둘 사이가 틀어진 걸 알면 자기를 비난할 것 같아 고민이라구요.

아무리 서로 친하게 지내는 친구 사이라 해도 갈등은 있게 마련이죠. 그게 눈에 보이는 경우도 있고, 안 보이는 경우도 있긴 하지만요.

친구가 일방적이고 이기적인 성격의 소유자라고 했는데, 혹시 내편에서 그런 성격의 일면이 있다는 생각은 안 해보셨나요? 우리가 누군가를 싫어할 땐, 사실은 그에게서 보고 싶지 않은 자신의 안 좋은 면을 발견하기 때문이란 걸 아세요? 자신의 그런 면을 보고 싶지 않고 감추고 싶은데, 상대방이 자꾸 그런 모습을 보이니까 자기도 모르게 화가 나고 싫어지는 거죠.

어쩌면 이기적이고, 자기 멋대로고, 남들을 조종하려는 성격의 일면이 나한테도 있을지 모릅니다. 따라서 친구한테도 그런 모습이 있을 수 있다는 사실을 인정하고 받아들이려고 애써보세요. 나는 천사표인데 상대방이 나쁘다고 말하긴 누구나 쉬운 일입니다. 반면에 상대방의 나쁜 점은 덮어주고 좋은 점만을 받아들이기란 사실 매우 어려운 문제죠.

그러므로 먼저 그런 점들을 한번 돌아보시고, 그래도 아니다 싶으면 그때는 더 이상 만나지 않는 것도 고려해봐야겠죠. 그럴 땐 함께 지낸 시간이 억울하다든가 하는 생각은 아무런 도움도 되지 않는다는 점도 기억하세요.

경쟁심이 강해 친구가 없어요

지고 싶지 않다는 생각, 무시당하고 싶지 않다는 맘 때문에 친구들과의 관계가 원만하지 못하다고 하신 남자분께 편지를 보냅니다.

대학원에 다니고 있는데, 중고등학교 시절부터 그런 문제로 고민이 많았다고 했군요. 특별하게 자신을 무시하는 친구들이 있는 것도 아니고, 또 이편에서 누굴 무시하거나 하는 성격도 아닌데, 이상하게 경쟁심 비슷한 게 있어서 힘이 들었다구요.

지금도 가능한 한 친구들에게 따뜻한 맘으로 다가가고 싶은데, 그게 생각처럼 잘 안 돼 괴롭다고 하셨어요.

이편에서 어쩌다 맘을 열고 가까이 다가갈 때가 없진 않다구요. 하지만 대부분의 경우, 결국 상대방의 차갑고 이기적인 면에 실망할 때가 더 많다고 했군요. 그러다보니 자신만 속내를 다 보인 거 같아 바보처럼 느껴지고, 세상에 자신에게 따뜻한 배려나 관심을 보여주는 사람은 하나도 없는 거 같아 괴롭다구요.

결국 자신도 하루하루를 누구한테도 질 수 없단 생각, 또 결코 져선 안 된다는 결심으로 무장한 채 살아가고 있다고 하셨네요.

서로 지지 않으려고 최선을 다하는 게 나쁜 건 아닙니다. 하지만 그러면 거의 반드시라고 할 만큼 질시와 반목이 따르는 게 우리의 삶입니다. 누군가는 그게 싫어서 최선보다는 차라리 차선을 추구하며 살아간다고도 하더군요. 어떤 의미에서 그것도 나쁘지 않은 삶의 방식이 아닌가 합니다. 그렇게 생각하시고, 모든 일이나 인간관계에서 한발 물러나는 자세를 가져보시면 어떨까요?

남에게 무시당하고, 남에게 지는 걸 좋아하는 사람은 아무도 없습니다. 하지만 모든 사람들이 다 그로 인해 상처를 입진 않죠. 그런 것에 대해 유연하게 대처하느냐, 아니면 경직된 태도를 취하느냐에 따라 갈등의 폭이 달라진다고나 할까요.

난 누구한테도 무시당해선 안 된다라든가, 어떤 경우에도 지는 건 참을 수 없다고 여기는 사람들일수록 그렇지 않는 사람들보다 대인관계에서 많은 갈등을 겪습니다. 상담하신 분도 혹시 그런 범주에 드는 타입은 아닌지 한번 잘 생각해보세요.

만약 그렇다면 좀더 현실적이 돼보세요. 누군가에게 인정과 존중을 받을 수도 있는 것처럼 무시당할 수도 있다는 것, 때론 이길 때도 있지만 질 때도 있다는 걸 받아들이는 거예요. 많은 상황들이 달라지는 걸 피부로 느낄 수 있으실 겁니다.

죽마고우와 소원해졌어요

어릴 적 죽마고우와 요즘 들어 사이가 멀어져서 고민이라고 하신 남자분께 편지를 보냅니다.

20년 이상 한결같은 관계를 유지해왔는데, 요즘에서야 그 한결같은 관계에 문제가 있었다는 사실을 깨닫고 있다구요. 우선 둘 사이에 보이지 않는 불균형이 존재해왔다고 했군요. 둘 중에 먼저 전화 걸고 얼굴 보자고 하는 건 언제나 친구였다구요.

그건 자신이 너무나 내성적이고 의존적인 타입이기 때문에 그렇게 된 거 같다고 하셨네요. 그러다보니 늘 자신은 일방적으로 그 친구가 하자는 대로 할 수밖에 없었다구요. 어쩌다 선약이 있거나 다른 중요한 일이 있어도 그 친구 전화를 받으면 아무 말도 못하고 나가고, 가고 싶지 않은 곳도 어쩔 수없이 따라가고 하는 식이었다구요.

아예 그런 관계가 굳어지다보니 어쩌다 자신이 다른 볼일이 있다거나 가고 싶지 않다고 해도 친구가 받아들이지 않는 지경에까지 이르렀다고 하셨네요. 친구가 화를 내며 뭐라고 하면 자신은 또 아무 말 못하고 그대로 따른다구요.

더 큰 문제는, 그 친구는 자기 말고도 친구들이 여럿이지만, 자신은 친한 친구라곤 달랑 그 친구 혼자뿐이라고 했군요. 학교 동창들과 만날 때도 다 그 친구를 통해서 연락하지 단독으로 전화하거나 만난 적이 한 번도 없다구요.

어떤 관계든 오래 지속되다보면 그 관계를 유지해나가기 위해 서로 상호작용하는 방식이 생기고 그게 굳어지는 것 또한 어쩔 수 없습니다. 어릴 적부터 친구라면 그 굳어진 방식을 바꾸기란 더 어렵죠. 어느 한쪽에서 변화를 시도하면 상대방은 당황하거나 옛 방식을 고수하려고 들게 마련이니까요.

그러한 관계를 변화시키려면 처음엔 혼란과 위기가 따르는 게 당연합니다. 그리고 그런 혼란과 위기를 감수하고서라도 변화가 필요하단 인식과 용기가 없다면 지금과 같은 관계가 이어질 수밖에 없습니다.

극복하고 싶다면 친구들한테서 연락이 오길 기다리기보다 한 번이라도 먼저 연락해보세요. 선약이 있거나 다른 중요한 볼일이 있을 땐 분명하게 그렇다고 말해야 합니다. 잠자코 나가고 나서 혼자 화를 아무리 낸들 그 친구가 그 맘을 알 리 없죠. 다른 친구들을 만날 때도 그 친구를 통하지 말고 독자적으로 연락을 해보세요.

물론 그 모든 게 쉽지 않으리란 건 이해합니다. 하지만 의존적인 관계를 지속시키고 싶지 않다면 적극적으로 행동하는 길밖에 다른 방법이 없답니다.

친구들이 멀어질까 두려워요

친구들이 이상하게 자신에게는 마음속 얘기들을 하지 않는 거 같아 고민이라고 하신 여자분께 편지를 보냅니다.

올해 전문대를 졸업하고 직장에 다니고 있다구요. 그래서 친구들과 예전처럼 자주 만나진 못한다고 하셨어요. 그렇긴 하지만 언제부턴가 사이가 점점 멀어지는 걸 느끼고 있다구요. 성격이 내성적이고 수줍음이 많아서 어릴 때부터 친구가 별로 없었다고 했군요. 그나마 대학에서 사귄 친구들과는 말도 통하고 잘 어울려 지냈다구요. 그런데 그 친구들마저 소원해지는 거 같아 몹시 속상하다고 하셨어요.

졸업한 후론 늘 자신이 먼저 연락해야 만나고, 만나서도 각자 화제의 범위가 달라서 그런지 예전처럼 친밀하게 대화를 나누지 못하는 거 같다구요. 더 속상한 건, 자주 만나는 아이들끼린 서로 비밀 얘기도 털어놓고 하는 거 같은데 자신한텐 별 말을 안 하는 거라고 하셨네요.

자신이 뭐가 못하는 일이 있나 싶어 물어보면, 여전히 넌 우리한테 소중하고 좋은 친구라고 하는데, 그 말이 왠지 믿기지 않는다구요. 정말 자신이 좋은 친구라면 못할 말도 없을 텐데 어째서 속마음을 털어놓지는 않으려고 하는지 그것도 이해가 안 간다고 하셨어요. 그런 점들을 생각할 때마다 가슴이 너무 답답하고, 자신이 못나고 바보 같단 생각만 든다구요.

자신에겐 정말 소중한 친구들인데, 언젠간 그 친구들로부터 멀어질 것 같아 두렵다고도 하셨군요.

어떤 상황에 놓이셨는지 짐작이 갑니다. 아마도 예전처럼 자주 만나기가 힘들다보니 부분적으로 소외감을 느끼기 때문이 아닌가 싶군요. 아무리 친한 친구도 자주 만나지 않다보면 자연스럽게 대화 범위가 좁아지게 마련이죠, 그렇게 생각하고 일단 맘을 편하게 가져보세요.

그리고 어떤 얘기는 B란 친구에겐 하기 어렵다거나 해도 잘 받아들여질 것 같지 않지만 C란 친구에겐 할 수 있을 것 같고, 또 그 반대의 경우도 있을 수 있답니다. C란 친구에겐 허물없이 할 수 있는 얘기도 B에겐 하기 어려울 수도 있으니까요.

그런 식으로, 친하다고 해서 모든 얘기를 다 허심탄회하게 할 수 있는 건 아니란 점을 받아들이시는 게 어떨까요?

그보다는 자신은 과연 어떤 타입에 속하는지 먼저 깊이 생각해보세요. 그리고 만약 정말 친구들이 속내를 털어놓지 않는다면, 자신의 어떤 점 때문인지 하는 것도 생각해보시구요. 그렇게 해서 자신의 단점과 장점을 잘 파악해 보완해나가다보면 친구들과의 관계도 더 발전하지 않을까요.

따돌림당하고 싶지 않아요

친구들의 질투와 시기 때문에 학교생활에 어려움을 겪는다고 한 여학생에게 편지를 보냅니다.

지금 대학 1학년에 재학중인데, 이미 고등학교 시절부터 그런 어려움을 겪어왔다구요. 고등학교 다닐 때 공부를 잘해 늘 전교 1, 2등을 놓쳐본 일이 없다고 했군요. 외모도 예쁘단 말을 자주 듣는 편이라고 했네요.

물론 지금 결코 자기 자랑을 하기 위해 그런 말을 하는 건 아니라구요. 바로 그런 점들, 그러니까 공부도 잘하고 얼굴도 예쁘다는 것 때문에 문제를 겪어왔기 때문이라고 덧붙였네요.

친구들의 질투심과 시기심 때문에 따돌림을 당하는 건 말할 것도 없고, 그 덕분에 학교생활이 편하지 않았다구요.

대학에 가선 좀 낫겠지 싶었는데, 역시 여전히 비슷한 상황에 놓여 있는 것 같다고 했군요. 대학생활을 하면서는 친구들도 많이 사귀고, 어떻게든 맘이 맞는 단짝친구를 만들고 싶었는데, 지금 같아선 역시 불가능한 일처럼 여겨진다구요. 그러다보니 지금은 뭐랄까, 자신을 아무렇게나 파괴하고 싶은 충동까지 느끼게 됐다구요.

실제로 공부도 안 하고, 옷차림도 대충 아무렇게나 걸치고 다녀보기도 했다고 했네요. 하지만 친구들의 시선이 그런 것까지 잘난 척하는 걸로 받아들인다는 걸 알고는 더 절망적인 심정이 되고 말았다고도 했군요.

지금도 그저 될 대로 되라는 맘으로 지내고 있는데, 계속 그런 상태로 살아갈 수도 없고, 앞으로 어떻게 하면 좋을지 모르겠다구요.

아마도 가족들이나 주변사람들에게 털어놓기 어려운 고민이 아닌가 싶군요. 앞서 말한 것처럼 자칫 자기 자랑을 하거나 잘난 체하는 걸로 비칠 수도 있는 미묘한 문제이기 때문이죠. 모르긴 해도 그래서 더 괴로움이 크지 않나 싶구요. 그러나 남들의 생각이나 시선 때문에 자기의 길을 벗어날 순 없습니다. 더구나 자기 파괴적인 충동까지 느끼다니 그래선 안 되겠죠.

물론 그 심정은 충분히 이해합니다. 하지만 힘들더라도 한결같은 모습으로 자기 일을 해나가고, 또한 한결같은 모습으로 자기중심을 가지고 친구들을 대하려고 노력해보세요. 그러다보면 머지않아 진심을 알아주는 친구들이 생겨날 테니까요.

단, 공부와 외모가 뛰어나 단순히 부러움을 받고 모두 사귀어보고 싶은 사람이 아니라 시기와 질투의 대상만이 됐다면, 자신의 어떤 면이 그런 반응을 불러일으키는지 한번 객관적으로 살펴보세요. 그런 다음 자신의 태도에 중심을 잡는다면 훨씬 상황이 개선되지 않을까요?

공사를 안 가리는 친구가 부담스러워요

회사일로 자주 만나다보니 가까워진 친구가 있는데, 언제부턴가 공과 사의 구분이 흐릿해지는 거 같아 고민이라고 하신 분께 편지를 보냅니다.

둘 다 아직 총각인데다 나이도 같고 취미도 같아서 쉽게 금방 친구가 됐다구요. 오래 사귀다보니 성격은 정반대라는 게 밝혀졌지만, 오히려 그편이 더 가까워지는 계기가 됐다고 했군요.

자신은 대단히 꼼꼼하고 치밀하고 다소 비관적인 성격인데 반해, 친구는 털털하고 낙천적이고 웬만한 일에는 좋은 게 좋은 거라는 식의 사고방식을 갖고 있다구요.

문제는 그 좋은 게 좋은 거라는 식의 사고방식이 회사일에 영향을 미칠 때라고 하셨네요. 분명 이쪽 회사에서 들어줄 수 없는 요구도, "야 친구 좋다는 게 뭐냐? 니가 빽 좀 써라" 하며 아무렇지도 않게 행동하는 게 그 친구 성격이란 걸 모르지 않는다구요.

그래서 처음 한두 번은 자기가 직접 나서서 그 친구 원하는 대로 일 처리를 해줬다고 하셨군요. 그때마다 더 이상은 안 된다고 못을 박았는데도, 금방 잊어버리고 또 같은 부탁을 하곤 하는데 마땅한 대응방법이 생각나지 않아 고민이라구요. 마음 같아선 딱 잘라 거절하고 두 번 다시 그런 얘기가 안 나오게 하고 싶지만 그러기도 쉽지 않고, 갈등이 만만치 않다고 하셨어요.

더러 그렇게 난감한 경우를 만날 때가 있죠. 난감하긴 하지만 사실 대응방법은 한 가지뿐이랍니다. 공적인 관계와 사적인 관계는 반드시 구분하는 것입니다. 친한 친구한테 야박하고 인정머리 없다는 소리를 듣기가 쉬운 건 아니죠. 하지만 이런 경우, 분명 잘못하고 있는 쪽은 친구입니다.

우리 사회에 사적인 친분관계를 내세워 공적인 업무를 원활히 추진하는 게 뭐가 잘못이냐는 식의 사고방식이 팽배해 있는 건 사실입니다. 하지만 그렇다고 해서 그게 친구로서 상대방을 심한 어려움에 처하게 하는 면죄부가 될 순 없습니다. 오히려 친구일수록 그런 일이 일어나지 않도록 서로 조심하는 게 예의 아닌가요? 그러니까 죄책감 갖지 말고 친구한테 단호하게 대하세요. 이런 경우 단호하게 대처하는 외에 다른 길은 없답니다.

정도에 넘치게 다정하게 구는 사람과는 업무관계를 불투명하게 끌어가지 말라는 말이 있습니다. 한번 그런 상대와 잘못된 관계를 갖기 시작하면 언제 나락으로 끌려갈지 모르기 때문이죠. 물론 친구는 그 정도는 아니지만 그냥 넘기기엔 지나친 면이 있는 거 같습니다. 따라서 분명한 태도를 취하는 것이 좋겠습니다.

돈문제로 친구와 절교해 괴로워요

친하게 지내던 친구와 오해가 생겨 그 친구 쪽에서 먼저 발걸음을 끊고 있는데, 그 때문에 마음이 많이 아프다고 하신 분께 편지를 보냅니다.

처음엔 적극적으로 오해를 풀고 새롭게 시작해보고 싶은 마음도 있었다구요. 그런데 왠지 그렇게 되지가 않아 시간을 끌다보니, 이렇게도 저렇게도 할 수 없는 어정쩡한 상태가 되고 말았다고 하셨네요.

주변에선 여자들은 결혼하면 우정이 사라진다고 하지만 그 친구와는 각자 결혼한 후에도 가깝게 살며 서로 친하게 지내왔다구요. 그러다가 그 친구 남편의 사업이 기울어지면서 몇 번 급한 돈을 빌려주게 됐고, 그게 잘 회전이 안 돼 이편에서도 적지 않은 곤란을 당한 적이 있다구요. 하는 수없이 친구한테 조심스럽게 어려움을 말했다가 오히려 낭패를 당했다고 하셨군요.

친구가 "네가 그렇게 나올 줄 몰랐다. 친구는 어려울 때 알아본다더니 그 말이 딱 맞는구나. 이제 네 본심을 알았으니 우리 우정도 이걸로 끝내자. 그리고 너한테 빌린 돈은 시간이 걸리더라도 꼭 갚을 테니 걱정 마라." 하며 마구 화를 내는 바람에 아무 말로 못하고 돌아서야 했다구요.

그 후론 정말 친구는 전화도 없고 발걸음도 하지 않고 어쩌다 근처

쇼핑센터 같은 데서 우연히 마주쳐도 모른 척하고 지나간다구요. 그 모습이 얼마나 쌀쌀맞은지, 그때마다 상처가 된다고 하셨어요. 처음엔 적반하장도 유분수지 싶어서 화가 났지만, 시간이 흘러 곰곰이 생각해 보니 그 친구가 힘들 때 정말 자신이 도움을 못 준 거 같아 자책이 된 다구요.

이제라도 오해를 풀어야 할지, 아니면 친구가 마음이 돌아설 때까지 기다려야 할지 잘 모르시겠다구요.

안타까운 처지에 놓이셨군요. 친한 친구와, 그것도 돈문제 때문에 오해가 생겨 서로 안 볼 처지에 놓인다는 건 정말 쓰라린 경험이죠.

게다가 상담하신 분은 대단히 여리고 착한 심성을 가지신 거 같은데, 아마 그래서 더 상처가 큰지도 모르겠습니다. 상대적으로 친구분은 다소 냉정하고 이기적인 면이 강한 거 같군요. 그렇게 서로 다른 성격 때문에 친구가 됐을 수도 있구요. 하지만 그런 사이에 갈등이 생기면 대개 더 큰 상처를 입는 건 심성이 여린 쪽이죠.

아마 그래서 더 괴로워하는 거 같은데, 제가 보기엔 당분간은 그 친구가 하는 대로 내버려두는 편이 좋을 것 같군요. 공연히 나서서 마음을 돌리려고 하다가 더 큰 낭패를 당할지도 모르니까요. 적반하장이란 말씀을 하셨는데, 실제로 많은 면에서 그렇게 되기 쉬운 게 사람 마음이랍니다.

따라서 지금은 친구가 마음이 돌아설 때까지 기다리고, 만약 끝까지 그 맘이 돌아서지 않더라고 지금처럼 너무 안타까워하지 말았으면 좋겠군요. 어떤 의미에서 그런 정도의 친구라면 앞으로도 깊은 우정은 기대하기 힘들지도 모르니까요.

사회생활을 하며 친구들이 변했어요

사회생활을 시작하면서 친구들과의 사이가 전 같지 않아 괴롭다고
하신 남자분께 편지를 보냅니다.

학교 다닐 때만 해도 우정, 의리로 뭉치던 친구들이었다고 하셨어
요. 그런데 직장생활을 시작하면서 이상하게 서로 비교하고, 잘난 체
으스대고, 경쟁관계에 놓이기 시작했다구요.

별것 아닌 직책이나, 피차 그리 많지도 않은 연봉을 놓고 비교를 일
삼고, 누구는 상사한테 부당하게 아부해서 잘나가느니, 하면서 험담이
나 하는 걸 볼 땐 정말 한심하기 짝이 없다구요.

그 중에서도 특히 두어 명의 친구가 유난히 더 잘난 체해서 다른 친
구들 속을 긁어놓곤 한다고 하셨네요. 은근히 우린 너희들과 이젠 노
는 물이 다르다느니, 하며 우월감을 나타낼 땐 두 번 다시 보고 싶지도
않을 지경이라구요.

그래도 친구라고 어울리긴 하는데, 몇 번씩 속이 뒤집히는 걸 간신
히 참고 있자니 화가 나서 견딜 수 없다고도 하셨군요.

어쩌다가 친구끼리 그렇게 서로 속물적인 경쟁심을 내보이게 됐는
지 그것도 한탄스럽다구요. 한편으론 자신도 그런 친구들 기를 확 꺾
어주고 싶다는 경쟁의식에 불탈 때도 많다고 하셨어요. 그러다보면 자
칫 자신의 목표마저도 흔들릴 것 같은 위기의식을 느낀다구요.

학교 다닐 때와 사회생활을 시작하고 나서 친구들이 달라졌다고 하셨는데, 사실은 예전에도 경쟁의식은 있었던 게 아닐까요? 단지 그때는 다 비슷한 또래였으므로 지금처럼 드러내놓고 경쟁할 일이 없었던 것뿐이죠. 하지만 지금은 각기 다니는 직장이 다르고, 인생의 목표가 확연히 다르므로 서로 비교하고 경쟁하는 맘이 강해진 겁니다. 따라서 그걸 너무 나쁘게만 받아들이진 마세요. 특별히 잘난 척하는 친구가 있다고 했는데, 그것도 너무 맘에 두진 마세요. 말씀하신 대로 그 친구들이 진짜 속물근성을 갖고 있다면 더더욱 신경쓸 이유가 없죠. 그러니, 하고 받아들이든가, 아니면 더 이상 만나지 말면 그뿐이니까요.

그 외에 진심으로 우정을 나누고 싶은 친구들과는 설령 경쟁의식이 있다고 해도 건전하게 발전시킬 여지는 얼마든지 있답니다. 서로 정보를 나누고 격려하고 배려하면서 모자란 점을 보완해나가는 거예요. 그러면 그보다 더 소중하고 중요한 일생의 파트너도 없는 셈이죠. 그리고 마지막으로 친구들과 경쟁하기보다 자신이 세운 목표를 추구하며 자신과 경쟁해나가라고 말씀드리고 싶군요.

표현하고 사랑하며

서로 사랑하라, 그러나 그 사랑에 속박되지는 말라.
함께 서 있되, 너무 가까이 서 있지는 말라.
사원의 기둥들도 서로 떨어져 있음을 기억하라.
참나무와 사이프러스 나무들도 서로의 그늘 속에서는 자랄 수 없음을.

-칼릴 지브란(시인)

거짓말한 남자를 만나야 할까요

남자친구가 자신의 신상에 대해 거짓말한 걸 알게 됐는데 계속 만나야 할지 고민이라고 하신 분께 편지를 보냅니다.

서른 중반까지 살아오면서 "아, 이런 감정이 사랑이구나." 하는 걸 처음으로 느끼게 해준 사람이라고 하셨네요. 4개월 전 채팅으로 처음 알게 됐는데 만날수록 참 괜찮은 사람이란 생각을 하게 됐다구요.

명문대 출신으로 이제까지 살아온 얘기, 가족 얘기를 할 때도 참 순수하고 성실한 사람이란 인상을 받았다고 하셨네요. 그 사람 역시 만나는 순간부터 자신을 너무 맘에 들어했다구요. 자기에게 과분한 여자라며 만날 때마다 늘 행복해하는 모습을 보여줘서 고마움을 느꼈다고도 하셨군요.

그런데 우연히 그의 일기장을 보고 그가 말했던 직업도 거짓말이었고 대학도 나오지 않은 걸 알게 됐다고 하셨네요. 그는 곧이곧대로 얘기하면 자기를 안 만나줄 것 같아서 그랬다고 하며 늘 미안하고 맘이 무거웠는데 이젠 오히려 홀가분하다고, 그러니 맘의 결정을 내려주길 바란다는 의미의 말을 했다구요. 그의 맘이 진심이란 건 믿지만 그가 처음부터 거짓말을 했다는 것 때문에 괴롭다고 하셨군요.

만약 그 사람과 헤어지면 앞으로 두 번 다시 그만큼 자기를 좋아해주고, 또 자신도 좋아하는 사람을 만날 것 같지 않은데 어떻게 해야 할지 모르시겠다구요.

우선 진심으로 상대방을 원하는지 자기 자신에게 물어보는 게 순서
일 것 같군요. 만약 그렇다면 어째서 그가 거짓말을 할 수밖에 없었는
지 이해하려는 노력이 선행되어야겠죠.

우린 누구도 살아가면서 원한다고 모든 걸 다 가질 순 없습니다. 피
치 못할 사정으로 대학에 진학하지 못했을 수도 있고, 그런 사실을 사
랑하는 사람에게 털어놓을 용기를 갖지 못할 수도 있습니다. 그리고
그가 처한 환경이 그 사람의 인격의 전부라고도 할 수 없습니다. 말씀
하신 걸로 미뤄서 가치관도 분명하고 건실한 사람인 것 같은데 학력이
나 환경만으로 그를 판단해서는 안 되겠죠. 물론 그가 처음부터 거짓
말을 하지 않았더라면 좋았겠지요. 그러나 그의 말처럼 그랬다면 지금
같은 좋은 만남은 이뤄지지 않았을지도 모릅니다.

우린 누구도 사회적 편견이나 고정관념으로부터 자유로울 수 없으
니까요. 그러나 이런 문제는 결국 자신의 판단과 결심이 가장 중요하
겠죠. 그리고 그러기 위해선 마음속 깊은 곳의 울림을 따라가는 게 최
선이 아닐까요? 그래야 어느 쪽이든 후회가 덜 남을 테니까요.

남자친구의 조건이 맘에 걸려요

남자친구와 헤어져야 하나 말아야 하나, 하는 문제로 고민이라고 하신 분께 편지를 보냅니다.

남자친구가 갖고 있는 조건이 너무 나쁘단 사실을 최근에야 알게 됐기 때문이라구요.

자신은 어린시절부터 환경이 썩 좋지 않아 맘고생을 많이 하며 자랐다고 했군요. 우선 경제적으로 여유가 없었던 데다, 부모님 사이도 안 좋아 두 분이 매일 싸우는 모습을 봐야 했다구요. 결국 두 분은 지금 별거중이라고 하셨네요. 그래서 자신은 결혼할 상대만은 경제적으로나 가정적으로 안정된 사람을 원해왔다구요. 그렇다고 너무 환경이 좋아도 자신과 맞지 않을 것 같아 그저 보통의 중산층 가정에서 맘고생 없이 자란 사람이면 더 바랄 게 없다는 게 평소 생각이었다고 했군요.

그러다가 지금의 남자친구를 알게 됐는데 처음부터 호감을 느꼈다구요. 게다가 그가 말하는 걸로 미뤄 자신이 생각하는 조건에 딱 맞는 남자인 거 같아 더 가까워졌다구요. 하지만 최근에야 그의 말이 대부분 거짓이고, 사실은 자신이 말하는 이상형에 맞추려다보니까 그렇게 됐단 걸 알았다고 하셨네요. 남자친구는 이제라도 자기 조건이 싫으면 헤어지자고 하는데 어떻게 해야 할지 모르겠다구요.

이성적으론 그와 헤어져야 한다는 걸 알겠는데, 맘은 오히려 그 반대라 갈등이 심하다고 하셨어요.

워낙 개인적인 문제라 사소한 것까지 알지 못하면서 뭐라고 결정적인 답변을 드리기는 어렵군요. 하지만 한 가지 분명한 건 있죠. 아직 결혼에 이르지도 않았는데 벌써 상대방의 조건이 문제가 된다면, 앞으로 그것 때문에 두 사람의 사이가 더욱 어려워질 거란 사실입니다.

만약, 그 모든 걸 극복할 의지와 자신이 없다면 앞날의 일은 좀더 신중하게 생각해봐야 하지 않을까요?

또 한 가지, 아무리 이편의 맘을 얻기 위해서라지만 남자친구가 거짓말을 한 것도 따져봐야 할 문제입니다. 앞으로 그가 매사에 늘 진실만을 말하리란 보장이 없다면 둘 사이에 진정한 믿음이 싹트기 힘들 테니까요.

그래도 그를 사랑하고 단념할 맘이 안 생긴다면, 나아가 지금의 조건을 어떻든 극복하고 잘헤쳐나갈 자신이 있다면 그땐 자신의 맘이 가는 대로 해야겠죠. 하지만 계속해서 갈등이 생기고 자꾸만 상대방이 가진 조건이 맘에 걸린다면 안타깝지만 좀더 깊이 생각해볼 필요가 있지 않을까요?

연민인지 사랑인지 모르겠어요

남자친구를 향한 맘이 진심인지, 아니면 혹시 연민의 감정은 아닌지 하는 것 때문에 괴롭다고 하신 분께 편지를 보냅니다.

그 사람과 자신은 사회적 잣대로 봐서 전혀 어울릴 만한 데가 없다고 하셨군요. 남자친구는 부모님을 일찍 여의고 혼자 힘으로 살아오다 보니 고등학교를 1학년까지 마치고 지금은 야간에 유흥업소에서 일을 한다고 했네요.

반면 자신은 좋은 부모님 슬하에서 어려움 없이 자란, 이른바 명문 대학 졸업생이라구요. 그리고 어릴 때부터 하고 싶었던 사회봉사를 본격적으로 하려고 준비중에 있다고 했군요. 부모님들도 자신이 하고자 하는 일에 적극적으로 찬성하는 편이시라구요.

그러던 중에 지금의 남자친구를 뜻밖의 인연으로 만나 서로 좋은 감정을 갖게 됐다구요. 물론 상대방의 상황은 처음부터 잘 알고 있었다구요. 하지만 그런 것과 상관없이 그의 매력에 빠져든 데다 그를 도와주고 싶다는 소망도 간절했다고 하셨네요. 그래서 어떤 의미에선 자신이 더 적극적으로 두 사람의 만남을 밀고나갔다구요. 덕분에 지금은 상대방도 맘을 열고 자신을 신뢰하고 있다고 하셨어요.

문제는 부모님과 친구들, 주변사람들이 둘 사이를 알게 된 거라구요. 부모님은 어릴 때부터 자신을 개방적이고 자율적으로 키워오셨지만 지금 같은 일까지는 예상하지 못했다면서 원망과 분노가 몹시 크시다구요.

친구들이며 선배들까지 나서서 자신을 설득하려고 애쓰고 있는 중이라구요. 그러다보니 과연 그들 말대로 자신이 감정이 단순히 연민에 기초한 거라면 어쩌나, 하는 생각이 들어 괴롭다고 하셨네요.

安타깝긴 하지만 뭐라고 딱 꼬집어 조언을 드리기가 어려운 문제로군요. 사랑의 감정이란 두 사람 이외에 제삼자가 그 진실을 알 수는 없는 거니까요.

단지 일반적인 말씀을 드리자면 자신의 감정을 좀더 면밀하게 살펴볼 필요는 있을 것 같군요. 사랑과 연민을 혼동하고 있다면 그건 진짜 문제가 되기 때문이죠. 자신을 희생해서라도 한 남자를 구원에 이르게 하리라는 소망은 분명 훌륭하지만 현실은 꼭 그렇지만도 않죠. 만약 지금의 감정이 사랑보다는 동정심이거나, 아니면 그에 기초한 모성콤플렉스 때문은 아닌지 분명하게 따져봐야 합니다.

그리고 만에 하나 동정심 때문이나 구원의 여자가 되고 싶다는 소망 때문이라면 이쯤에서 서로 그만두는 게 좋습니다. 동정심 때문에 사랑하는 건 자기 운명은 안중에도 없으면서 남의 운명에 간섭하는 행동이란 말이 있습니다.

물론 아무리 생각하고 또 생각해봐도 진심으로 남자친구를 사랑하는 거란 결론에 이른다면 그땐 자기감정에 충실하야겠죠. 하지만 조금이라도 의혹이 있다면 다시 한 번 두 사람의 관계를 돌아보란 말씀밖에는 드릴 수 없군요.

남자친구 사귀는 게 두려워요

나이가 들수록 더욱더 남자들과 사귀기가 힘들어진다고 하신 분께 편지를 보냅니다.

어릴 때부터 이상하게 남자애들과 잘 어울리지 못하셨다구요. 아마도 중고등학교를 다 여학교를 나와서 그런지도 모르겠다고 하셨어요. 덕분에 남자친구 한 번 못 사귀고 10대를 보내고 말았다구요. 그래서 대학은 일부러 남녀공학엘 갔는데, 역시 그곳에서도 남자친구와 깊이 사귄 경험은 없었다고 했군요. 어찌어찌 하다가 서른을 넘기고 나니까, 이젠 더욱 남자와 만나 사귀기가 두렵다고 하셨네요.

직장에선 자신의 분야에서 꽤 열심히 일한 덕분에 지금은 나름대로 커리어를 쌓고 있다구요. 동료나 후배들과 인간적인 관계도 더할 수 없이 좋은데, 한 가지 문제가 남자들과의 관계라고 하셨어요.

일단 누구든 만나 깊이 사귄다는 자체가 자신에겐 두렵기만 한 경험이라고 했군요. 친구들은 내숭이 심한 거라고 하지만 자신은 결코 그런 의도는 조금도 없다고 하셨네요.

단, 남자들이 그렇게 무능한 자신의 진짜 모습을 알면 싫어할 게 분명하다는 생각, 한편으론 나이 먹은 여자라고 얕잡아보고 이용하려고 드는 걸지도 모른다는 불안감 등으로 괴로워하는 건 사실이라구요.

어떻게 하면 그런 상황에서 빠져나올 수 있을지 알고 싶다고 하셨어요.

자신의 일에 대해선 분명한 소신이 있고, 당당하게 커리어도 쌓아가는 여성들 중에 의외로 비슷한 고민을 털어놓는 케이스가 많습니다. 어떻게 생각하면 그런 아이러니도 없는 거 같고, 또 일반적으로 이해가 안 가기도 하지만 당사자의 괴로움은 이루 말할 수 없죠.

자신도 의식하지 못하는 어린시절의 경험 때문일 수도 있고, 이상하게 남자들 앞에서만 취약해지는 낮은 자존감이 원인일 수도 있습니다. 어느 쪽이든 난 처음부터 사랑받을 자격이 없다거나, 누구도 나 같은 사람의 실상을 알면 사랑하지 않을 거야, 하는 무의식적인 생각이 방해를 하는 건 분명합니다.

따라서 대체 그렇게 생각하는 근거가 뭔지, 한번 맘먹고 차분하게 따져볼 필요가 있습니다. 그러다보면 대개는 근거 없는 수줍음, 몇 번의 자잘한 좌절의 경험, 두 번 다시 실패하고 싶지 않다는, 그다지 쓸모없다고는 생각할 수 없는 생각 등이 목록의 대부분을 차지하는 걸 알 수 있을 거예요.

하지만 남자친구와의 관계를 포함해 어떤 인간관계도 처음부터 완전할 수 없습니다. 좌절과 실패의 경험이 없는 관계란 애초에 존재하지도 않습니다. 그렇게 생각하고 맘의 문을 한 번만 열어보세요. 한꺼번에 활짝 여는 게 힘들다면 최소한 닫고 있는 빗장만이라도 풀어놓으세요. 많은 게 달라질 거예요.

남자친구가 포커에 빠졌어요

남자친구가 뜻밖에 포커게임에 빠지면서 거짓말까지 일삼고 있어서 고민이라고 하신 분께 편지를 보냅니다.

남자친구는 성격적으로 강한 면이 없지 않지만 그만큼 또 평소 자상하고 배려도 깊은 사람이었다고 했군요. 그런데 언젠가 꽤 큰 거짓말을 한 게 밝혀지면서 그에 대한 믿음이 흔들리기 시작했다구요.

자신도 만만치 않은 성격이라 그걸 끝까지 추궁하는 과정에서 한바탕 소란이 있었다고 하셨네요. 그땐 다신 거짓말 안 하겠다는 다짐을 받는 선에서 넘어갔는데, 얼마전 우연한 기회에 그가 컴퓨터 포커게임에 빠졌다는 걸 알게 됐다구요. 그동안은 거짓말로 교묘하게 숨겨왔는데 들통이 난 거였다구요.

포커를 한다는 것도 너무 기막혔지만, 그걸 숨기려고 온갖 거짓말을 했다는 것 때문에 더욱 화가 났다고 하셨어요. 결국 남자친구가 잘못했다고 빌고, 다신 포커게임도 거짓말도 안 하겠다고 맹세하면서 싸움은 일단락됐다고 했군요.

그런데 그 과정에서 남자친구 말이 다른 사람한텐 그러지 않는데 유독 너한테만은 자꾸 숨기고 거짓말하게 된다, 아마도 네가 지나치게 끝까지 자신을 몰아붙여서 그런 것 같다는 뜻의 말을 했다구요. 그런 말을 듣고 이제부턴 그의 말을 믿고 자신도 덜 집요해졌으면 좋겠는

데, 과연 그 사람이나 자신을 믿어도 좋을지 확신이 서지 않는다고 하
셨어요.

포커게임이라는 게 중독성이 있는 거라, 저로서도 뭐라고 분명한 말
씀을 드리긴 어렵네요. 만약 남자친구가 계속 게임에 빠져 헤어나오지
못한다면 치료를 받아보도록 하는 게 좋습니다. 그렇지 않고 정말 약
속을 지킨다면 이편에서도 한층 유연성을 가질 필요가 있겠죠. 남자친
구 말처럼, 그가 유난히 여자친구한테만 숨길 게 많다면 그건 이편의
성격적인 면과 무관하다고 할 수 없으니까요.
　우리가 어떤 사람에게 거짓말을 하게 되는지 한번 생각해보세요. 지
나치게 엄격한 어떤 행동기준이나 솔직함을 요구할 경우, 그런 사람
앞에선 더 거짓말을 하게 되죠. 행여 있는 그대로를 말했다가 어떤 분
노나 비난을 당할지 예측할 수 없기 때문입니다. 또한 상대방이 나의
솔직함 때문에 심한 배신감을 느끼거나 상처를 받게 될 경우에도 진실
을 말하기가 어렵죠. 남자친구도 그런 점들 때문에 본의 아니게 거짓
말을 했을 수 있습니다.
　그러나 포커게임도 거짓말도 상습적이 돼선 정말 곤란한 문제죠. 만
약 그런 경우엔 치료가 필요하단 점을 꼭 명심하시기 바랍니다.

질투심을 감추지 못하겠어요

여자친구의 말 한 마디 손짓 하나에조차 질투심을 느끼게 돼 괴롭다고 하신 남자분께 편지를 보냅니다.

여자친구와 사귄 지는 1년 남짓 되셨다구요. 자신은 이성교제 경험이 처음이라서 그런지 자주 질투심을 참지 못하는 편이라고 했군요.

여자친구와 자신은 성격이 극단적으로 다른 편이라구요. 자신은 내성적이고 표현은 잘 안 하는 타입이라고 하셨네요. 좋게 말하면 섬세하고 부드럽고 조용한 타입이지만, 그런 장점보다는 단점만 더 두드러져 보이는 편이라구요. 반대로 여자친구는 언제나 적극적이고 표현도 직선적이라구요. 성격도 활달, 명랑, 쾌활, 그 자체라고 했네요. 아마도 그래서 더 좋아하는지도 모르겠다구요.

하지만 그런 성격 때문에 남몰래 고민하며 괴로워하는 때가 한두 번이 아니라고 하셨어요. 예를 들어, 여자친구가 자신의 친구들과 만나도 스스럼없이 손을 잡고 어깨도 두드리고, 어떤 땐 서로 몸을 툭툭 치며 얘기를 나눌 때도 많다구요. 물론, 서로 아무런 사심 없이 친밀감의 표시로 그런다는 걸 모르진 않는다고 하셨네요. 하지만 그때마다 자신의 심장이 오그라드는 것 같은 질투심에 사로잡히니 어떻게 해야 할지 모르겠다구요.

여자친구를 믿지 못하는 맘은 의심이 돼 뭉게뭉게 피어오르고, 한번

그런 의심의 안개에 갇히면 며칠이고 잠 못 이루는 밤이 계속되기 일
쑤라구요. 그렇다고 여자친구한테 그런 애길 할 수도 없고, 그저 괴로
울 뿐이라고 하셨군요.

상대방을 믿지 못한다기보다 혹시 자신을 믿지 못하는 건 아닌지요?
스스로 사랑받을 만한 사람이 못 된다고 여겨서 상대방의 사소한 행동
에도 예민해지고, 여자친구가 별안간 날 떠나지 않을까 불안해지는 것
은 아닌지 한번 잘 생각해보세요.

　이 세상에 아무런 갈등 없이 누군가를 사랑할 순 없습니다. 더구나
이성교제에 대한 경험이 없었다니 더 갈등이 심할 수도 있습니다. 따
라서 그런 갈등의 과정을 통해 이성을 바라보는 시각을 기르고, 자신
을 공정하게 평가할 수 있는 시각을 키워가는 훈련을 한다고 생각해보
시면 어떨까요?

　어떤 점에선 두려워하지 말고 자신이 느끼는 감정을 여자친구한테
털어놓고 조언을 구하는 것도 도움이 될 거예요. 아마도 여자친구는
이편의 갈등을 전혀 눈치채지 못하고 자기 성격대로 행동하는 건지도
모르니까요.

　만일 남자친구가 그런 갈등에 빠져 있다는 걸 알면 행동도 자제하고
도움을 주려고 하지 않을까요? 그 다음에 자제력을 발휘하는 건 전적
으로 자신의 몫이란 점도 잊지 마세요.

결혼적령기라는 게 있나요

가을이 되고 결혼 시즌이 되면서 부쩍 자신도 이제 결혼해야 할 때가 아닌가 싶은데 마땅한 사람은 없고, 고민이라고 하신 여자분께 편지를 보냅니다.

서른하고도 두 해를 더 넘기고 있다고 자신을 소개하셨어요. 솔직히 말하면 결혼에 그다지 매력을 느끼지 못하고 있다구요. 그렇다고 독신으로 살 자신은 없지만, 그럭저럭 버텨오고 있는데, 요즘처럼 결혼 시즌이 되면 여러 가지로 고달프다고 하셨군요. 다른 건 몰라도 자신이 너무 나이가 들어가고 있는 게 아닌가 싶어 결혼하려면 지금쯤은 해야 한다는 조급증을 느끼게 된다구요.

주변에서 친구들은 이미 다 결혼해 아이까지 있지만, 그런 걸 부러워해본 적도 없다고 하셨어요. 혼자 지내는 게 외롭다는 생각도 그다지 해본 일이 없다구요. 그러기엔 이것저것 하는 일도 많고, 또 태생적으로 그다지 외로움을 타는 편이 아닌 거 같다고 하셨네요. 단지 주변에서 결혼하려면 다 때가 있는데 넌 이미 적령기를 넘기고 있다, 그러다가 마흔 살 되는 거 금방이다, 하며 협박하는 게 영 못마땅하다구요.

그런 말을 들으면 자기도 모르게 그래, 결혼 안 할 거면 모르지만 할 거면 지금 해야 하지 않을까, 그렇다고 애인도 없는 처지에 어쩌지, 하며 고민하게 된다고 하셨군요. 과연 결혼하는 데 나이가 그토록 문제가 되는지, 아니면 자신이 공연히 조급증을 내며 초연하지 못한 건지 알고 싶으시다구요.

제가 보기에 지금 상담하신 내용은 대단히 개인적인 성향의 문제가 아닌가 싶군요.

우선 저만해도 개인적으로 결혼에 굳이 적령기가 있다고 생각하진 않는답니다. 결혼에서 가장 중요한 건 나이가 아니라 두 사람이 얼마나 진심으로 서로 사랑하는가, 하는 거니까요. 그렇지만 사람에 따라 나이가 중요하게 생각될 수도 있는 거니까, 뭐라고 딱 꼬집어서 답변하기가 어렵군요.

하지만 굳이 결혼하고 싶지도 않은데 단순히 나이 드는 거 때문에 상대 배우자를 찾는다는 건 좀 문제가 있지 않을까요? 자신의 마음이 굳건하다면 주변에서 나이 가지고 뭐라고 하는 건 귀기울이지 말라고 말씀드리고 싶네요.

예전 우리 어른들은 십대 때에도 결혼했고, 요즘은 오히려 서른은 고사하고 나이 마흔이 넘어서도 좋은 사람만 있으면 결혼하는 세상 아닌가요. 그러니 나이 때문에 고민할 필요는 없는 거죠. 그보다는 자신이 여자로서 나이 들어가는 것에 대한 초조함은 있을 수 있습니다. 하지만 그건 이렇게 생각해보시면 어떨까요? 늙어가는 게 아니라 여자로서 훨씬 성숙한 매력을 더해가는 중이라고.

파쇼주의자란 말을 들어요

자신은 단지 원칙과 규범에 어긋나지 말자는 건데 여자친구가 그걸 독단적이라고 받아들여 고민이라고 하신 분께 편지를 보냅니다.

덕분에 여자친구로부터 "넌 파쇼야. 아주 지독하다구! 나니까 그걸 참아주는 줄이나 아셨으면 좋겠네." 하는 비아냥거림을 들을 때가 한두 번이 아니라고 했군요. 여자친구 말이 이 세상에 "여자는 여자답고 조신하여야 한다, 그러니 짧은 치마 입지 마라, 머리 염색하지 마라, 집에 일찍 일찍 다녀라, 하며 잔소리하는 남잔 너밖에 없다."고 한다구요.

정말 그런지 어떤지는 알 수 없지만 아무튼 자신이 파쇼니, 극단적인 이기주의자니, 가부장주의로 똘똘 뭉쳤느니, 하는 말을 듣는 건 너무 억울하다고 하셨네요. 자신은 단지 일정한 삶의 기준을 일탈하지 말자, 그게 건강한 정신에 도움이 된다고 여기는 사람일뿐이라구요. 그런데도 그게 오히려 비난받는 요소가 된다는 걸 아무리 해도 납득하기 어렵다구요.

그래서 자기도 모르게 자꾸 여자친구한테 많은 걸 요구하게 된다는 점은 인정한다고 하셨네요. 아무튼 늘 그런 문제로 티격태격하기도 이젠 지쳤는데, 달리 뾰족한 해결방법이 생각나지 않아 고민이라고 하셨어요.

어떤 상황에 놓이셨는지 이해합니다. 아마도 두 사람이 지나치게 판이한 성격과 가치관을 갖고 있는 게 아닌가 싶군요. 그런데 그 다름을 서로 받아들이고 노력하기보다 어느 한쪽이 일방적으로 자기 생각대로 밀고나간다면 문제가 생길 수밖에 없죠. 따라서 안타깝지만 여자친구보다는 상담하신 분 쪽에 더 문제가 있는 거 같네요.

자신에 대한 기대치가 높아도 여러 가지로 문제가 생기는데, 하물며 상대방에 대한 이편의 기대치가 너무 높으면 그걸 채우기란 요원하죠. 혹시 여자친구에게 자신이 원하는 모습을 덧씌워놓고, 그 기준대로 되지 않는다고 화를 내고 있지는 않은지 돌아보세요. 아무리 사랑하는 사람이라도, 아니, 사랑하는 사람일수록 우린 그를 그가 가진 모습 그대로 바라보고 받아들일 수 있어야 합니다. 이 세상엔 수없이 다양한 삶의 방식이 있습니다. 그리고 내가 원하는 방식은 단지 나한테만 중요할 뿐입니다. 그걸 다른 사람에게 강요할 순 없는 거죠.

이제부터라도 여자친구의 모습을 객관적으로 솔직하게 인정하고 바라볼 수 있도록 노력해보세요.

가을이 두려워요

나이 서른이 다 되도록 아직 옆구리가 허전한 솔로라 가을이 깊어가는 게 두렵다고 하신 분께 편지를 보냅니다.

주말에 친구를 만나려고 시내에 나가보면 혼자 다니거나 동성들끼리 몰려다니는 사람들보다 커플들끼리 다정하게 다니는 사람들 모습이 훨씬 더 많이 눈에 띄는 거 같다고 하셨어요. 그때마다 아직 노총각 소릴 들을 나이도 아닌데 자기 혼자서만 폭삭 늙은 기분이 든다고도 하셨군요. 한번 그런 기분이 들면, 말도 못하게 신세가 처량하게 느껴지신다구요.

친구들이 "네가 눈이 너무 높은 게 문제지, 우리처럼 눈높이를 적당히 맞춰봐라, 우린 다 제 짝이 있잖니?" 하며 놀리는 것도 억울하다고 하셨네요. 자신은 솔직하게 고백하자면, 여자들한테 거절당할까봐 두려워하는 마음이 너무 커서 여자를 사귀지 못하는 타입인 거 같다구요. 그걸 내색하지 않고 오히려 반대로 웬만한 여자는 거들떠보지도 않는 척하는 게 더 힘들다는 걸 친구들은 모르고 있는 것뿐이라고도 하셨군요.

이번 가을에도 외롭게 혼자 보낼 걸 생각하면 지금부터 맘이 허전하고 처량하다구요. 어떻게 하면 자신의 속마음을 있는 그대로 표현할 수 있을지 알고 싶다고 하셨어요.

더러 그런 사람들이 있죠. 마음속으로는 열렬하게 누구라도 좋으니 서로 이해하고 터놓고 말할 사람이 있기를 바라면서도 오히려 그 반대로 행동하는 사람, 자신의 바람과는 달리 누가 다가오는 게 겁부터 나는 사람, 그래서 별수 없이 자기 연민에 빠져 아무도 모르게 혼자 괴로워하는 타입이라고나 할까요.

이런 분들에게 제가 늘 들려드리는 말씀이 있습니다. 바로 외로움을 적극적으로 극복하게 하는 건 주변에 대한 관심을 갖는 것이고, 관심이란 다름 아닌 자기를 열어 보이는 행위라는 것입니다.

상담하신 분은 단순하게 이성친구가 없어서 외롭다고 했지만, 사실은 이런 분들은 세상 자체에 소외감을 느끼는 경우가 많습니다. 좀더 정확하게 말하자면, 스스로를 세상으로부터 소외시키고 있다고 할까요. 그러면서 외롭다고 자기 연민에 빠진다면 좀 문제가 있죠. 먼저 단한 번이라도 좋으니 누군가에게 적극적으로 마음을 열어보세요. 그런 다음 과연 자기가 생각했던 것만큼 나쁜 결과가 생기는지 기다려보세요. 아마 그렇지 않을 거예요.

사람 마음은 누구나 비슷합니다. 서로 아주 나쁜 감정을 갖고 있지 않은 이상 누구나 나한테 먼저 관심을 기울이고, 먼저 마음을 열어 보이는 사람을 좋아하게 마련입니다. 무엇보다 올 가을엔 그걸 한번 실험해보시면 좋을 거 같군요. 누가 또 알겠어요? 근사한 짝을 만날지.

어떻게 헤어져야 할까요

석 달쯤 사귄 남자친구와 헤어지고 싶은데, 어떻게 말해야 할지 몰라 고민이라고 하신 분께 편지를 보냅니다.

지금 대학 1학년인데 남자친구를 정식으로 사귄 건 이번이 처음이라고 했군요. 그래서인지 처음엔 정신없이 빠져든 면이 없지 않았다구요.

남자친구 하나 없다고 놀리던 고등학교 때 친구들한테 죄다 보여주고, 심지어 부모님들한테까지 자랑스럽게 소개를 시키고, 덕분에 집에도 놀러오게 하고, 아무튼 있는 대로 요란을 떨었다고 했네요. 그러다가 두 달쯤 지나면서 정신을 차리고 보니 남자친구가 처음 생각했던 것과는 달리 매력도 없고, 또 자꾸 싫은 면만 눈에 띄었다구요.

그렇게 생각하는 자신이 변덕스럽고 지조 없는 애처럼 느껴지긴 했지만, 그래도 싫은 건 싫은 거라 어느 때부턴가 어떻게 헤어져야 할지 그것만 고민하게 됐다고 했군요.

하루가 멀다 하고 하던 전화도 잘 안 하고, 남자친구 전화도 잘 안 받고 하면서 버텼는데 역시 그걸로는 안 되겠다 싶어 헤어지자고 말할 결심을 하게 됐다구요. 하지만 그런 결심을 한 지 보름이 지났는데 아직 선뜻 입이 떨어지지 않아 고민이라고 했네요.

얼굴을 마주하고는 아무래도 말하기 어려울 것 같은데, 어떻게 하면 좋을지 알고 싶다구요. 그래도 된다면 그냥 이메일을 보내고 싶은데 엄마 말씀이 그러는 건 아니라고 하는데다 친구들도 말려 망설이고 있다고 했네요.

재미있는 사연이로군요. 그렇다고 저한테 무슨 뾰족한 해결방법이 있는 거 같지도 않지만, 그래도 이번 상담글을 고른 건 그 나이 또래의 수많은 친구들이 비슷한 고민을 할 거란 생각이 들어서였답니다.

우선 헤어지자는 얘기를 전화나 이메일로 해도 되는지 하는 건데, 제 생각에도 역시 그건 차갑고 비인간적인 방법 같아 좋아 보이지 않는군요. 물론 얼굴을 마주보고 헤어지자는 말을 하는 건 쉬운 일이 아니죠. 상대방이 그래 그러지 뭐, 하고 나오지도 않을 테고 보나마나 힘겨운 장면이 연출될 게 뻔하니까요.

하지만 그럼에도 남자친구를 직접 만나 얼굴을 보면서 얘기해야 할 것 같네요. 그게 그동안 서로 좋은 감정으로 만난 사람에 대한 아주 기본적인 예의니까요. 안 그러면 자신이 비겁했다는 생각에 계속 자책감을 갖게 될 텐데, 그건 정신건강에도 좋지 않죠.

그리고 앞으로 몇 번이고 비슷한 상황이 생길 수도 있는데, 처음부터 문제상황을 회피해선 안 된답니다.

성격이 달라도 너무 달라요

여자친구와 끔찍이도 성격이 맞지 않는데, 계속 만나야 할지 말아야 할지 고민이라고 하신 분께 편지를 보냅니다.

자신은 느긋하고 웬만한 일엔 화를 내는 법도 없고, 덕분에 세상에 깜짝 놀랄 만한 큰일은 그다지 없다고 생각하며 살아가는 주의라구요. 물론 그러다보니 다소 게으르단 소리도 듣고, 인생이 목표가 느슨하다는 얘기도 듣긴 한다고 하셨네요.

반대로 여자친구는 까다롭고, 다소 신경증적이고, 사소한 일 하나도 잘못되면 잘 견디지 못하는 성미라구요. 목표도 분명하고, 게으른 것과는 전혀 거리가 멀고, 약속시간에 언제나 철저하고, 기타 등등.

어떻게 해서 그렇게 완전히 다른 두 사람이 서로 얽혀 사귀게 됐는데, 요즘은 자신도 불가사의하단 생각마저 든다고 하셨군요. 주변에선 본래 그렇게 반대로 만나는 법이다, 그래야 결혼해서도 잘 산다더라, 하고 얘기한다구요.

여자친구가 매력이 없는 건 아니라고 하셨어요. 또 좋아하고 있는 것도 분명하다구요. 하지만 어쩌다 두 사람이 한번 부딪치게 되면 그야말로 끔찍한 상황이 벌어지는데, 그것만큼은 견디기가 쉽지 않다고 하셨네요.

대개는 자신이 먼저 허허거리며 화를 풀고, 꽁꽁 얼어붙은 여자친구의 마음을 녹이는 데 한 열흘쯤 온 힘을 다 빼는 선에서 마무리가 된다구요. 그런데 언제부턴가 이건 아니다, 싶은 게 싫증이 나기 시작했다고 하셨군요.

과연 그렇게 서로 다른 성격끼리 만나는 게 괜찮은 건지, 아니면 지금이라도 헤어지는 게 나은지 알 수가 없으시다구요.

남자와 여자가 만나 서로에게 매력을 느끼는 상당 부분은 말씀하신 대로 나와 다른 무엇, 내겐 없는 어떤 면을 상대방이 갖고 있느냐에 따라 결정됩니다. 덕분에 상담하신 분처럼 극과 극으로 다른 성격의 소유자들끼리 커플을 이루기도 하는 것입니다.

문제는 그렇게 다른 성격이 어떻게 서로 조화를 이루느냐 하는 것입니다. 서로 다른 성격끼리 조화를 이루지 못하고 사사건건 부딪치면, 말씀한 것처럼 그야말로 끔찍한 상황이 연출되니까요.

예를 들어, 느긋한 성격은 급한 성격을 보완할 수 있어야 하고, 민첩한 면은 상대방의 게으른 면을 보완할 수 있어야 합니다. 그렇게 두 성격이 서로 조화를 이룬다면 더없이 이상적이겠죠. 하지만 만에 하나 조화를 전혀 이루지 못하게 되면, 서로를 끔찍이도 미워하며 관계가 끝나는 수가 많답니다. 그 점을 잘 생각하고 앞으로의 일을 결정하시기 바랍니다.

이별선언을 받아들일 수 없어요

2년 동안 사귄 여자친구가 헤어지자고 하는 바람에 몇 달째 집요하게 매달리다가 문득 그런 자신이 너무 싫고 사는 게 허무하게만 느껴진다고 하신 분께 편지를 보냅니다.

처음 이별선언을 들었을 땐, 버림받고 거부당한다는 데 대한 충격이 너무 커서 도저히 이별 자체를 받아들일 수 없었다고 했군요. 여자친구가 자신을 멀리하면 할수록 더욱더 무섭게 매달리게 됐다구요.

그동안 많이 좋아하기도 했지만, 한 번도 헤어진다는 생각을 해본 적이 없는데 갑자기 헤어지자는 말을 듣게 돼서 더 받아들이기 힘들었던 거 같다고 하셨네요.

그 이유가 더 좋은 사람, 그동안 자기가 찾던 이상형의 남자가 나타났기 때문이라고 하는 데는 더욱더 참을 수가 없었다구요. 심지어 헤어지느니 차라리 죽겠다 협박도 하고 여자친구와 그 새로 만난다는 남자는 둘 다 가만 두지 않겠느니 뭐니 하며 괴롭히면서 몇 달을 보냈다고 했군요. 또 어떤 땐 여자친구 집 앞에서 기다리고 있다가 무릎을 꿇고 다시 만나자고 애원도 해보고, 하여튼 지난 몇 달 간은 산다고 할 수 없는 날들이었다구요.

그러다가 어느 순간 문득 이거 지금 내가 뭐 하고 있는 거지? 하는

생각이 들면서 말할 수 없는 비애와 허무 속에 빠지고 말았다고 하셨
네요.

어떤 상태에 놓이셨는지 충분히 이해합니다. 사랑의 상실 앞에서 쓸
쓸하고 애달프고 허무하지 않을 사람이 어디 있을까요?

그렇지만 늘 말씀드리듯이 이 세상에 영원한 건 아무것도 없죠. 그
렇게 해서 요즘 유행하는 노래처럼 또 한 번의 사랑은 가고 그 자리엔
언젠가 새로운 사랑이 찾아오게 마련이죠.

상담하신 분께서 이별을 받아들이지 못한 건 충분히 그럴 수 있습니
다. 상대방이 거부하면 할수록 더 집요하게 매달리게 되는 게 사람 마
음이기 때문입니다. 하지만 이젠 거기서 놓여났잖아요. 그것만으로도
자신을 축하해주시면 어떨까요?

자신을 괴롭히던 그 비참함, 안타까움, 집요함에서 놓여나 이별을
받아들이게 된 것만으로도 이제 당신은 자유입니다. 그렇게 생각하고
점차적으로 슬픔과 허무감도 떨쳐버리세요. 물론 억지로 그렇게 할 필
요는 없습니다. 그런 감정들도 이별과 상실을 받아들이는 데 필요한
한 과정이라고 여기고 담담히 받아들이되 거기에 아주 빠지지는 말라
는 뜻입니다. 그러다보면 헤어진 여자친구보다 훨씬 좋은 사람과 만나
새로운 사랑을 가꾸어나갈 날도 반드시 다시 찾아올 거예요.

결혼은 능력 있는 사람과 해야 할까요

사랑은 없지만 좋은 조건을 갖춘 남자와 결혼해야 할지 말아야 할지 고민이라고 하신 분께 편지를 보냅니다.

올해가 지나면 서른 살이 되는데 그동안 집안에서 몇 년 동안 혼자 가장 노릇을 해왔다고 하셨어요. 이젠 그런 것도 지겹고 동생들도 어느 정도 기반을 잡아 자신이 결혼을 해도 될 것 같은데 문제는 남자친구가 경제적으로 무능력한 거라구요.

그동안 서로 결혼을 생각하지 않을 땐 남자친구가 좀 능력이 없어도 참을 만했다고 하셨네요. 하지만 막상 결혼에 대해 심각하게 생각하게 되자, 도저히 지금의 남자친구와는 결혼할 수 없을 것 같은 생각이 들었다구요.

그러던 중에 의도한 건 아니지만 우연한 기회에 다른 남자와 소개팅을 하게 됐다구요. 사람도 성실하고 조건도 좋고, 또 무엇보다 자신을 아주 많이 좋아해주고 있다고 했군요. 자신도 사람인지라 어쩔 수 없이 그와 남자친구를 놓고 비교도 해보고 저울질도 해보게 됐다구요. 가장 견디기 힘든 건, 그렇게 속물적인 계산을 하는 자신이라고 하셨어요.

새로 만난 남자와 결혼하지 않더라고 남자친구와는 헤어지고 싶다는 생각이 들 때도 많다구요. 그리고 기왕 그럴 거면 나 좋다는 남자와 결혼해버리는 게 낫지 않을까 싶어서 혼란스럽다구요.

상담하신 분이 지금 빠져 있는 딜레마는 사실 그리 드문 사례는 아닙니다. 전에도 비슷한 사례를 한두 번 본 기억도 나구요.

한 가지 분명한 건 결혼은 결코 도피처가 아니란 사실입니다. 남자친구와 헤어지고 싶다면, 그냥 헤어지세요. 이미 그럴 결심을 거의 굳히고 있는데, 단지 죄책감 때문에 갈등하는 것은 아닌지요? 그러나 이런 경우 죄책감은 아무런 도움도 되지 못한답니다. 그보다는 조용히 자신을 성찰할 수 있는 시간을 갖고, 그 결과에 따라 어떤 결정이든 내리는 편이 훨씬 현명한 태도입니다.

새로운 남자와의 결혼 여부 역시 그런 심사숙고의 시간들을 거치시기 바랍니다. 집안에서 가장 노릇하기도 힘겹고 남자친구도 무능하다면 당연히 다른 남자와의 결혼을 도피처로 꿈꿀 수 있습니다.

하지만 진짜 실행에 옮기는 것과 그냥 생각만 하는 것 사이엔 엄청난 간극이 있다는 사실을 잊지 마세요. 실제로 그런 이유로 결혼한 커플들 중에 결혼생활이 행복한 경우는 거의 없다는 점도 말씀드리고 싶군요. 도피처로서의 결혼에 대한 기대와 환상이 깨지는 덴 그리 오랜 시간이 걸리지 않기 때문입니다. 가능한 한 인생에서 그런 실수는 피해가야 하지 않을까요?

거짓말이 눈덩이처럼 불어났어요

본의 아니게 여자친구를 속이게 됐는데, 이제라도 진실을 털어놔야 할지 그대로 밀고나가야 할지 고민이라고 하신 분께 편지를 보냅니다.

처음엔 여자친구한테 잘 보이려고 아주 사소하게 시작된 거짓말이었다고 했군요. 그런데 시간이 흐르면서 점점 더 꼬리가 붙어 이젠 어디서부터 진짜고 어디서부터 거짓인지 자신도 헷갈릴 지경에 놓였다구요.

하나의 거짓말을 진실처럼 보이게 하려면 그 수십 배의 거짓말이 더 필요하다는 말이 옳다는 걸 온몸으로 실감하고 있다고 하셨네요.

거짓말이 하나씩 늘어갈 때마다 그만큼 죄책감도 커가고, 그때마다 사람이 할 짓이 아니란 생각이 수십 번도 더 든다구요. 하지만 이제 와서 사실은 너한테 한 얘기의 반은 다 거짓말이다, 할 수도 없고 도무지 어쩔 바를 모르겠다고 했군요.

그동안 물론 아주 여러 번 거짓말을 한 걸 털어놓고 용서를 빌까도 생각해봤다구요. 하지만 그때마다 뭔가가 자신의 발목을 잡아 실천을 못했다고 하셨어요. 가장 두려운 건, 만약 진실을 말했다가 여자친구가 그동안 속인 걸 알고 헤어지자고 하면 어쩌나 하는 거라구요.

몹시 힘든 이중의 딜레마에 빠지셨네요. 하지만 더 이상 거짓말을 해선 안 되겠죠. 거짓말은 외다리로 서는 거고, 진실은 두 다리로 서는 거란 말이 있습니다. 거짓말하는 자체가 그만큼 위태롭다는 뜻입니다. 게다가 말씀하신 대로 하나의 거짓말을 진실처럼 보이게 하려면 수십 배의 노력이 필요합니다. 그러다가 어느 순간 너무 지친 나머지 두 손을 들게 되면 그땐 대개 파멸로 끝이 나게 마련이죠. 그러니 지금이라도 여자친구에게 진실을 말씀하세요. 설령 헤어지자는 말을 듣게 되더라도 그 편이 훨씬 용기 있는 행동입니다.

물론 그걸 모르진 않으실 거예요. 단지 그런 용기를 내기가 힘들다는 건데, 그래도 할 수 없습니다. 용기를 내서 진실을 말해준 걸 여자친구가 받아들이고 이해해주시를 기도해야겠죠. 만약 여자친구가 화내고 책임을 물어도 결코 부인하거나 변명하지 마세요. 그러는 편이 훨씬 현명하게 딜레마를 극복하는 길이랍니다.

그리고 같은 실수를 되풀이하지만 않는다면, 이번 일로 많은 걸 배우게 된 셈이라고 생각하세요.

남자친구를 병적으로 의심해요

남자친구를 지나치게 의심하는 버릇이 있어 괴로운 일이 한두 가지가 아니라고 하신 분께 편지를 보냅니다.

남자친구를 뺀 다른 대인관계에선 전혀 아무런 문제가 없고, 여자친구들하고 트러블이라고는 전혀 없이 아주 잘 지낸다구요. 하지만 남자친구와는 늘 싸우고 의심하고, 자기 말이 맞다는 증거를 찾으려고 별별 짓을 다 하는 등, 스스로 생각해봐도 병적인 데가 많다고 하셨어요.

남자친구가 게임 마니아라 동호회에서 만나는 사람들이 많다구요. 그 중엔 물론 여자들도 있는데, 그 모든 여자들한테 다 의심의 눈초리를 보내는 형편이라고 했군요. 그런 말을 할 때마다 남자친구는 미치겠다며 펄쩍 뛰는데, 어떨 땐 그런 모습이 더 의심스러울 지경이라구요. 그래서 남자친구 휴대폰에 저장된 전화번호 일일이 확인하고, 발수신 번호도 늘 체크하고, 그것 때문에 또 싸우고 정말 어떤 땐 이러다 자신이 먼저 미쳐버릴 것 같은 위기감마저 느낀다고 하셨네요.

자신이 유치하고 심하다는 건 잘 알고 있다구요. 하지만 남자친구가 뻔하게 증거가 드러난 일도 아니라고 딱 잡아뗄 땐 정말 화가 난다고 하셨군요. 대체 왜 솔직하지 못하느냐고 하면, 남자친구 말이 네가 노이로제 증세를 보이는데 어떻게 솔직할 수 있겠느냐며 오히려 화를 낸다구요. 그러다보니 자신은 더 확실한 증거를 찾아내려고 하고, 남자

친구는 아주 작은 것까지 숨기는 이상한 숨바꼭질을 하고 있는 상황이
라고 하셨네요.

비슷한 상담내용이 끊이지 않는 걸 보면 그런 문제로 고민하는 사람
들이 의외로 많은 거 같습니다. 아무튼 그런 문제는 당사자는 말할 것
도 없고 상대방도 여간 피곤한 일이 아니죠. 우선 이제부터라도 부디
의심의 덫에서 빠져나오시기 바랍니다.
　이편에서 그렇게 집착하고 의심하는 모습을 보이면 보일수록 남자
친구는 아마 숨겨야 할 일들이 점점 많아질 거예요. 그리고 다른 사람
에게는 쉽게 아무 생각 없이 말할 수 있는 문제도 여자친구한테만은
그렇게 할 수 없게 되구요.
　그런 얘길 했을 때, 이편에서 어떤 반응이 나올지 걱정되고, 또 그
문제 때문에 스트레스를 받고 싶지 않다는 생각이 너무 크기 때문입니
다. 그러면 이쪽에선 남자친구가 숨겼다는 사실 때문에 더 의심하고
캐내려 할 거고, 그러다보면 남자친구는 숨겨야 할 게 더 많아지고, 결
국 두 사람의 관계 자체를 피곤하게 여기는 단계까지 갈지도 모릅니
다. 그리고 두 사람의 관계가 오래가지 못할 가능성마저 생길 수도 있
습니다.
　그러므로 가능한 한 남자친구의 말을 액면 그대로 받아들이기 위해
노력해보세요. 그런데도 도저히 어떻게 해볼 수 없다 싶을 땐 전문적
인 상담을 받아볼 필요도 있을 것 같습니다.

한 번도 연애를 못해봤어요

스물아홉 살이 되도록 연애 한 번 못해봤는데 주변에선 자꾸 결혼얘기를 꺼내서 속상하다고 하신 여자분께 편지를 보냅니다.

게다가 자신이 연애 경험이 없다고 하면 아무도 믿지를 않는다구요. 사실은 그것도 굳이 내세울 일은 못 되는 거 같아 잠자코 있을 때가 많은데 내심 은근히 속상하고 화가 난다고 하셨어요.

이젠 그만 누군가를 만나서 결혼이란 울타리 속에 안주하는 게 자신의 꿈이긴 하다구요. 그런데 그게 말처럼 쉽지 않아 괴롭다고 하셨네요.

특별하게 예쁘지도 않고, 학력이나 경력이 대단한 것도 아니고, 그저 평범하기만 한 자신에게 과연 '멋진 결혼'이라는 행운이 찾아올까 의심스러운 순간도 많다구요. 그러면 이렇게 혼자 늙어가는 건 아닐까, 하는 생각이 들면서 보통 서글퍼지는 게 아니라고 하셨어요.

그동안 친구들이나 주변 친척어른들의 주선으로 몇 번 선을 보기도 했다구요. 하지만 이상하게 꼬여서 한 번도 애프터까지 이어진 적이 없다고 하셨군요.

남들 보기엔 하찮은 고민일지도 모르지만, 자신은 몹시 힘이 든다구요. 친구들도 거의 다 결혼했는데, 이러다가 자신만 혼자 노처녀로 남는 게 아닌가 싶은 생각이 들 땐 더럭 겁이 난다고도 하셨네요.

아직까지 연애 한 번 못해본 것도 자신에게 뭔가 문제가 있어서 그
런 건 아닌지 의심이 든다구요. 집에서 가족들도 의심의 눈길을 던지
는 거 같아 더 괴롭다고 하셨어요.

단지 연애를 못해봤다는 사실만으로 문제가 있다고 할 수는 없을 것
입니다. 그리고 요즘은 서른 넘어 결혼하는 사람들도 얼마든지 있지
않나요? 오히려 그것 때문에 스트레스를 너무 받는 게 더 문제가 아닐
까 싶군요. 주변에서 친구들도 다 결혼하고 집에서도 의심의 눈길을
던져 괴롭다고 하셨는데, 물론 그 심정은 충분히 이해합니다. 하지만
그렇다고 해서 지나치게 초조해하며 연애나 결혼에만 신경을 집중시
키는 것도 좋지 않습니다.

자신만의 취미생활이나 여가생활을 즐기면서, 여유 있게 미래를 설
계해보세요. 오히려 일찍 결혼하는 바람에 그런 시간을 갖지 못해 부
러워하는 사람도 많으니까요.

굳이 맘이 편치 않다면, 왜 연애를 못하게 됐는지, 혹은 안 하게 됐
는지, 그 이유를 한번 살펴볼 필요는 있겠죠. 예를 들어 연애를 원하긴
원했었는지, 원했지만 맘에 맞는 상대가 없었는지, 있었지만 소극적인
태도만 보이다가 흐지부지되고 말았는지 등등을요. 그리고 자신에게
정말 문제가 있다고 생각되면 하나씩 고쳐나가보시면 어떨까요?

남들 앞에선 그의 태도가 달라져요

남자친구가 사람들이 있는 자리에서 자신을 무시하는 행동을 자주 해 몹시 속이 상한다고 하신 분께 편지를 보냅니다.

평소 둘만 있을 땐 싹싹하고 친절하고 재미있는 얘기도 많이 하고 뭐 하나 나무랄 데가 없는 사람이라구요. 그런데 이상하게 주위에 자기 친구들이나 회사 사람들이 있거나 하면 태도가 싹 달라진다고 했군요. 마지못해 자길 데려간 사람처럼 어색하게 굴고 무뚝뚝하기가 이루 말할 수가 없다구요.

바로 얼마 전에도 그런 일이 있었다고 했네요. 그때도 남자친구의 회사 직원들과 커플을 이뤄 여럿이 자리를 함께 했다구요. 그런데 자신은 꿔다놓은 보릿자루마냥 가만히 있게 하고, 오히려 다른 직원의 여자친구한텐 상냥하게 이것저것 챙겨주는 걸 봐야 했다구요. 그러자 혼자 그 자리에 나와 역시 어색해하던 한 사람이 음료수도 주문해주고 이런저런 말도 시키며 신경을 써줬다고 하셨군요.

그냥 혼자 집에 돌아와도 됐겠지만 대체 남자친구의 행동이 어디까지 가나 두고보려는 오기가 생겨서 그냥 끝까지 자리를 지켰다구요.

그런데 다들 집에 돌아가려 할 때, 다시 약간의 소란이 있었다고 하셨네요. 당연히 자기들 커플끼리 각자의 방향으로 가는데, 그 사람 혼자 정작 자신은 버려두고 다른 커플이 같은 방향이라며 함께 가려고 했다구요. 그쪽에선 넌 왜 네 짝 놔두고 우리랑 가려고 하니? 우리 방해하지 마, 하며 나오는데도 굳이 가겠다고 해서 다들 분위기가 몹시 이상해지고 말았다고 하셨군요.

결국 둘만 남긴 했지만 크게 싸우고 말았다구요. 남자친구는 미안하다면서 잘못했다고 빌었지만 자신은 용서할 맘이 도무지 생기지 않는다고 하셨네요. 대체 남자친구가 왜 그러는지 알고 싶다고도 하셨군요.

글쎄요. 어느 한쪽의 일방적인 얘기만 듣고 그 사람을 이해하기란 쉬운 일이 아닙니다. 그보다는 남자친구와 허심탄회하게 한번 그 문제만을 가지고 얘기를 해보시면 어떨까요?

일반적인 말씀을 드리자면, 남자친구가 그러는 건 몇 가지 점으로 생각해볼 수 있겠죠. 우선 애정이 없다는 건데, 둘만 있을 때 태도로 봐서 그런 것 같진 않군요.

두 번째, 남들 앞에서 애인 사이란 걸 굳이 드러내고 싶지 않아서일 수도 있겠죠. 또 하나는 공연히 남들 앞에서 좀 으쓱해보고 싶은 객기 때문일 수도 있습니다. 그렇게 행동하는 게 남자다운 거란 잘못된 생각 때문에 말이죠.

제가 보기에는 남자친구가 마지막 항에 해당하지 않나 싶군요. 어릴 때부터 가부장적인 권위 속에서 자란 남자들 중에 더러 그런 타입이 있기 때문입니다. 어느 쪽이든 두 분이 맘을 터놓고 애길 해보셨으면 좋겠네요.

내세울 게 전혀 없어요

20대 중반이 되면서 어떻게든 여자친구를 사귀고 싶은 맘과 아직 그럴 단계가 아니란 생각 사이에서 갈등이 많다고 하신 분께 편지를 보냅니다.

아직 그 나이가 되도록 이성교제의 경험이 전혀 없으시다구요. 몇 번 그럴 기회가 있었지만 늘 난 아직 그럴 때가 아니야, 하는 생각으로 비켜왔다고 하셨군요. 그런데 요즘 들어 부쩍 여자친구를 사귀고 싶은 맘이 강렬하게 들기 시작했다구요.

주변에 친구들이 만날 때마다 여자친구들을 데리고 나오는 것도 부럽고, 자기 혼자 싱글로 끼면 영 재미가 없는 것도 그런 생각을 부추기게 만들었다고 하셨네요. 하지만 막상 여자친구를 사귀려니 자신이 너무나 가진 것도, 해놓은 일도 없는 거 같아 망설이게 된다구요.

여자를 만나려면 뭐 하나 내세울 만한 게 있어야 하는데, 자신은 정말 아무것도 그럴 만한 게 없다고 했군요. 그 때문에 요즘 들어 더욱 열등감에 시달리고 있다구요. 친구들이 여자를 소개해준다고 하는데도 선뜻 응하지 못하는 것도 그 때문이라구요.

만일 여자친구가 생겼는데 자신이 별 볼일 없는 존재란 걸 알면 얼마나 실망할까, 하는 생각을 하면 도저히 엄두가 나지 않는다고 하셨어요. 그래 내가 지금 여자친구 만날 때가 아니지, 그렇게 시간낭비를

하느니 자격증 하나라도 따두는 게 더 중요하지, 하며 자신을 다그쳐
보는 것도 그 때문이라구요. 문제는 그럴수록 이젠 정말 여자친구를
가져보고 싶다는 소망이 너무 간절한 거라고 하셨네요. 어떻게 하면
좋을지 생각이 하도 갈팡질팡이라 하루하루가 곤욕이라구요.

어떤 심정이신지 이해가 갑니다. 하지만 무슨 일이나 순리대로 풀어
나가는 게 가장 좋지 않을까 싶군요. 여자친구가 생기면 생기는 대로,
아니면 아닌 대로 우선 자기 앞에 주어진 순간들에 최선을 다 하는 게
중요하지 않을까요?

　열등감이 깊다고 하셨는데, 우선 그 문제부터 치유하려고 애써보세
요. 열등감이 심하면 여자친구를 만나도 사소한 일에 갈등과 상처를
받기 쉬우니까요. 일과 연애 양쪽에 다 에너지를 고루 분배하기도 어
렵구요.

　그러므로 뭔가 자기 힘으로 해낼 수 있는 일에 먼저 에너지를 집중
하는 것도 한 방법이겠죠. 그렇게 해서 뭔가 이루고 나면 자연스럽게
자신감도 붙고, 열등감도 어느 정도 사라질 테니까요. 그러나 만약 사
랑이 자연스럽게 찾아온다면, 그땐 거부하지 말고 자신을 맡겨보세요.
사랑은 결코 의도한다고 주어지는 것도, 거부한다고 사라지는 것도 아
니니까요.

다시 그를 만나야 할까요

한번 헤어졌던 남자와 다시 만나야 하나 말아야 하나 하는 문제로 고민이라고 하신 여자분께 편지를 보냅니다.

올해 서른 살이 됐는데, 나이 탓인지 한심하게도 스스로가 노처녀처럼 느껴지고 있는 중이라구요. 그래서인지 까닭도 없이 불안하고 조급한 맘에 휘둘리고 있다고 하셨군요.

아무튼 1년 전에 친구의 소개로 한 남자와 만나 몇 달 동안 사귀었다고 하셨어요. 좋은 사람이고 자신한테도 아주 잘해줬는데, 이상하게 그 사람을 만날 때마다 맘이 편하지 못했다구요. 아마도 서로 공감을 느끼는 부분이 많지 않아서 그랬는지도 모르겠다구요. 취향도 다르고, 만나면 어색하고 끌리는 면이 그다지 없었다고 하셨네요. 결국 자신이 먼저 이제 그만 만나는 게 좋겠다고 얘기해 교제가 끝나고 말았다구요. 그 후로 다른 남자들과 만나 몇 번 가벼운 데이트를 했지만 역시 맘에 끌리지 않아 지금은 아무도 만나고 있지 않다고 하셨군요.

그동안에도 그 사람한테선 가끔씩 연락이 있었다구요. 그러던 중 요즘 들어 아주 적극적으로 다시 한번 만나자고 하는데, 어떻게 해야 할지 결정을 내리기가 쉽지 않다구 하셨네요.

어쩌면 지금의 불안하고 초조한 마음 때문에, 아니면 그저 약간의 미련 때문에, 그리고 그 사람이 아직도 자신을 좋아해주니까 맘이 흔들리는 건지도 모르겠다구요. 하지만 그런 이유 때문에 굳이 그를 다시 만나는 게 옳은 건지는 확신이 서지 않는다고 하셨군요. 조금은 미련이 남더라도 지난 일은 다 정리하고 두 번 다시 만나지 않는 게 옳은 것 같다는 생각도 든다구요. 어떻게 하는 게 현명한 선택인지 알고 싶다고 하셨어요.

글쎄요, 이미 말씀하신 내용에 해답이 들어 있지 않나 싶군요. 그렇게 망설이고 선택에 어려움을 겪는다는 것 자체가 해답인 듯하니까요.

그다지 맘이 가지 않는데 단지 날 좋아해주니까, 관심을 가져주니까, 누군가를 선택한다는 건, 특히 남녀관계에선 굳이 해선 안 되는 일 중의 하나랍니다. 서로 한눈에 반해 미친 듯이 사랑에 빠졌어도 얼마 지나지 않아 후회하고 상처입는 게 연애인데, 그렇지도 못한 상태에서 출발한 관계라면 더 큰 후회가 남는 게 당연합니다.

그렇다고 해서 후회하고 상처입고 싶지 않다는 생각에 계속 다른 이성에게도 맘을 열지 않아선 곤란하겠죠. 어떤 인간관계에도 상처와 후회는 뒤따르기 마련이니까요. 진심으로 서로 공감을 나누고 사랑하는 사람과의 관계에서도 그건 마찬가지랍니다. 중요한 건 열린 맘을 갖는 게 아닐까 싶군요.

우울한 날에도, 행복한 날에도

나는 내가 아는 대부분의 사람들이 자신의 삶에서 서로 아주 친근하게 희망을 나누고,
공포와 사랑의 감정을 함께 나눌 수 있는 사람이 한둘만 있으면,
세상에서 가장 행복한 사람이라고 여긴다는 사실을 발견했다

－밀턴 H. 밀러(정신과의사)

남편이 일을 못 갖게 해요

남편이 직장생활하는 걸 반대해서 집에서 쉬고 있는데, 그 때문에 갈등이 많다고 하신 분께 편지를 보냅니다.

결혼 전까지는 전문직에서 열심히 자신이 커리어를 쌓아오셨다구요. 그런데 결혼하고 지방으로 이사하면서 일을 그만둘 수밖에 없었다고 하셨군요.

남편의 직장 때문에 지방으로 가게 됐지만, 자신은 처음부터 맘이 안 내키는 일이었다구요. 아는 사람도 없고, 남편 출근하고 나면 혼자서 막막하게 하루를 보내는 것도 싫고, 아직도 한창 일할 나이에 그런 식으로 시간을 허비한다는 것 자체가 죄악처럼 여겨진다고 하셨네요.

남편에게 어떤 방법을 강구해서든 다시 서울로 가서 자신도 일할 수 있게 해달라고 여러 번 얘기했지만 소용이 없다구요. 남편은 근처에 살고 계신 시부모님 때문에도 서울로 갈 수 없다고 하면서, 자신에겐 정 일을 하고 싶으면 그곳에서 찾아보라고 한다구요. 물론 그럴 수 없다는 걸 뻔히 알기 때문에 하는 말이란 걸 모르지 않다고 하셨네요. 그래서 더 화가 난다구요.

결혼 전엔 오랫동안 한 분야에서 일해오면서 나름대로 자부심도 갖고 또 앞으로 성공할 자신도 있었다고 하셨네요. 그런데 어쩌다 일이 이렇게 꼬이게 됐는지 생각하면 자신이 너무 한심하게 여겨진다구요.

남편의 고집으로 미뤄볼 때 쉽게 자기 생각을 받아들여줄 것 같지 않은데, 문젠 자신도 이제까지의 꿈을 포기하기가 어렵다는 점이라고 하셨어요. 앞으로도 쭉 미련을 갖고 살아야 할지, 아니면 갈등을 겪더라도 남편과 더 싸워나가야 할지 결정하기가 쉽지 않으시다구요.

결혼과 동시에 포기했어도 만족과 보람이 많던 일이라면 미련이 계속 남는 게 당연합니다. 포기가 안 된다면 이혼하지 않는 이상 남편을 다시 잘 설득해보고 타협을 얻어내는 수밖에 없을 것 같군요.

우린 누구나 늘 크고 작은 선택을 하며 살아갑니다. 둘 다 가질 수 없는 이상, 하나를 선택한다면 다른 하나는 포기한다는 걸 의미합니다. 그때 선택한 게 포기한 것에 비해 가치가 적다면 늘 불만 속에서 살아갈 수밖에 없구요.

시간이 지나도 포기하기가 어렵다면, 앞서도 얘기했듯이 남편과 다시 한 번 대화를 해보세요. 남편을 설득할 수 없다면, 이 문제가 결혼생활을 불화로 이끌 소지는 과연 어느 정도인지, 남편께서 끝까지 반대하는 이유가 뭔지, 그 속에서 타협을 끌어낼 여지는 전혀 없는지, 하는 것들을 잘 생각해보고 대화를 나눈다면 어느 정도 성과가 있지 않을까 싶군요.

부부관계가 소원해 아이들에게 매달려요

언제부턴가 부부사이가 소원해져서 남편이나 자신이나 아이들만 바라보며 살게 됐다고 하신 분께 편지를 보냅니다.

아마도 자신이 먼저 남편에게 실망해 아이들한테만 온통 시간과 정성을 쏟게 됐던 것 같다고 하셨군요.

다행히 아직 중학생, 초등학생이긴 하지만, 아이들이 공부도 아주 잘하고 학교에서도 모범생이라고 칭찬이 자자하다구요. 물론 엄마 말도 뭐든 시키는 대로 잘 듣고, 또 성격들도 명랑해 속 썩이는 일이 조금도 없다고 하셨어요. 아내에 대해선 드러내놓고 적의를 보이는 남편도 자신이 아이들을 잘 키운다는 데는 동의하고 있다구요.

문제는 부부사이가 원만하지 못해서 아이들한테도 자주 좋지 않은 모습을 보이는 거라고 했군요. 남편과는 서로 감정적으로 얽히다보니까 별 것 아닌 일로도 시비 걸고, 화풀이하는 일이 잦다구요.

얼마 전엔 결국 큰애로부터 "그렇게 매일 싸울 거면, 엄마 아빠 차라리 이혼하지 그래요?"하는 소릴 듣고 말았다구요. 아들 입에서 그 말이 나오는 순간, 남편이나 자신도 너무 놀라 할 말을 잃었다고 하셨군요. 그 후로 조심하고 있는데, 앞으로 어떻게 대처해야 할지 고민이시라구요.

부부사이가 나쁘다보면, 각자 아이들한테만 의존하게 되는 건 그리 드문 일이 아닙니다. 하지만 그런 부모의 모습은 아이들 정서에 상당히 부정적인 영향을 미칩니다.

엄마 아빠가 서로 사랑하는 모습을 보고 자란 아이들은 스스로 자신이 소중한 존재라는 생각을 하게 마련입니다. 하지만 그 반대의 경우, 낮은 자존감, 자기비하의 감정으로 고생하며 우울한 성장기를 보내는 아이들도 적지 않습니다. 그로 인해 어른이 된 후에도 정신적, 감정적으로 여러 가지 문제들을 겪는 경우도 많습니다. 진심으로 아이들을 위한다면 부부가 자신들의 관계를 회복하기 위해 좀더 노력해야 합니다.

더구나 지금처럼 서로 싸우는 모습을 보인다는 건 안 될 말이죠. 외국의 어떤 정신의학자는 "남편보다 아이들을 더 사랑하는 아내는, 아이들과 자신의 결혼생활 모두를 위기로 몰아넣는다."고까지 말하고 있습니다. 물론 남편의 경우도 마찬가지구요. 아이들을 위해서라도 이제 두 분이 다시 힘을 합치시는 게 좋을 것 같군요.

아이들 앞에서 서로 집안일도 함께 하고, 대화도 자주 나누고 하면서 가능한 한 좋은 모습을 보이도록 애써보시기 바랍니다.

부담스럽단 말이 서운해요

결혼한 지 2년 조금 넘었는데 얼마 전 남편으로부터 마음 아픈 얘길 들어서 괴롭다고 하신 분께 편지를 보냅니다.

어찌나 서운하고 슬픈지, 지금도 눈물이 난다고 하셨네요. 남편 말이 넌 하루 종일 나한테만 신경을 쓰는 거 같은데 제발 그러지 말고 뭐든 달리 할 일을 찾아보라고 했다구요. 그러면서 의존적인 아내가 얼마나 부담스러운지 아느냐고까지 해서 그만 펑펑 울고 말았다고 했군요.

남편은 성격이 보수적이고 감정을 잘 드러내지 않는 타입이라구요. 당연히 과묵한 걸 자랑으로 아는 사람이라고 하셨네요. 반대로 자신은 성격도 명랑하고 적극적이고, 또 그만큼 그때그때 느낀 감정은 표현해야 속이 후련한 타입이라구요.

그러다보니 자연 남편보다 자신이 애정표현에도 더 적극적이고 말도 많고, 전화도 남편이 한 번 걸 때 몇 번이고 먼저 걸고, 이것저것 잔신경도 훨씬 많이 쓰게 된다고 하셨어요.

평소 남편이 말이 없고 무뚝뚝해 자기 혼자 애쓰는 것도 억울한데, 부담스럽단 말까지 듣고보니 자기 처지가 너무 한심하게 느껴진다구요.

남편은 아이가 생길 때까지 뭐든 다른 일거리를 찾아보라고 하는데, 자신은 그럴 맘이 조금도 없다고 했군요. 자기가 하고 싶어서 하는 게 아니라 마치 남편한테 등떠밀려 따돌림을 받는 기분이 들기 때문이라구요.

아무튼 요즘 여러 가지로 남편한테 섭섭한 일이 많은데, 어떻게 풀어나갈지 잘 알 수가 없다고 하셨네요.

결혼해서 티격태격하는 커플들한테서 가끔 재미있는 현상이 나타난다는 거 아세요? 지금 맞지 않는다고 불평하는 바로 그 점 때문에 처음에 두 사람이 서로에게 끌렸다는 사실입니다.

아마 두 분도 그런 전형적인 커플이 아닐까 싶군요. 모르긴 해도 남편은 아내의 명랑하고 조금은 수다스러운 면이 분명 몹시 귀엽게 느껴졌을 거예요. 아내는 과묵한 남편이 믿음직스러웠을 테구요.

그런데 이젠 두 사람이 서로 그렇게 끌렸던 점 때문에 티격태격하니 알다가도 모를 게 결혼생활의 한 단면이라고 할까요. 하지만 너무 마음 쓰진 마세요. 남편께도 지나치게 서운해하지 마시구요. 그 대신 남편 마음을 좀 이해해보려고 애써보세요. 그리고 원하는 대로 두 사람 사이에 일정한 여백이랄까, 거리를 두어보는 것도 괜찮지 않을까 싶군요.

너무 가깝게 다가가면 멀어지고 싶고, 멀어지면 또 가깝게 다가가고 싶은 게 본래 남녀사이니까요. 그건 결혼한 사람들끼리도 마찬가지랍니다. 그렇게 여백이 있으면 아무래도 각자의 영역을 존중해주게 되고, 자연 의존심도 덜해지고, 좀더 독립적으로 생활할 수 있죠. 그리고 그건 결혼생활을 잘 유지시켜나가는 데 꼭 필요한 요소 중의 하나랍니다.

이런 남편과 재결합을 해야 할까요

남편과 별거중인데 재결합을 해야 할지, 한다면 앞으로 어떤 점을 노력해야 할지 생각이 많다고 하신 분께 편지를 보냅니다.

결혼한 지는 3년쯤 됐고, 아이도 있다고 하셨군요. 하지만 그동안 남편과 사사건건 부딪치고 싸우는 일이 많아 별거를 결심하게 됐고, 지금은 아이와 함께 친정에 기거하고 있는 형편이라구요.

남편과는 우선 성격적으로 너무 맞지 않는데다 가치관도 많이 달라 힘겨운 일이 많았다고 하셨어요. 게다가 남편이 폭력은 쓰지 않았지만 정신적으로는 심하게 괴롭혀왔다구요. 정신과 상담도 받았는데 남편에게 정서적으로 문제가 있는 것 같다는 얘기도 들었다고 하셨네요. 히스테리가 심하고, 감정의 기복도 여자인 자기보다 더 굴곡이 있는 편이라구요. 결혼하기 전까진 남자에게도 그런 면이 있다는 걸 몰라 한동안은 몹시 혼란스럽기까지 했다구요. 또 자신이 하필 그런 사람과 결혼했다는 사실이 한탄스러워 정신적으로 몹시 방황을 했다고도 하셨네요.

결국 이혼하는 쪽으로 맘을 굳히고 있는데, 남편이 그동안 자신의 잘못을 빌며 한 번만 더 기회를 달라는 얘길 해왔다구요. 그의 얘기가 아주 빈말은 아닌 거 같은데다, 아이의 장래를 생각하니 맘이 흔들리게 됐다고 하셨군요.

사람과 사람이 만나 가정을 이루는 결혼생활에 어떤 일정한 공식이 있을 수는 없습니다. 그러나 굳이 공식이 있다면, 그건 하나 더하기 하나는 둘이 아니라 셋이 돼야 한다는 것입니다. 나, 너, 그리고 우리가 돼야 하는 거죠.

물론 부부라도 서로 다른 인격체의 만남인 만큼 다툼과 갈등이 있는 게 당연합니다. 게다가 인간에겐 자기 보호본능뿐 아니라 파괴본능도 있습니다. 특히 부부싸움에서 이 파괴본능이 앞서면 좀체 해결책을 찾기가 어려워집니다. 서로 할퀴고 상처주면서 만신창이가 될 때까지 상대를 코너로 몰아넣으며 자기는 정당하다고 주장하면 문제가 해결될 리 없는 거죠.

따라서 재결합을 결심하셨다면, 이번에야말로 두 분이 일부러 시간을 내서라도 많은 대화를 나눠보세요. 그리고 상대방에게 일방적인 요구만 하기보다 내 문제는 어떤 것들이 있는지 살펴보는 노력도 필요합니다. 물론 이건 두 분 다 함께 노력해야 할 사안입니다.

자신의 상처 못지않게 상대방의 상처도 볼 줄 아는 너그러움도 필요하지 않나 싶습니다. 그렇게 해서 서로 돕고 상대방의 숨은 자질을 발견해주고 하면서 함께 성장해나가는 게 결혼생활의 필수요건이랍니다.

주말병에 걸린 남편에게 지쳤어요

결혼한 지 7년째에 접어드는데 주말에 남편과 함께 외출해본 기억이 까마득해서 속상하다는 분께 편지를 보냅니다.

남편은 모두들 법 없이도 살 사람이라고 할 정도로 착한 남자로 소문이 자자하다구요. 자신이 봐도 남편의 심성만은 나무랄 데가 없다고 하셨네요. 그런데 문제는 도무지 생활에 활기랄까, 생명력이 없는 거라구요. 집에 오면 옷 갈아입고 곧바로 텔레비전 켜고 잠들 때까지 그 앞에서 떠나지 않는 타입이라고 하셨어요. 더구나 주말엔, 특히 일요일엔 아예 씻지도 않고 하루 종일 텔레비전 앞에서 뒹군다는 표현이 알맞을 정도라구요. 다른 남편들은 쉬는 날이면 아이를 데리고 공원에도 가고, 하다못해 놀이터에 가서라도 놀아주는데, 이제껏 한 번도 그런 모습을 본 적이 없다고 하셨군요.

이제까지 자신이 조르고 졸라 딱 두 번 주말에 나들이를 한 적이 있다구요. 뭐라고 하면 일하느라 피곤해 죽겠는데 주말이라도 집에서 좀 쉬자고 짜증을 부리기 예사라구요.

하다못해 슈퍼마켓에 장보러라도 함께 가자고 해봐도 소용이 없다고 하셨네요. 부부가 함께 아이까지 데리고 쇼핑도 하고, 맛있는 것도 사먹고 하면서 재미있게 지내는 모습을 볼 때면 화가 나다 못해 서글프기까지 하다구요.

그 문제로 남편과 몇 번 진지한 대화도 나눠봤다고 하셨군요. 하지만 그때뿐, 실천이 안 따르니 이젠 얘기하기도 지쳤다구요.

비슷한 문제로 티격태격하는 부부들이 적지 않습니다. 남편께서 집에서 꼼짝도 안 하는 타입이라고 하셨는데, 반대로 시간만 있으면 아내를 데리고 여기저기 돌아다니지 못해 안달하는 남편 때문에 고생하는 아내들도 있구요.

결국 성격적인 문제라고 봐야겠죠. 다행히 부부가 성격이 잘 맞고 취향도 비슷하면 좋겠지만, 대갠 그렇지 못한 경우가 더 많으니 문제일 수밖에요. 두 분이 좀더 진지하게 얘기를 나눠보셔야 할 것 같군요. 몇 번 대화해봤지만 소용없다고 했는데, 의사소통이란 게 그만큼 어렵기 때문이겠죠.

이편에선 진지하게 얘기를 했다고 하지만, 상대방이 아주 잘하기 전엔 만족할 수 없는 경우도 생기기 마련입니다. 그러므로 혼자 분노를 터뜨리거나 일방적으로 뭐라고 하기보다 남편이 속마음을 확실하게 털어놓을 수 있도록 기회를 한번 만들어보세요. 그러려면 끈질긴 인내심과 포용력이 필요하답니다.

어쩌면 남편께서도 말 못할 갈등이나 고민이 있을지도 모릅니다. 그걸 잊으려고 그저 아무 생각 없이 텔레비전 앞에만 앉아 있을 수도 있으니까요. 아주 바닥까지 들어가보는 진지한 대화가 필요하단 점 잊지 마세요.

아기와 씨름하느라 남편과 멀어졌어요

갓난아기와 씨름하다보니 남편과 대화도 잘 안 되고, 자꾸 멀어지는 것 같아 고민이라고 하신 분께 편지를 보냅니다.

결혼한 지 3년째이고, 아기는 이제 돌이 가까워지고 있다고 하셨군요. 그런데 모유를 먹이다보니 그동안 거의 외출다운 외출도 한 번 해보지 못한 채 1년이란 시간을 보내야 했다구요.

물론 그걸 불평하는 건 아니라고 하셨어요. 하지만 아무래도 혼자만의 시간이 아예 없다보니 답답하고 짜증이 나는 건 사실이라구요.

아이를 낳기 전까지는 꽤 멋도 부렸고, 세련됐단 말도 많이 들었다고 하셨네요. 직장에서도 능력을 인정받는 편이었고, 그밖에도 취미생활에도 열심이고, 아무튼 대단히 부지런하고 활동적인 타입이었다구요.

하지만 집 안에서 오로지 아기하고만 씨름하다보니, 이젠 그 모든 게 자신과 무관한 것처럼 여겨진다고 하셨군요. 게다가 남편은 뭐가 그리 바쁜지 얼굴 보기도 힘들 지경이라구요. 회사일로 바쁘기도 하지만, 그밖에도 무슨 모임이다 뭐다 하며 집에 일찍 오는 일이 거의 없다고 했군요.

엇비슷하게 결혼해 아이 낳은 친구들 얘기를 들어보면 남편들이 일찍 일찍 들어와 아기 목욕도 함께 시키고, 설거지며 청소도 다 거들어주고 한다는데, 그런 건 자기로선 다 남의 얘기일 뿐이라구요. 참다못해 남편과 크게 싸우기도 해봤지만 그런다고 맘이 풀리는 것도 아니고 속만 더 상했다고 하셨네요. 더구나 집에만 있다보니 남편과 대화하는 데도 한계가 느껴지고 자신만 점점 작아지고 소외당하는 기분이라구요.

결혼생활 3년째라면 아직 새댁이로군요. 게다가 아기가 돌도 안 지났다니 초보엄마인 셈이시구요. 그렇다면 어려움이 있는 게 당연하지 않을까 싶군요. 누구한테나 모든 게 힘들고 어려운 햇병아리 초보시절이란 게 있게 마련이니까요. 더구나 직장생활을 하며 대단히 활동적으로 지냈다고 하셨죠? 그러다가 갑자기 주부로서, 또 아기엄마로서 낯선 역할을 하려다보니 답답하고 힘들 수밖에 없죠.

남편에 비해 자신만 희생하는 것 같아 원망이 많은 것도 이해가 갑니다. 하지만 꼭 그렇게 모든 걸 부정적으로만 볼 필요는 없지 않을까 싶군요. 우선 이 세상에서 그 누구보다 사랑스럽고 소중한 아기를 얻으셨잖아요. 그 기쁨을 다른 무엇과 바꾸겠어요.

그리고 남편에 대한 원망은 대화로 잘 풀어나가보세요. 자신은 집에만 있어서 남편과 대화가 잘 안 된다고 했는데, 물론 그런 점도 없진 않겠죠.

하지만 남편에 대한 원망 때문에 대화하기보다 짜증만 내진 않았는지 한번 돌아보세요. 그리고 이제부터 남편과 얘기할 때 원망을 앞세우기보다 현재 자신의 생각, 느낌 같은 것들을 솔직하게 전달하려고 애써보세요. 나아가 자신이 결혼생활에서 잃은 것에만 초점을 맞추지 말고 얻은 것에 대해서도 생각해보세요. 그러면서 긍정적인 시각을 갖도록 노력한다면 많은 것들이 달라지지 않을까 싶군요.

남편이 병적으로 졸아요

병적이다 싶을 만큼 심하게 졸기만 하는 남편 때문에 괴로운 일이 한 두 가지가 아니라고 하신 분께 편지를 보냅니다.

결혼한 지 3년 됐고 아직 아기는 없으시다구요. 그런데 남편의 고약한 버릇 때문에 결혼생활에 확신이 없어진다고 하셨어요.

남편은 평소에 침대에서 잠드는 일이 일주일에 두서너 번이 고작이라구요. 나머지 시간엔 마루에서 밤새 비디오를 보다 잠들거나 컴퓨터에 매달려 게임이나 오락을 하다가 그대로 잠깐 잠들거나 한다구요. 그러다보니 낮에는 하루 종일 멍한 상태로 졸기가 예사라고 하셨네요. 차라리 다른 사람들처럼 회사에 출퇴근이라도 하면 좋겠지만, 집과 남편의 사무실이 같은 건물에 붙어 있어서 그런 모습을 안 볼 수도 없다구요.

무슨 일이나 미루고 미루다 마감시간이 다 돼서야, 그것도 밤늦게 일을 마치는 것도 남편의 버릇이라고 하셨어요.

아무튼 낮엔 늘 졸린 상태라 가장 걱정되는 건 운전을 할 때라구요. 언젠가는 고속도로에서 졸면서 운전하다가 가드레일을 들이받은 적도 있다고 하셨군요. 함께 차를 타고 다닐 일이 많은데 그때마다 맘이 너무 조마조마해서 견딜 수가 없다구요. 도대체 왜 그러느냐고 하면 자기고 그러고 싶지 않은데 무작정 졸리니 어떻게도 할 수가 없다는 답변이 돌아오기 일쑤라고 하셨네요. 장거리 운전을 해야 할 땐 결국 자신이 남편 대신 운전을 도맡지 않을 수 없다구요.

그게 나쁘다는 게 아니라, 남편의 생활태도 자체를 신뢰할 수 없는 게 가장 큰 문제라고 하셨군요. 아무리 해도 남편은 밤에 일찍 제대로 잠자리에 들지 않고, 낮엔 계속 졸기만 하는데 무슨 방법이 없는지, 그리고 대체 왜 그러는지 알고 싶으시다구요.

말씀하신 걸로만 미뤄봐도 남편께서 보이는 증상이 결코 가볍다곤 할 수 없을 것 같군요. 생활태도 자체에 문제가 있기도 하지만 뭔가 우울감이나 그밖의 정신적인 문제도 있지 않나 싶습니다.

단순히 생활습관의 문제라면 고치기가 그다지 어렵진 않습니다. 자신이 굳게 결심하고 조금씩이라도 습관을 교정해나가면 되니까요. 그러나 정신적인 문제가 있다면 전문적인 상담을 받아보시는 게 좋을 듯합니다.

아내와의 관계나 그밖의 결혼생활에 내재된 어떤 요인이 작용하고 있는지, 아니면 일과 관련해서 어떤 갈등이 있는지, 하는 것들을 정확하게 파악할 필요가 있기 때문입니다. 일을 뒤로 미루는 버릇이 있다고 했는데, 그런 버릇 역시 정신적인 갈등과 어느 정도 관계가 있습니다. 다라서 두 분이 함께 상의해서 전문적인 도움을 받아보시길 권합니다

아직도 철이 없는 걸까요

주변사람들로부터 철없단 말을 자꾸 들어 고민이라고 하신 30대 초반의 주부님께 편지를 보냅니다.

특히 남편과 친정부모님들로부터 핀잔을 자주 듣는다구요. "아이까지 있으면서 언제 철들래? 아이랑 같이 클 거니?"하는 말을 들을 땐 정말 속상하다고 하셨네요.

물론 자신이 생각해봐도 문제는 있는 거 같다구요. 아직도 여행을 가거나 하면 며칠 전부터 가슴이 설레고, 뭘 입을까 고민하느라 정신이 없는 식이라고 하셨어요. 그러다가 막상 여행이 기대에 못 미치면 온갖 짜증을 부리며 남편을 힘들게 한다구요.

무슨 기념일 같은 때도 시시하게 넘어가면 무지하게 화나고 스트레스를 받는다고 하셨군요. 그러면 또 남편한테 화내고 결국 크게 다투고 만다구요.

스스로 생각해도 자신이 너무 뭐든 받기만 바라는 타입인 것 같긴 하다구요. 남편한테 아직도 날 사랑하느냐, 아직도 내가 예쁘냐, 하는 질문들을 해대고 반응이 신통치 않으면 바로 삐치고 신경질내는 경우도 많다고 하셨네요. 자신이 정말 어린아이처럼 감정적으로 미성숙한 건지, 만약 그렇다면 어떻게 해야 하는지 알고 싶다고 하셨어요.

주변사람들, 특히나 가까운 사람들로부터 계속해서 어린애 같다, 철 없다, 하는 말을 듣는다면 어느 정도 그런 면이 있다고 봐야겠죠. 따라서 성숙해간다 어른이 돼간다는 게 뭔지 한번 깊이 생각해보시기 바랍니다.

성숙은 여러 가지 측면에서 정의가 가능하지만, 일차적으로 '타인에 대한 기대 수준'과 '의존성'의 측면을 생각해볼 수 있습니다.

아이는 타인에게 기대하는 게 많고 또 그만큼 의존적입니다. 아주 어린시절, 우린 조금만 배가 고파도 울고, 투정부리고, 부모가 조금만 관심을 안 가져줘도 화내고 삐치고 상처입고, 뭐든 뜻대로 해주지 않으면 난리를 피웁니다.

그러나 차츰 커가면서 자신의 힘으로 할 수 있는 일이 하나둘 생기게 되면 그만큼 타인데 대한 기대가 줄어들고 의존도도 줄어들기 마련이죠. 그렇게 해서 하나의 인격체로서 독립을 이루고 조금씩 성숙해가는 것입니다.

성숙을 그런 시각에서 본다면, 앞으로 어떻게 해나가야 할지 감이 잡히실 거예요. 단, 우리가 하루 이틀에 어른이 되지 않듯이 성숙하기 위해선 많은 노력과 시행착오가 필요하단 사실도 기억하셨으면 좋겠군요.

남편의 외도를 감당하기 힘들어요

남편의 외도로 오랫동안 고통을 당해오고 있다고 하신 분께 편지를 보냅니다.

시골에서 작은 농장을 경영하며 소박하게 살아가고 있다고 자신을 소개하셨군요.

어린 나이에 결혼해 아이가 셋이고, 그 아이들도 어느 정도 자라 이 젠 그런 대로 생활에 여유가 있는 편이라구요.

결혼 초엔 시어머니와 갈등이 몹시 심해 마음고생을 꽤 했다고 하셨네요. 다행히 이젠 연로하셔서 그런지 시어머니께서 전보다 많이 너그러워지셨다구요. 경제적으로도 간신히 조금씩 여유를 찾고 있는 형편이라고 하셨어요. 그런데 뜻밖에도 남편이 외도를 시작했다구요.

사정도 해보고 이혼하겠다고 으름장도 놔보고 해봤지만 별 소용이 없었다고 하셨네요. 오히려 술 마시고 와서 자기 일에 간섭한다고 폭력까지 휘두르는 상황이라구요. 조그만 동네라 소문나는 거 창피해서 그동안 어떻게든 혼자 해결해보려고도 애썼는데, 그렇게 되고보니 더욱 허탈하다고 하셨군요.

남편이 이젠 농장일도 나 몰라라 하며 바깥으로만 도는데, 어떻게 해야 할지 대처방법을 알고 싶으시다구요.

정말이지 안타까운 일이네요. 그런 문제를 해결하려면 가장 먼저 남편의 변화가 전제되어야 합니다. 그런데 지금 말씀하긴 걸로 미루어봐서 남편께서 하루아침에 맘을 돌릴 것 같지 않군요. 더 이상 참기 어렵다면, 남편과 그 문제에 대해 좀더 분명한 대화를 할 필요가 있습니다.

애기를 나눌 땐 우선 앞으로 남편이 어떻게 해줬으면 좋겠다는 바람을 구체적으로 전달하세요. 그리고 만약 남편께서 그렇게 못하겠다고 하면, 이편에서 어떻게 할지도 분명하게 밝히셔야 합니다.

그러기 위해선 물론 먼저 자신의 생각과 결심이 분명해야 하고 구체적으로 정리되어 있어야 합니다. 인내심을 가지고 남편이 포기하길 기다릴 것인지, 아니면 현재의 처지에서 과감히 벗어날 것인지 분명하고 확고한 결심이 먼저 서야 한다는 뜻입니다.

그렇게 자신이 먼저 결심하지 않는 한, 제삼자가 곁에서 조언하고 도와주는 것에는 한계가 있습니다. 어느 쪽이든 행동으로 옮기는 건 자신이지 남이 아니기 때문입니다. 이제까지 생활을 잘 돌이켜보시고 앞날을 예견해 신중한 결정을 내리시기 바랍니다.

24시간 남편과 지내기 힘들어요

얼마 전 남편과 함께 조그만 가게를 차렸는데, 그 후로 끊임없이 서로 싸우게 돼서 고민이라고 하신 분께 편지를 보냅니다.

결혼한 지 7년째인데 지금처럼 남편이 미운 적이 없다고 하셨네요. 자신은 결혼 전에도 사회생활 경험이 전혀 없고, 결혼한 후엔 집에서 아이들 키우고 살림만 해왔다구요.

남편이 회사를 그만두면서 어쩔 수 없이 작은 가게를 함께 하기로 했는데 아마도 그 결정 자체가 실수였던 거 같다고 하셨군요. 스물네 시간 함께 붙어 있다보니, 우선 그동안에는 보이지 않던 남편의 결점이 너무나 확연하게 눈에 들어오기 시작했다구요. 게다가 남편 역시 자신이 못마땅한지 하루 종일 뭐라 뭐라 잔소리를 하는 데는 정말 견디기가 힘들다고 하셨네요.

진심을 말하자면, 자신은 남편이 예전처럼 회사에 다니면서 벌어다 주는 돈으로 아이를 키우며 살림만 했으면 좋겠다구요. 아이들과 떨어지는 연습도 못해본 채 가까이 사는 친정어머니가 돌봐주고 계신데, 그런 아이들 생각만 하면 너무 안타깝고 마음이 아프다고 하셨어요. 그런 얘기를 조금이라도 비치고, 가게일이 힘들다고 하소연이라도 할라치면 남편은 금방 태도가 무섭게 변하며 화를 내니, 그때마다 싸움을 안 할 수가 없다구요.

이대로 가다가는 둘 사이가 원수처럼 되든가, 아니면 이혼이라도 하든가 할 거 같다구요. 그러고 싶진 않은데, 어떻게 하면 좋을지 모르겠다고 하셨군요.

안타까운 말씀이네요. 부부가 서로 스물네 시간 함께 지내기가 쉬운 일은 아니죠. 아무리 부부라도 서로 일정한 거리랄까 여백이랄까 하는 거 필요한데, 그게 안 되니 사사건건 자꾸 부딪치게 되는 게 당연합니다.

또 한 가지, 상담하신 분께 꼭 말씀드리고 싶은 게 있습니다. 바로 결혼생활을 보는 시각입니다.

우리는 흔히 결혼을 부부 사이의 이해관계로 보지 않으려는 경향이 있습니다. 그러나 사실은 결혼생활이야말로 어떤 면에서 가장 큰 이해관계가 얽힌 관계입니다. 그런데도 그걸 이해관계가 아니라고 생각하는 데서 문제가 생깁니다. 이해관계에는 분명 기브 앤 테이크의 법칙이 존재합니다. 그런데도 그 법칙을 무시하고 난 전혀 손해 안 보고 상대방에게서 받으려고만 하는 데서 갈등이 생기는 것입니다.

그러므로 먼저 자신이 혹시 결혼생활의 기본 룰을 무시하고 있지는 않은지 돌아보세요. 물론 남편의 경우도 마찬가지입니다. 서로 그런 문제를 터놓고 얘기할 기회를 만들어보세요. 그리고 가능한 두 분이 함께 마음을 합치는 쪽으로 이해관계의 틀을 새로 짜보시면 어떨까요?

아내에게 어쩌다 폭력을 휘둘렀어요

결혼하고 나서 처음이자 마지막으로 아내에게 폭력을 썼는데, 그 때문에 이혼 요구를 받고 있어 고민이라고 하신 분께 편지를 보냅니다.

계속되는 사업부진으로 회사가 문을 닫아 몇 달째 아내에게 생활비를 가져다주지 못한 게 화근이었다고 하셨군요. 계속되는 아내의 바가지를 견디다 못해 어느 날 결국 폭력을 휘두르고 말았다구요. 그렇다고 맨정신은 아니었고 술이 몹시 취한 상태에서 아내 뺨을 때리고 물건을 집어던지며 소란을 피웠다고 하셨네요. 그나마 술에서 깬 다음에 아내한테 얘기를 들었지, 자신은 기억에도 없다고 했군요.

결국 그날 이후 아낸 아이와 친정으로 가버리고 이혼하자고 하는데, 정말 괴롭기 짝이 없으시다구요.

지금껏 자신의 인생 목표는 성실하게 사는 거 한 가지였는데 일이 그렇게 꼬이고보니 사는 게 허무하고 대체 어떻게 대응해야 할지도 모르겠다구요.

아내가 원하는 대로 이혼해주고 싶기도 하다가 어떤 땐 대체 그런 사소한 일로 이혼이라니 말도 안 된단 생각이 들기도 했다가 갈팡질팡 혼란스럽기만 하다고 하셨어요.

대체 자신이 왜 그렇게 폭력을 휘둘렀는지 지금 생각해도 이해가 안 되고, 또 아내와 마찬가지로 용서가 안 된다고도 하셨네요. 앞으로 대체 어떻게 해야 할지 알고 싶으시다구요.

안타깝지만 자세한 얘기까진 알 수 없으므로 저 역시 결론을 말씀드리긴 어려울 것 같군요.

하지만 일차적으로 아내한테 폭력을 휘두른 건 치명적인 잘못이란 걸 아실 거예요. 변명의 여지가 없는 일이므로 일단 부인께 진심으로 사과하고 용서를 받는 길밖엔 없을 것 같네요. 그리고 자신이 왜 그런 행동을 했는지 모르겠다고 하셨는데 아마도 지나친 억압이 문제가 아닌가 싶군요.

평소 성실하게 살려고 노력했다는 말씀에서 어떤 타입이신지 대강 짐작이 갑니다. 이런 분들은 어릴 때부터 부모나 주위사람들의 기대를 저버리지 않기 위해 굉장히 노력합니다.

하지만 한번 그 억압이 터져나오면 걷잡을 수 없는 경우도 가끔 생겨납니다.

아가 결혼생활에도 나름대로 성실하셨을 거예요. 그런데 아내가 그걸 알아주기보다 당장의 생활고 때문에 잔소리를 하니까 그만 자신도 모르게 억눌려왔던 화를 폭발시키신 건 아닌지요.

아내한테 그 점을 이해시키시고 다시 한 번 화해를 시도해보세요. 그 대신 앞에서 처음이자 마지막이란 표현을 쓴 것처럼 이제부턴 어떤 상황에서도 절대로 아내나 아이, 그 누구한테도 폭력적인 대응을 해선 안 되겠죠. 그렇게 해서 두 분이 함께 노력하다보면 좋은 시간들이 올 거예요.

성격 차이를 극복할 수 있을까요

결혼한 지 3년 만에 아내와의 성격 차이를 극복하지 못하고 별거중인데 그래선지 무력감을 견디기 힘들다고 하신 분께 편지를 보냅니다.

아이 때문에라도 이혼만은 피하고 싶은데, 현재로선 아무런 시도도 하지 못하고 있는 형편이시라구요.

아버지에 대한 기억은 없고, 아주 어릴 때 어머니마저 여의고 그 후로 외할아버지와 단둘이 살아오셨다구요. 그 후 고등학교 때 외할아버지마저 돌아가신 후 완전히 혼자가 되어 역경을 헤치며 오늘날까지 살아왔다고 하셨네요. 자신의 처지가 워낙 적막강산이라 결혼 같은 건 생각하지도 않았다고도 하셨군요. 그러던 중 서른 중반의 나이에 아내를 만나 한눈에 반하는 바람에 결혼도 하고 가정을 갖게 됐다구요.

그 후 한동안은 그런대로 행복한 시절도 있었다구요. 하지만 시간이 흐르면서 싸움을 하는 날이 많아졌다고 하셨네요. 자신은 아내에게 어머니의 모성이랄까, 아무튼 따뜻하고 사려 깊은 애정을 원한 반면, 아내에게는 그런 면이 많이 부족했다구요. 나이가 어린 탓도 있었고 또 살아온 성장배경도 달랐기 때문이었던 것 같다구요. 성격도 자신은 내성적이고 안으로 파고드는 타입인 반면 아내는 활달하고 뭐든 밖으로 다 드러내놓길 좋아하는 타입이라고 하셨네요.

부부가 서로 기대치가 다른 경우 상담하신 분과 비슷한 고민을 하게 마련이죠. 게다가 성격도 극단적으로 다르다면 많은 문제가 불거져나오는 게 당연합니다.

처음에는 오히려 자신에게는 없는 상대방의 매력에 빠져 결혼하지만 막상 함께 살기 시작하면 사사건건 그 매력이 문제가 되어 싸움을 하는 경우도 많습니다.

상담하신 분은 우선 믿을 만한 사람에게 자신의 문제를 있는 그대로 자세하게 털어놓고 조언을 구해보시는 게 어떨까요? 꼭 조언을 듣지 않더라도 자기 속을 털어놓는 것만으로도 많은 위로와 도움을 받을 수 있을 것입니다.

내성적인 타입의 특징은 상처를 입으면 끝없는 무기력 속으로 추락한다는 것입니다. 성격상 좌절과 우울감을 극복하기가 쉽지 않기 때문입니다. 따라서 혼자 고민하지 말고 적극적으로 주변의 도움을 구해보세요. 그리고 부인과는 허심탄회하게 얘기를 나눠보세요. 아마 모르긴 해도 이제껏 자신의 마음속 생각을 부인께도 털어놓지 못했을 거라 짐작됩니다. 그러면서 아내가 날 이해하고 감싸주지 못한다고 원망만 한건 아닌지요?

혹시라도 그런 점이 없는지 돌아보시고, 만약 그렇다고 여겨지면 그런 깨달음까지 다 부인께 털어놓아보세요. 아마 부인께서도 그런 대화를 원하고 있는지도 모릅니다. 큰 싸움도 처음엔 작은 일이 빌미가 되듯, 화해하는 것도 사소한 이해가 실마리가 되어주기도 하는 법이랍니다. 따라서 먼저 두 분이 있는 그대로 자기 얘기를 다 털어놓는 데서 새로운 출발을 기대해보시면 어떨까요?

침묵의 커플이 돼버렸어요

언젠가부터 남편과 단둘이 있으면 거의 대화가 없어져서 고민이라고 하신 분께 편지를 보냅니다.

결혼생활 7년째로 접어들었고 아이가 유치원에 다닌다고 하셨어요. 그런데 남편과 나누는 대화라야 고작 아이에 관한 것뿐일 때가 많다구요. 남편 퇴근하고 돌아오면 저녁 먹고 그 자리에서 아이가 오늘 어쨌다는 둥 몇 마디하고 나면, 더 이상 서로 할 말이 없다고 했군요.

별 생각 없이 텔레비전 보다가 잠자리에 드는 게 고작이라구요. 남편이나 자신이나 서로 그다지 말이 많은 타입은 아니라고 하셨어요. 그래도 연애할 때나 신혼 초만 해도 서로 꽤 많은 얘기를 나눴던 거 같은데 요즘은 그렇지가 못하다구요.

이웃집 아주머니한테 그런 얘기를 했더니 서로 눈빛만 보면 모든 걸 다 알 만큼 살았는데 뭐 굳이 얘기가 필요하냐, 우리 부부도 꼭 필요한 얘기 외엔 안 하지만 불편한 거 없더라고 대답해 한바탕 웃었다고 했군요.

자신도 남편한테 불만이 있거나 한 건 아니라구요. 단지 부부라는 게 그토록 쉽게 할 말이 없어지는 사이라는 게 서운하다고 하셨네요.

결혼 전에 식당 같은 데서 중년 커플이 있으면 친구들과 저 커플은 부부, 저 커플은 수상한 관계, 하며 재미있어하기도 했단 말씀도 적어주셨군요. 그때 구분하는 방법이 둘이 서로 아무 말도 안 하고 열심히 밥만 먹으면 부부고 무슨 말인지 열심히 대화를 나누는 커플은 부부가 아니라는 식이었다구요. 그런데 자기가 지금 열심히 밥만 먹는 커플이 됐으니 기분이 묘하다고도 하셨군요.

재미있는 얘기네요. 아무튼 부부가 결혼한 지 7년쯤 되면 서로 할 말이 없어질 만도 하죠. 그동안 서로 어릴 때 옆집 강아지를 어떻게 괴롭혔는지 하는 것까지 시시콜콜 다 털어놓을 만큼 과거지사 얘긴 다 했고, 디래의 계획도 이미 충분히 다 얘기를 나눴을 테니까 말예요. 게다가 그야말로 상대방이 뭘 원하는지 눈빛만 봐도 알 수 있으니 굳이 말할 필요를 느끼지 못할 수도 있습니다. 정치나 경제 같은 거창한 시사 문제로 토론을 벌이기 전에야 굳이 할 말이 없을 수도 있다는 뜻입니다.

그래도 부부가 대화가 너무 없으면 사는 게 단조롭고 재미가 없죠. 그럴 땐 함께 어떤 이벤트 같은 걸 한번 꾸며보세요. 주말이면 함께 영화를 보러 간다든가 등산을 간다든가 하는 식으로 말이죠. 그러면 자연스레 영화 얘기를 안 할 수 없고, 산에 관한 얘기를 안 할 수 없죠. 대화란 한번 그렇게 물꼬가 트이면 계속 이어지게 마련이랍니다.

단 처음으로 사랑에 빠진 연인들 같은 그런 대화를 기대한다면 그건 무리겠죠. 그 대신 함께 살아온 세월만큼 서로 연륜과 믿음이 느껴지는 그런 대화는 가능할 거예요. 그걸로 충분하지 않나요?

남편의 낭만이 문제예요

남편의 꿈에 동조하기가 어려워 여러 가지로 괴로움을 겪고 있다고
하신 분께 편지를 보냅니다.

남편의 오래된 꿈은 서울생활을 청산하고 시골에서 사는 거라구요.
좋게 말하면 전원생활의 낭만을 꿈꾸는 건데, 자기로선 그럴 맘이 전
혀 없는 게 문제라고 했군요. 진짜 문제는 마침내 남편이 그 꿈을 실현
하기로 결심한 거라구요.

회사가 어려워져서 부득이 퇴직을 해야 하는 건 백번 이해한다고 하
셨어요. 하지만 아직 마흔도 안 된 나이에, 마치 은퇴라도 하는 사람처
럼 시골생활을 감행하려고 하는 건 도저히 찬성할 수 없다고 했군요.
서울에서 작은 가게라도 하나 내서 더 돈을 모은 다음 나중에 정말 나
이가 들면 그때 가서 편안하게 전원생활도 하며 노후를 보내자고 아무
리 설득해도 소용이 없다구요.

남편은 시골에서도 얼마든지 자립해가며 살 수 있는 복안이 있으니
자길 믿고 따라줬으면 좋겠다고 하지만 그걸 믿을 수도 없다고 하셨네
요. 아이들 교육문제도 따졌지만 소용이 없었다구요. 남편은 오히려
시골에서 풍성한 자연과 함께 자라는 게 아이들한테도 더 좋다며 막무
가내라구요.

너무 속상해서 이혼하자는 말까지 꺼냈지만, 정말 그럴 생각은 없는

데 어떻게 하면 좋을지 모르겠다고 하셨네요.

부부가 서로 꿈이 다르다는 건 성격이 다른 것만큼이나 불운한 일입
니다. 부부가 서로 같은 곳을 바라보며, 같은 생각을 하고, 힘을 합쳐
꿈을 향해 나갈 수 있다면 더 바랄 게 없기 때문이죠. 하지만 과연 이
세상에 그런 행운의 별을 타고난 커플이 얼마나 될까요? 잘은 모르겠
지만 아마 손에 꼽을 정도로 얼마 안 되리란 건 분명합니다. 그러니 내
게 그런 행운이 없다고 불평해봤자 소용없습니다. 그렇다고 부부가 늘
반목하며 살아갈 수도 없죠. 그러지 않기 위해서 가장 좋은 방법은 서
로 협상의 기술을 발휘해 타협하고 양보하며 중용의 길을 가는 것입니
다. 하지만 그게 말처럼 쉽지만은 않죠. 그러다보니 결국 어느 한쪽이
맘을 바꿔 상대방에게 동조하고 힘을 합쳐주는 수밖에 없을 때가 많습
니다.

문제는 그 다음에도 일어납니다. 어쩔 수없이 맘을 바꾸긴 했어도
계속해서 불평하는 생각이 남아 있으면, 그게 불씨로 남기 때문입니
다. 따라서 맘을 바꾸기로 했으면 철저하게 바꿔서 자신을 변화시키는
도리밖에 없습니다. 저로선 어떻게 맘을 정하라고 말씀드릴 순 없습니
다. 하지만 제 말씀의 뜻은 이해하셨으리라 생각합니다.

남편의 꽁한 성격을 고치고 싶어요

결혼한 지 3년차인 주부이신데 남편과 감정의 응어리를 풀지 못해 괴롭다고 하신 분께 편지를 보냅니다.

남편과는 성격이 극단적으로 다르다고 하셨어요. 자신은 싸우고 나서도 뒤끝이 없는 편이라구요. 그래서 서로 등 한번씩 두드려주는 걸로 싸움을 끝냈으면 하고 바란다고 하셨네요.

실제로 얼마 전까지는 자신이 먼저 나서서 남편 비위를 맞추고, 미안하다고 사과도 먼저 하는 편이었다구요. 그러면 남편은 마지못해 동의를 하는 식이었다고 했군요. 하지만 얼굴이 피기까지 최소한 2, 3일은 걸릴 만큼 꽁한 성격은 어쩌지 못해 자신이 못 본 척 넘어가곤 했다구요. 하지만 이젠 자신도 지쳐서 싸우고 나서도 자신이 먼저 풀기가 싫어졌다고 하셨네요.

남편은 예나 지금이나 감정표현을 거의 안 하고 대신 눈치만 살피다가 이편에서 기분이 나쁜 거 같으면 아예 아무 말도 안 하고 도리어 자신이 화난 사람처럼 굴기가 예사라구요. 그러다가 싸움이 커지면, 그제야 내가 바람을 피우냐, 술을 마시고 늦게 들어오냐, 대체 뭐가 그렇게 못마땅하냐, 하고 나온다고 했군요. 그게 아니라 평소에 좀 자상하게 대화도 나누고 싸우고 나서도 꽁하지 말고 대범하게 굴면 안 되느냐고 하면, 자긴 그렇게 생겨먹었으니까 내버려두란 말만 한다구요.

236

어떤 상황에 놓이셨는지 충분히 이해합니다. 우선 우리나라 남편들 치고 아내에게 자상하게 감정표현하는 데 익숙한 사람이 거의 없단 말씀부터 드려야겠네요. 아마 상담하신 분의 남편께서도 전형적으로 감정표현에 서툰 타입이 아닌가 싶군요.

물론 서툴더라도 그 때문에 아내가 괴로워한다면 남편께서도 그런 사실을 알고 함께 노력해나가야겠죠. 남편이 그렇게 노력해나가기 위해선 정확하게 무엇을 어떻게 노력해야 할지 아내가 구체적으로 알게 해줘야 합니다. 뭘 어떻게 해야 할지 알아야 실천도 할 수 있으니까요.

그런 걸 일일이 설명해줘야 한다니 구차하고 부담이 느껴질지도 모르겠네요. 하지만 그런 생각은 하실 필욘 없습니다. 의사소통이란 우선 정확하게 전달하는 게 기본이니까요. 그래야 서로 정확하게 하고 싶은 얘기도 나눌 수 있게 되는 것입니다. 그리고 자신도 노력해야 합니다. 내가 아무 말 안 해도 그 정도는 내 맘을 알아야 하는 거 아니냐는 생각은 하지 마세요. 그건 기적을 바라는 거나 마찬가지랍니다.

아내와 이야기 나누기가 겁나요

결혼한 지 3년째인데 이상하게 아내와 얘기만 나누면 영락없이 죄책 감은 떠안게 돼 괴롭다고 하신 분께 편지를 보냅니다.

아내는 스스로 대단히 이성적이고 똑똑하다고 자부하는 타입이라구요. 결코 큰 소리로 화를 내거나 자잘하게 잔소리하며 바가지를 긁는 법도 없다고 했군요. 하지만 자신은 언제부턴가 그런 아내와 얘기를 나누는 게 괴롭고 거의 두렵기까지 하다구요. 분명 아내는 차근차근 자신의 생각을 털어놓는데, 얘기를 길게 듣다보면 결국 자신이 큰 죄 라도 지은 사람처럼 되고 만다고 하셨어요. 그러면 허둥지둥하며 아내 말에 따르게 되는데, 그때마다 묘하게 뭔가가 맘에 걸리며 아주 불쾌 한 기분에 빠지게 된다구요.

아내 말을 들어보면 잘못은 온통 자신이 다 저지르고 아내는 그 뒷 수습을 하느라 맘고생이 이만저만이 아닌데 사실은 자신이 그렇게까 지 뭘 잘못하고 있다고는 생각지 않는다고 하셨네요. 그런데도 아내의 교묘한 말솜씨에 넘어가 번번이 죄책감을 느끼게 되는 건 왜인지 모르 겠다구요. 앞으로 계속 그런 상황이 이어진다면 결혼생활 자체에 회의 를 느끼게 될 것 같은데 어떻게 해야 할지 난감하다고 하셨군요.

딱한 처지에 놓이셨네요. 이 세상엔 어떤 방법을 동원해서라도 상대방을 자기 맘대로 조종하려는 욕구가 특별히 강한 사람들이 있죠. 결코 큰 소리 내는 법이 없지만 무슨 일이나 끝내는 자기 맘대로 끌고가는 사람들 중에 그런 조종형의 사람들이 많습니다.

자세한 건 알 수 없지만 아마도 부인께선 남편을 조종하는 방법으로 죄책감을 이용하고 있지 않나 싶습니다. 그러므로 일단 자신이 진짜 뭘 잘못해서 일일이 지적당하고, 또 죄책감을 느끼는 건 아니란 사실을 제대로 알 필요가 있겠죠. 그러면 지금보다 훨씬 편한 맘으로 부인과 대화를 나눌 수 있을 거예요. 부인께서도 그런 성격적 측면을 갖게 된 데는 어떤 원인이 있을 것입니다. 따라서 그 점을 이해하려고 노력할 필요도 있겠죠.

상대방에 대해 이해하고 배려하려는 노력보다 더 소중한 건 없습니다. 아내의 태도 때문에 화나고 지친 기분도 들겠지만, 그런 성격적 특징들을 이해하고 좀더 배려하다보면 부인께서도 차츰 달라질 것입니다.

우리 주변엔 부부가 서로 상대방을 조종하기 위해 파워게임을 계속하는 예가 많습니다. 하지만 그런 상황이 계속되다보면 생각보다 많은 걸 잃을 수 있답니다. 부인과는 그 점에 대해 좀더 진솔하고 깊은 대화를 나눠보시면 어떨까요?

예비사위에게 지나치게 의존해요

결혼을 앞두고 있는데 어머니가 사위 될 사람에게 지나치게 의존하는 거 같아 고민이라고 하신 분께 편지를 보냅니다.

부모님이 이혼한 후로 어머니와 동생과 함께 살아오고 있으시다구요. 그런데 막상 자신이 결혼한다고 하자 어머니가 많이 약한 모습을 보여 속이 상하다고 하셨네요.

우선 혼수비용 때문에 어머니 걱정이 많으시다구요. 남자친구와는 오래 교제해온 처지라 서로 사정을 잘 알기 때문에 그냥 할 수 있는 데까지만 하자고 얘기가 다 된 상태라구요. 어머니한테도 그동안 자신이 모아놓은 얼마간의 돈으로 결혼식을 치를 거니까 아무 걱정하지 말라고 말씀을 드렸다고 했군요. 그런데도 어머닌 혼사란 그런 게 아니라며 남자친구를 붙잡고 어떻게 했으면 좋겠냐고 하소연을 하고 하신다구요. 대체 왜 그러시냐고 하면 사위와 무슨 의논도 못하냐며 섭섭해하며 자리에 눕곤 하신다구요. 그러면서 헤어진 아버지께 가서 혼수비용을 받아오면 어떻겠느냐고 하는데, 돈을 줄 분도 아니지만 자신도 그럴 맘이 조금도 없다고 하셨군요.

부모님이 이혼하는 과정에서 너무 심하게 마음고생을 했기 때문에 또다시 그때처럼 될까봐 그것도 두렵다고 하셨어요.

자신은 비록 부모님도 이혼하시고 집도 가난하긴 하지만 스스로 잘

자랐다고 자부해오고 있었다구요. 실제로도 남들에 비해 무엇 하나 모자란 게 없다고 여기는데, 어머니 때문에 오히려 문제가 생긴다고 생각하니 원망스러운 마음마저 든다구요. 어머니의 의존성을 모르진 않지만 여러 가지로 맘이 아프다고 하셨네요.

어떤 상황에 놓였는지 충분히 이해가 갑니다. 하지만 지나치게 염려할 일도 아니란 생각도 드는군요. 남자친구 집안에서 무리한 혼수를 요구하는 것도 아니고, 남자친구 역시 현재의 사정을 잘 알고 모두 이해를 하고 있는 거 같으니까요.

사실 그런 현실적인 문제 때문에 심한 갈등을 겪다가 끝내 파혼으로 이어지는 경우도 많습니다. 문제는 그동안 성장과정에서 겪은 여러 가지 부정적인 경험으로 인해 부모님에 대해 쌓여 있던 감정들이 결혼을 앞두고 터져나오기 시작했다는 점이 아닐까 싶네요. 가능한 한 어머니의 문제와 자신의 문제를 분리해서 생각하고 행동할 수 있도록 노력해 보세요.

물론 어머니가 사위 될 사람을 붙잡고 하소연하시는 게 딸로선 속상한 일이죠. 하지만 그건 말씀하신 것처럼 어머니께서 의존적인 성향이 강한 탓이라고 여기고 이해해드리세요. 그 대신 결혼한 후엔 서로 독립된 생활을 해야 한다는 것도 이해시켜 드릴 필요가 있을 것 같군요.

큰애가 독점욕이 너무 강해요

여섯 살 된 큰애가 지나치게 엄마에 대한 독점욕이 강한 거 같아 고민이라고 하신 분께 편지를 보냅니다.

약간 터울이 져서 둘째가 태어나는 바람에 가족들의 관심이 둘째에게 더 쏠리긴 했다구요. 그게 이유인지 모르겠지만, 아무튼 큰애의 행동이 지나친 건 분명한 것 같다고 하셨어요.

집에 있을 땐 한시도 엄마 곁에 붙어서 떨어질 생각을 안 한다구요. 둘째가 겨우 걸음마를 하기 때문에 한시도 눈을 떼기가 힘든데, 큰애마저 감겨들어 너무 힘이 든다고 하셨군요. 큰 소리로 야단도 쳐보고 어떤 땐 매를 들기도 해보고, 아이 이모를 불러서 함께 놀도록도 해봤지만 아무 소용이 없었다구요. 그저 온종일 칭얼대며 떼쓰고 고집 피우고, 뭐든 제 맘대로 하려고 들어 얼마 전엔 아예 제 방에 한 시간 넘게 가둬둔 적도 있다고 하셨네요.

게다가 유치원에서도 선생님 말씀이 아이들하고 잘 어울리지 못하고, 뭘 시켜도 멍하니 있을 때가 많다고까지 해 너무 속이 상하다구요. 그때마다 집에 오면 야단도 쳐보고 달래도 보고 하지만 아이가 말을 잘 알아듣는 것 같지도 않다고 하셨군요. 그저 엄마 곁에 붙어서 아무 일도 못하게 하니 어떻게 해야 할지 모르겠다구요. 남편은 아이를 유치원에 보내지 말라고만 하는데, 그러면 정말 자신이 쉴 시간이 없어서 그럴 수도 없고 난감하다고 하셨어요.

아이가 정서불안 상태에 있지 않나 싶군요. 아이가 엄마와 한시도 떨어지지 않으려고 하는 데는 몇 가지 원인이 있을 수 있습니다.

말씀하신 것처럼 뒤늦게 동생이 태어나는 바람에 엄마의 관심이 멀어졌다고 여겨 그럴 수도 있고, 성격적으로 타고난 독점욕이 강한 아이일 수도 있습니다.

그러나 가장 큰 원인은, 뭔가 엄마의 애정에 대한 불안과 불신감 때문인 경우가 많습니다. 엄마가 날 사랑하지 않는다는 생각에 엄마의 사랑을 자꾸 확인해보려고 들고, 또 사랑을 잃지 않도록 노력해야 한다는 생각이 독점욕과 정서불안을 가져오는 것입니다. 아이가 떼를 쓴다고 매를 들거나 혼자 방에 가둔다거나 하는 건 매우 좋지 않은 방법입니다. 오히려 더 심하게 정서장애를 가져올 수도 있으니까요.

그브다는 조금 힘들더라도 엄마의 사랑을 충분히 느끼게 해줘보세요. 아이 아빠나 다른 가족들도 마찬가지입니다. 둘째 때문에라도 엄마를 대신해 큰애에게 훨씬 많은 관심과 사랑을 주어야 한답니다. 그런데도 정서불안 상태가 계속된다면 엄마와 아이가 함께 전문적인 상담을 받아볼 것을 권합니다.

매를 드는 정도가 심각해요

두 아이를 둔 어머니인데 언제부턴가 아이들에게 자꾸 매를 들게 돼 고민이라고 하신 분께 편지를 보냅니다.

남편과는 중매로 결혼해서 그런지, 그럭저럭 밋밋한 결혼생활을 해오고 있다고 하셨군요. 그래도 첫 아이가 태어날 때까지는 가끔 행복하다는 기분도 느꼈던 것 같다구요. 하지만 연년생으로 아이들을 키우면서는 늘 바쁘고 짜증스러울 때가 많다고 하셨네요. 그래서는 물론 아닌데, 언제부턴가 아이들이 말을 듣지 않으면 미친 듯이 화가 나기 시작했다구요.

어떤 땐 자신도 모르게 거의 히스테리 상태에 빠져 아이들을 마구 때릴 때도 있다고 했군요. 특히 이제 겨우 유치원에 다니기 시작한 큰애한테 더 손을 많이 대고, 한번 그런 상태가 되면 자신의 힘으로는 분노가 도저히 제어되지 않을 정도라고 하셨어요.

그때마다 자신을 용서할 수 없을 정도로 깊은 죄책감에 빠지고, 다신 그러지 말아야지 하고 수없이 결심하지만, 막상 또 똑같은 일을 저지르곤 하니 어떻게 해야 할지 모르겠다구요.

그렇다고 아이들을 사랑하지 않는 것도 아닌데 왜 그러는지 정말 알 수가 없다고도 하셨군요.

정말 마음 아픈 얘기네요. 더구나 주기적으로 비슷한 사연이 있는 걸 보면 안타까움이 더합니다. 자세한 건 알 수 없지만, 어머니의 맘속에 공격적인 분노의 감정이 많이 쌓여 있는 것 같습니다. 그걸 아이들한테 쏟아놓는 건 아닌지요.

남편과의 관계나 결혼생활 그 자체, 아니면 아이양육이나 그밖의 일들로 자주 갈등과 좌절을 겪고 있지는 않은지 한번 찬찬히 돌아보세요. 그로 인해 생겨나는 분노의 감정이나 적개심을 표현하지 못하고 가슴속에 차곡차곡 담아두고 있지는 않은지 하는 것두요.

만약 그렇다면 그건 언제 터질지 모르는 시한폭탄을 안고 사는 거나 다름없답니다. 그리고 그걸 터뜨릴 가장 만만한 대상이 아이들이 되는 건 불 보듯 뻔한 일이구요. 그리하여 아이들이 사소한 일로 말을 듣지 않는다거나, 짜증스런 행동을 한다는 걸 빌미로 손찌검을 하게 되는 것입니다.

스스로를 용서할 수 없을 정도로 깊은 죄책감을 느낀다고 하셨는데, 어쩌면 당연합니다. 자신도 아이들한테 잘못이 없다는 걸 너무나 잘 알고 있기 때문이죠. 아직 어린아이들에게 폭언을 하거나 폭력을 행사하는 건, 그 아이의 일생에 지우기 힘든 상처를 남깁니다. 그걸 알면서도 분노가 제어되지 않는다면, 일단 전문적인 상담을 받아보시는 게 좋을 듯합니다. 계속 방치하면 자신뿐 아니라 아이들의 정신건강에도 위협이 되기 때문입니다.

아이들과도 헤어져야 하나요

결혼한 지 6년 만에 남편과 헤어졌는데, 아이문제 때문에 고민이 많다고 하신 분께 편지를 보냅니다.

6년 동안 결혼생활을 하면서 많이 참고 이해하고, 힘든 길을 헤쳐왔다고 하셨어요. 무엇보다도 아이 때문에 그 모든 괴로움을 참으려고 애써오셨다구요. 그러다가 도저히 더 이상은 견디기 힘들다는 판단에, 아이를 시부모님께 맡기고 집을 나와 남편과 별거를 하게 됐다구요.

집을 나올 때 아이한테 제대로 충분한 설명을 해주지 못한 것도 너무 안타깝다고 하셨어요. 아이는 일곱 살이지만, 설명해주면 다 알아듣고 엄마 처지를 이해해줬을 텐데, 그러지 못해 너무나 맘이 아프시다구요. 친정식구들은 아이가 클 때까지 볼 생각을 하지도 말라고 하는데, 그게 진정 아이를 위하는 길인지도 잘 모르겠다구요.

시누이가 전화해서 아이가 우리 엄마 죽었느냐며 운다고 하는데, 아이 생각만 하면 너무 맘이 아프지만 남편과 다시 살고 싶은 생각은 없다고 하셨네요.

맞벌이를 하면서도 아이에게 최선을 다했고, 자기 전엔 늘 책을 읽어주는 등, 너무 친한 모자지간이었다구요. 지금 그 아이가 너무나 보고 싶은데, 과연 어떻게 처신하는 게 옳은지 알고 싶다고 하셨어요.

우선, 남편과 헤어지는 거지 아이와 헤어지는 건 아니란 말씀부터 드려야 할 것 같습니다. 따라서 아이를 만나는 문제 때문에 지나치게 갈등하진 마세요.

남편과 헤어지더라도 아이와는 지속적인 관계를 갖는 것이 아이를 위해 크게 도움이 됩니다. 아이는 어른들의 문제 때문에 자신이 엄마와 만나지 못한다는 사실을 이해하지 못합니다. 오히려 자신이 뭔가 사랑받을 만한 가치가 없어서 버려졌다고 생각하는 경우가 훨씬 많습니다. 그럴 경우 평생 상실감과 열등감을 안고 살아가게 마련입니다. 또한 자신을 버린 부모에 대한 분노의 감정 때문에 스스로 원하지도 의도하지도 않은 죄책감에 시달리는 경우를 임상에서 너무 많이 봅니다.

굳이 아이에게 그런 상실감과 열등감, 죄책감을 심어줄 필요가 있을까요? 그보다는 자연스럽게 만나면서, 아이로 하여금 자신이 언제 어디서나 누구한테서든 사랑받을 가치가 충분한 존재란 사실을 알게 해주는 편이 바람직합니다.

우린 누구도 과거로 돌아갈 수 없습니다. 그러나 과거에 대한 책임을 회피해서도 안 됩니다. 그런 점에서라도 아이와의 관계는 지속하는 게 옳다는 게 제 개인적인 견해입니다.

아이의 과격한 표현이 걸려요

여섯 살짜리 아들이 대단히 공격적인 표현을 쓰곤 해서 고민이라고 하신 분께 편지를 보냅니다.

유치원 선생님들로부터 아들애가 또래답지 않게 표현력도 매우 뛰어나고, 논리적이며, 사용하는 어휘수도 많다는 얘길 자주 들어오셨다구요. 말을 배우면서부터 언어적인 면에 두드러진 발달을 보인 건 사실이라고 하셨어요. 주변에서도 아이가 어쩌면 그렇게 말을 잘하느냔 말을 자주 들어왔다구요. 그때마다 아이가 똑똑하다는 칭찬이 뒤따라 기분이 나쁘지 않았다고 하셨군요.

그런데 언제부턴가 유치원이고 집에서 섬뜩한 표현을 해서 고민이 되기 시작했다구요. 예를 들어, 만화에 등장하는 인물이 맘에 안 들면 칼로 찔러 죽인다든가, 한쪽 어깨가 떨어져나갔으면 좋겠다든가, 하는 식의 말을 해 너무 깜짝 놀랐다고 하셨네요.

평소 또래 친구들과도 잘 어울리고, 성격도 밝고 적극적인 편인데, 어떻게 그런 표현들을 할 수 있는지 이해가 안 된다구요. 더욱 놀라운 건 아이가 하는 식의 말들을 하는 사람들이 집에 아무도 없는 점이라고 하셨어요. 도대체 아이가 어디서 그런 얘기들을 듣고 흉내내는지 알 수가 없다구요.

밑에 남동생이 있어 가끔 비교대상이 되곤 하는데, 심한 편은 아니지만 혹시 그것 때문에 스트레스를 받는 건지도 궁금하시다구요.

일반적으로 아이들은 어른들과는 달리 자신이 느끼는 감정을 매우 원색적으로 표현합니다. 따라서 아이가 부모도 깜짝 놀랄 만큼 공격적인 표현을 쓴다면 분명 타당한 이유가 있을 거예요.

특히 아이들이 분노반응을 보이는 건 대부분 그 부모에 대한 애정욕구가 좌절되거나, 혹은 애정상실에 대한 두려움 때문인 경우가 많습니다. 어째서 그런 두려움과 불안을 느끼는지는 여러 가지 원인이 있을 수 있구요.

우선 부모에게 그 원인이 있을 수 있겠죠. 앞서도 말씀드린 것처럼 뭔가 사랑받고자 하는 욕구가 채워지지 않는다든가 하는 등등. 그밖에도 경쟁해야 할 형제 사이의 관계 때문일 수도 있고, 유치원이나 학교에서 받는 스트레스가 원인일 수도 있습니다. 따라서 아이에게 중요한 주변인물들과 아이가 어떤 관계에 놓여 있는지 세밀하게 알아볼 필요가 있을 것 같군요.

어머니 혼자서 감당하기 힘들다면 가까운 소아정신과에 상담을 받아보시는 것도 한 방법입니다.

아버지 때문에 친정 가는 게 싫어요

결혼한 뒤에도 친정아버지 때문에 여러 가지로 마음고생이 심해 괴롭다고 하신 분께 편지를 보냅니다.

결혼 전까지 어머니에게 폭력을 휘두르는 아버지를 보고 자랐다고 하셨군요. 어머닌 그때마다 자식들 보고 산다며 지금껏 참아오셨다구요. 아버진 도박만 빼고 세상에서 나쁘다고 하는 건 다 하며 살아오신 분이라고 하셨네요. 그 때문에 어머니 혼자 생활을 책임지셨고, 자신과 동생들은 경제적으로도 아주 힘든 성장기를 보내야만 했다구요.

자신이 어린 나이에 일찍 결혼한 것도 하루라도 빨리 집에서 독립하고 싶어서였다고 했군요. 다행히 남편은 능력도 있고, 착하고 좋은 사람이어서 별 어려움 없이 살아오고 있다구요.

그런데 결혼하고 맞는 첫 명절이라 이번 설에 친정엘 갔다가 결국 보지 말아야 할 모습을 보고 말았다고 하셨네요. 아버지가 사위 앞에서 술주정에 폭력을 쓰고, 동생들한테도 내가 너희들 고등학교까지 보냈으니 그 값을 내놓으라고 소리소리 지르는 등 그런 소동이 없었다구요.

남편은 이해한다고 했지만 자신은 너무 자존심 상하고, 어머니 생각만 하면 마음이 아프고, 동생들도 가엾고, 어떻게 해야 할지 모르겠다고 하셨군요. 아버지한테 너무 화가 나서 앞으로 영원히 친정엔 가고 싶지 않지만 그럴 수도 없고, 결국 아무 죄 없는 남편한테 공연히 짜증을 부리고 있는 형편이라구요.

안타까운 얘기네요. 화가 나는 것도 당연하구요. 자신과 가족들이 아버지 때문에 희생하며 살았다고 여기고 있는데, 오히려 아버지가 자식에게 키우고 가르친 값을 받아내야 한다고 하시니 화가 날 수밖에요.

그러나 아무리 부모자식 사이라도 누구나 자기 입장에서 자신이 잃은 것에 대해서만 더 깊이 생각하는 게 사람 맘이랍니다. 그렇게 생각하고 아버지를 향한 분노를 추스르시기 바랍니다. 더구나 이제 와서 그런 아버지의 성격이 바뀌길 기대하기 어렵다는 건 아마 잘 알고 계실 거예요. 자식들을 위해 참고 고생해오신 어머니를 생각해서라도 친정과 아주 왕래를 끊진 말아야겠죠.

그 대신 이제 결혼도 했고, 원하던 독립도 이뤘으니까, 아버지에게 쌓인 원망들은 털어버리세요. 동생들한테도 각자 독립된 생활을 꾸려갈 수 있도록 노력하는 격려의 말을 들려주시구요.

그런 다음 이제부터 자신의 결혼생활이 어떻게 하면 더 행복해질 수 있을지, 하는 것에 더 많은 에너지를 투자해보세요. 아마 어머니께서도 그렇게 해서 딸이 행복하게 잘 살기를 무엇보다 바라실 테니까요.

아버지가 알코올중독이에요

알코올중독에 폭력적인 아버지로 인해 가족 모두가 고통을 당하고 있다고 한 여학생에게 편지를 보냅니다.

아버지가 술만 마시면 난폭해지는 건 말할 것도 없고, 술을 안 마셨을 때도 자식들한테 심한 잔소리나 욕을 할 때가 많으시다구요.

게다가 어머니한텐 의처증 증세까지 보이고 있다고 했군요. 어릴 땐 그래도 참으며 지내왔지만, 이젠 자신이나 동생들도 다 컸고 해서 견디기가 점점 힘들어지고 있다구요. 더군다나 그런 문제로 어머니를 괴롭힐 땐 더 참기가 힘들다고 했네요. 어머니가 하다못해 세탁소 아저씨와 얘기하면서 조금 큰 소리로 웃기만 해도 의심하는 말을 하며 폭력을 휘두를 땐 정말 죽고 싶은 기분이라구요.

잔소리 많고 폭력적인 성격은 남들한테도 마찬가지여서 회사도 오래 다니지 못하고 이리저리 옮겨 다니더니, 지금은 아예 어머니한테 생활 전체를 기대고 있는 형편이란 말씀도 했네요.

다행인지 불행인지 자신은 대학에 입학하면서 기숙사생활을 하고 있지만, 어머니와 동생들을 생각하면 공부도 잘 되지 않고 어떤 땐 잠도 오질 않는다구요.

어머닌 자식들 혼사가 남았는데 어떻게 이혼하겠냐고 하지만, 자식들로선 어머니가 이혼하시는 게 더 자신들 앞날에 좋을 것 같단 얘기도 몇 번이나 나눴다고 했군요.

알코올중독과 가정 내 폭력, 의처증은 대체로 함께 따라다니는 정신과적 문제입니다. 집안에서 아버지가 그 중 어느 한 가지 증상만 갖고 있어도 온 가족이 보통 괴로운 일이 아니죠. 그런데 지금처럼 여러 가지 문제가 겹칠 경우 가족들이 받는 고통은 말로 다 표현할 수 없습니다. 그걸 견디기 힘드니까 어머니가 이혼했으면, 하고 바라는 심정도 충분히 이해가 갑니다.

그러나 어머니가 원하시지 않는다면 자식들이 이혼을 강요할 수 있는 문젠 아닙니다. 따라서 식구들이 힘을 합쳐 아버지로부터 자신들을 보호할 수 있는 방법을 찾아내보도록 하세요. 예를 들어 폭력을 휘두를 때를 대비해 가까운 이웃이나 친척어른 중에 재빨리 연락할 수 있는 분을 미리 정해놓는 것도 한 방법입니다.

그리고 아버지의 행동에 일일이 과민하게 반응하지 마세요. 그보다는 더 나쁜 상황에 놓일 수도 있으니까요. 그리고 때가 되면 아버지로부터 완전히 독립하는 방법도 생각해볼 수 있겠죠.

남편과 아들 사이가 안 좋아요

남편과 아들이 사이가 좋지 못해 고민이라고 하신 주부님께 편지를 보냅니다.

아이가 초등학생일 때만 해도 그다지 문제가 없었다고 하셨어요. 그런데 중학생이 되고 사춘기가 되면서 크고 작은 말썽을 일으키기 시작했다구요. 쭉 공부도 잘하고 학교생활도 모범적인 아이였는데, 지금은 엉뚱한 행동으로 선생님들을 곤란하게 해서 여러 번 어머니가 학교에 불려갔다고 하셨네요.

예를 들자면, 시험성적도 들쭉날쭉인데, 그게 어떤 땐 아주 뛰어난 성적을 보이다가고, 다음번엔 무슨 생각에선지 백지로 답안을 제출해 선생님들이나 엄마 아빠를 기겁하게 만드는 식이라구요. 왜 그랬느냐고 하면 그냥 별로 시험볼 기분이 아니어서, 하는 대답이 전부라고 했군요. 그때마다 남편이 미친 사람처럼 아이한테 화를 내서 자신의 입장이 더 곤란하다구요.

그렇다고 흔히 말하는 비행청소년 타입도 아니라고 했군요. 단지 자기는 계획적인 타입이 못 되니 뭘 하든 저 하고 싶은 대로 내버려둬 달라, 그러면 알아서 잘할 테니 제발 이래라 저래라 참견만 하지 말아 달라고 한다구요. 반면에 남편은 평소 자로 잰 듯이 생활하는 사람이라고 하셨어요. 조금이라도 비합리적이고 비이성적인 태도는 용납하지 않는 타입이라 아이와 더 자주 충돌을 일으키는 것 같다구요. 그러다가 부자지간에 반목의 골이 깊어져 끝까지 불화하면 어쩌나 하는 생각에 노심초사하느라 요즘은 잠도 제대로 오지 않는다고 하셨네요.

아무래도 아버지와 아들의 성격이 극단적으로 다른 타입이 아닌가 싶군요. 그러면 대개 어느 부자지간이라고 해도 충돌을 피하기 어렵죠. 말씀하신 것처럼 남편께서 지극히 이성적이고 합리적인 타입이라면 아들은 감각적이고 비합리적인 타입의 전형이 아닌가 싶군요. 그러면 대개 이성적인 타입이 감각적인 타입을 견뎌내지 못하죠.

감각적이고 비합리적인 타입은 대개 예술가 기질을 타고난 경우가 많습니다. 섬세하고 직관력도 빠르고 자유분방하다고나 할까요. 아들이 이런 타입이라면 요즘 우리나라의 교육풍토에 적응하지 못하는 것도 당연합니다. 하지만 자신의 기질과 재능에 부합하는 일을 찾는다면 얼마든지 성공할 수 있는 타입이기도 하답니다. 따라서 남편께 바로 그 점을 이해시키면 어떨까요? 단지 성격적으로 자신이 견뎌내기 어렵다고 해서 그게 곧 아이가 비뚤어졌다거나 잘못된 건 결코 아니라는 사실을 납득시키는 것입니다.

두 사람이 서로 불화하는 것도 그런 성격적 특질 때문이란 사실을 이해한다면 그다지 노심초사할 필요는 없을 거라 생각됩니다. 물론 아버지와 아들에게 각기 그런 사실들을 설명해주고 서로를 받아들일 수 있도록 중간에서 조정자 역할은 하셔야겠죠. 게다가 사춘기 아이들은 부모의 이해를 절대적으로 필요로 한답니다. 그 점도 간과해선 안 되겠죠.

아이의 잠버릇이 이상해요

올해 초등학교에 입학한 딸이 엄마의 머리카락에 지나친 애착을 보여 고민이라고 하신 분께 편지를 보냅니다.

갓난아기 때부터 몹시 예민한 아이였다구요. 자주 보채고, 울고, 밤이면 잠도 깊이 못 자서 늘 엄마 속을 태웠다고 하셨어요. 그런데 언제부턴가 잠들 때 엄마 머리카락을 만지면서 잠이 드는 버릇이 생겼다구요. 잠결에도 엄마 머리칼을 쓰다듬으면서 자곤 했다고 하셨네요. 그러면 아이가 좀 편안하게 자는 거 같아 그냥 내버려두었다구요. 아이는 혼자서 놀다가도 가끔 엄마 곁에 와서 머리칼을 만지고 가고, 냄새도 한번씩 맡아보고 한다구요. 느낌이 좋아서 그런다고 하면서.

초등학교에 들어가면서 이제 그만 그런 버릇은 고쳐주고 싶은데 잘 안 된다고 하셨군요. 지금도 밤에 잘 땐 엄마가 곁에 누워서 머리칼을 만질 수 있게 해줘야 잠이 든다구요. 아이는 그것만 빼면 친구들과도 잘 지내는 것 같고, 그다지 다른 문제는 없는 것 같다고 하셨어요.

자신이 엄마로서 아이의 습관을 너무 예민하게 받아들이는 건지, 아니면 그냥 지금처럼 내버려둬도 되는지 알고 싶으시다구요.

아이들 중엔 잠들 때마다 일종의 수면의식을 치르는 아이들이 있습니다. 엄마가 반드시 등을 긁어주어야 잠이 든다든가, 무슨 일이 있어도 옛날얘기를 들려줘야 한다든가, 아니면 자기가 애착을 갖는 물건을 꼭 안거나 만지면서 잠이 든다든가 하는 식으로 말입니다.

지금 아이가 보이는 행동 역시 그런 의식의 일종이라고 할 수 있습니다. 따라서 지나치게 예민하게 받아들이진 마세요. 대개는 어느 순간부터 그런 수면의식 없이도 혼자 잠들게 되고, 그런 과정을 통해 성장하게 되는 거니까요.

아이가 초등학교에 입학했다고 했는데, 아마 나름대로 그것 때문에 지금은 긴장과 스트레스를 많이 받고 있을 거예요. 그러니 당분간은 짜증을 내기보다 아이를 지금처럼 돌봐주시는 게 필요할 것 같습니다.

아이들은 부모가 자기에게 주는 관심과 사랑이 어떻게 변하는지 매우 예민하게 관찰하고 반응하기 때문입니다. 더구나 지금은 초등학교 입학이라는 낯선 환경에 적응하느라 힘든 때이므로 엄마의 관심을 더 필요로 하게 마련이죠. 시간이 지나면서 차츰 새로운 환경에 적응해가다보면 자연스럽게 엄마와의 관계에도 변화를 보이지 않을까 싶군요.

폭력도 대물림되나요

폭력적인 오빠 때문에 걱정이 많다고 하신 20대 초반의 여학생께 편지를 보냅니다.

가족사가 순탄하지 못했다고 했군요. 어릴 때 부모님이 이혼하고 오빠와 자신은 아버지와 새엄마와 살아왔다구요. 그래선지 어릴 때부터 오빠가 나름대로 자신을 잘 챙겨주곤 했다구요. 하지만 사춘기가 되면서 오빠의 성격이 반항적이 되는가 싶더니 걸핏하면 작은 일에도 주먹을 휘두르게 됐다구요.

하나뿐인 오빠라 가능한 한 잘 지내려고 그동안은 웬만하면 오빠의 거친 태도를 참아왔다고 하셨어요. 그러다가 얼마 전 그만 참지 못하고 오빠한테 대들었는데, 그게 그만 큰 사건으로 번지고 말았다구요. 첨엔 그냥 평소처럼 사소한 일로 티격태격하는 정도였다고 했네요. 그러다가 오빠가 손찌검을 하기에 자신도 모르게 화를 내며 대들었는데, 아마도 그게 오빠의 성격을 폭발시킨 것 같다구요. 그때부터 마치 미친 사람처럼 자신에게 폭력을 휘두르는 바람에 비명을 지르게 됐고, 그 소리에 놀라 부모님들이 달려오고 그런 소동이 없었다고 했군요. 물론 다음날 오빠는 미안하다고 몇 번이나 사과하고 자신도 마지못해 맘을 풀었다고 하셨네요.

하지만 진짜 걱정되는 건 따로 있다구요. 그건 아버지가 친엄마한테 그렇게 폭력을 휘둘러 두 분이 이혼했고, 지금도 새엄마께 화낼 때 보면 무서운데, 오빠도 결혼해 그렇게 되면 어쩌나 하는 생각을 떨쳐버릴 수 없다구요.

폭력이 대물림되는 현상처럼 안타까운 일도 없죠. 흔히 미워하면서 닮는다고 하는데, 그런 현상을 정신과에선 병적인 동일시라고 합니다.

아마 오빠도 아버지의 폭력적인 모습을 보면서 결코 그렇게 되지 말아야지 하고 수없이 다짐했을 거예요. 그런데도 어쩔 수없이 닮고 말았다면 본인 스스로도 몹시 절망적인 기분을 느낄 거라 생각됩니다.

오빠 역시 좋지 않은 가정환경의 피해자인 셈이죠. 그렇다고 누이동생에게 폭력을 휘두른 건 물론 크게 잘못한 일입니다. 다행히 오빠도 진심으로 사과하고 또 이편에서도 맘을 풀었다니 그건 그만 잊어버리세요. 그 대신 앞으로 두 번 다시 그런 일이 없도록 오빠와 충분한 대화를 나눠야겠죠.

오빠의 앞날에 대해서도 누이동생으로서 걱정되는 점, 앞으로 어떻게 해줬으면 좋겠다는 희망사항 같은 걸 모두 전달해보세요. 아마 오빠도 마음으로부터 받아들이고 깊이 간직하지 않을까요?

어머니에게 야단맞는 게 우울해요

어릴 때부터 고집이 세고 제멋대로여서 어머니와 갈등이 많았는데, 그 갈등이 지금까지도 이어져서 고민이라고 하신 여자분께 편지를 보냅니다.

다른 가족, 아버지와 언니들하고도 썩 잘 지내는 편은 못 된다구요. 하지만 유난히 더 어머니와 부딪치는 일이 많다고 하셨군요. 아마도 어머니와 성격이 비슷해서 그런지도 모르겠다구요.

아무튼 어릴 때부터 스무 살이 훨씬 넘은 지금까지 늘 어머니한테 혼나고 잔소리 듣는 게 일이라고 했네요.

어릴 때처럼 더 이상 대들지 않지만, 그래도 어머닌 자신을 여전히 두세 시간씩 야단치시곤 한다구요. 그럴 땐 지금 잘못한 것뿐 아니라 초등학교 때 일까지 줄줄이 들춰질 때도 많은데, 그 때가 가장 싫다구요. 그런 일이 있으면, 며칠 동안은 몹시 우울해져서 죽고 싶다는 생각을 한 적도 있다고 하셨어요.

가족들은 힘을 합쳐 자신에게만 인간성이 나쁘다느니 성격이 못됐다느니 하는데, 스스로 그렇게까지 나쁜 애라고 생각해본 적은 없다구요.

그렇지만 분명 성격은 맘에 안 든다고 했군요. 하지만 이젠 하도 야단을 많이 맞다보니 별로 고치고 싶은 맘도 없고, 고친다고 될 것 같지도 않고, 그저 우울할 뿐이라구요.

그렇게 기분이 저조해 있으면 어머닌 또 괜히 감상적인 척하지 말라고 야단인데, 어떻게 하면 좋을지 모르겠다고 하셨네요.

속단할 순 없지만, 아직 어머니로부터 심리적으로 독립하지 못한 상태가 아닌가 싶군요.

누군가에 대해 좋은 감정이든 안 좋은 감정이든, 그 감정과 관련해 심한 갈등이 지속된다는 건 그만큼 상대방에게 의존적이기 때문입니다.

게다가 어머니께서도 조금은 심리적인 문제를 겪고 있지 않나 싶습니다. 누군가를 야단치고 혼낼 때, 설령 상대방이 자식이라 할지라도 지나간 일까지 시시콜콜 끄집어내서 자꾸 뭐라고 하는 건 좋지 않은 방식입니다.

어쩌면 어머니께서도 자신의 문제를 딸을 통해 풀고 있는 건지도 모릅니다. 두 분 모두 상호의존적인 상태에 놓인 거죠.

맘먹고 어머니와 깊은 속내 얘기를 한번 해보시면 어떨까요? 아마도 이제까지 야단맞은 게 싫다는 생각만 하며 속상해했지 어머니와 허심탄회한 대화를 나눠본 일은 없을 거예요. 그렇게 해서 서로 갈등의 원인을 찾고 풀어내는 게 좋을 듯합니다.

참견하는 시누이가 미워요

결혼한 지 1년 조금 넘었는데 손위 시누이 때문에 여러 가지 속상한 일이 많다고 하신 분께 편지를 보냅니다.

시부모님들과 함께 사는데 두 분 모두 자상하고 좋은 분들이라구요. 남편도 모난 데 없고 성실한 타입이어서 만족하며 살아가고 있다고 하셨어요. 하지만 시누이가 집에만 오면 모든 사정이 달라진다구요. 집 안살림이며 부엌에서 반찬 만드는 것까지 일일이 참견하는 건 물론이고, 시어머니께서도 시누일 말이라면 형평성을 잃고 그 말만 듣는다고 하셨네요. 평소엔 자신의 사소한 실수쯤은 못 본 척하고 덮어주는 분인데 시누이만 오면 태도가 달라지신다고 했군요.

시누이는 중매로 결혼했는데, 남편과의 사이도 썩 좋지 않고 시부모님들과의 관계도 나빠서 더 자주 친정에 오곤 하는 것 같다고 하셨네요. 그러면 시어머님은 함께 앉으셔서 그 넋두리 다 들어주고 달래서 간신히 돌려보내곤 하신다구요. 그거야 어쩔 수 없는 일이라 쳐도 집안일 참견하고, 자신한테 마구 대하는 건 정말 참기가 어렵다고 하셨어요. 게다가 결혼 전부터 심술궂은 데가 있었는지 남편과도 사이가 좋은 편이 아니라구요.

어떨 땐 자기 속상한 걸 남편한테 화풀이하고 갈 때도 많은데, 그것도 정말 화나는 일이라고 하셨네요.

아무튼 평소엔 아무 일 없이 화목하던 집안이 시누이만 한번 왔다 가면 문제가 생기니 어떻게 해야 좋을지 모르겠다구요.

더러 그런 경우가 있죠. 시어머니와는 아무 문제가 없는데, 오히려 시누이 때문에 갈등하는 케이스 말예요.

시누이가 집안일에 일일이 참견한다고 했는데, 그보다 훨씬 심한 일을 겪는 예도 적지 않답니다. 독신인 시누이가 함께 살면서 집안의 경제권이며 아이양육문제까지 다 좌지우지하는 케이스도 있으니까요.

아무튼 우리가 누군가를 미워하는 이유 중의 하나는, 그 사람이 내 뜻대로, 내가 원하는 행동을 해주지 않기 때문입니다. 시누이가 미운 이유도 아마 그래서일 거예요. 시누이 역시 올케가 자기 뜻대로 안 되니까 심술이 나는 걸 테구요. 그 점을 먼저 이해하고 상대방의 태도에 지나치게 민감하지 않으셨으면 좋겠군요.

그 대신 시누이가 직접적으로 나한테 부당한 행동을 하거나 피해를 주는 행동을 할 땐 분명하게 그 점을 얘기해주는 게 좋겠죠. 공연히 뒤에서 혼자 인상을 쓰고 있거나 하면 오히려 더 참견할 빌미를 줄 뿐이니까요.

그러나 그밖의 일에 대해선 시누이가 집에 와서 어떤 행동을 하든, 무슨 얘길 하든 너무 신경쓰지 마세요. 자신의 정신건강을 위해서 그렇게 하는 편이 좋답니다.

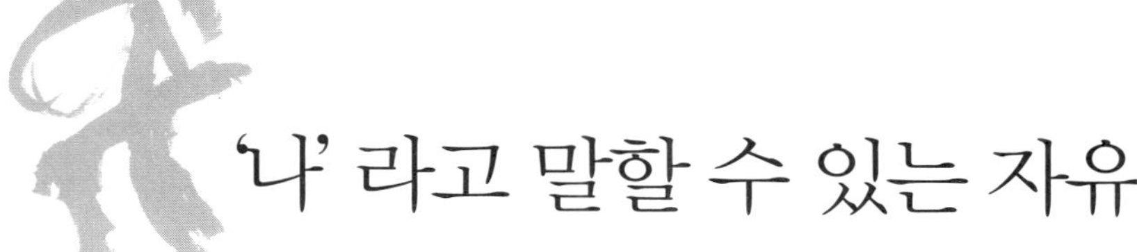

'나' 라고 말할 수 있는 자유

당신의 삶은 당신을 위해 사용되고 있는가?
우리가 여러 소소한 부분에서 자신에게 얼마나 야박한지를 안다면,
여러분은 아마 깜짝 놀랄 것이다.

—줄리아 카메론(작가, 영화감독)

모임을 주도하는 그가 싫어요

자원봉사를 하는 작은 모임에서 특정한 한 사람과 자꾸 부딪치게 돼 고민이라고 하신 여자분께 편지를 보냅니다.

모임의 성격상 무슨 일을 하든 서로 양보하고 돕고 배려해야 하는 게 원칙인데 이상하게 그 사람과는 사사건건 의견충돌이 생기곤 한다 구요. 좀더 정확하게 말하자면 그가 모임을 주도하면서 전횡을 휘두르 는 게 너무나 못마땅하다고 하셨군요.

다른 사람들은 바쁜 자기들을 대신해 어쨌든 그가 열심히 뛰어주니 까 웬만한 일은 다 그의 말을 따른다구요. 하지만 자신이 보기엔 그가 지나치게 독선적이고 자기 멋대로 모임을 이끌어가고 있다구요. 게다 가 자기 말을 듣지 않거나 맘에 안 드는 일이 생기면 곧장 신경질적으 로 나오는 것도 맘에 안 든다고 하셨네요.

그 사람 앞에선 그럭저럭 참지만 집에 오면 자기도 모르게 가족들한 테 그 사람의 못마땅한 부분을 다 싸잡아 흉을 보거나, 그것도 여의치 않으면 혼자서 아주 집요하게 속으로 그를 욕하는 걸로 분풀이를 대신 하신다구요. 그때마다 무엇보다 다른 모임도 아니고 자원봉사 모임에 나가면서 그렇게 남을 못마땅해 하고 비난하는 자신에 대해 죄책감을 느끼는 게 싫다고 하셨어요.

살다보면 더러 그런 딜레마에 빠질 때가 있죠. 특히 개성이 강한 사람들끼리는 어떤 모임에서도 자주 부딪히는 게 됩니다.

먼저 죄책감 문제부터 말씀드리죠. 결론부터 말씀드리자면, 모임의 성격 때문에 죄책감을 갖진 마세요. 어떤 심정이신지는 이해하지만, 그럴 필요는 없답니다. 어떤 모임이든 사람들끼리 서로 의견이 맞지 않는 일은 너무나 흔합니다. 사랑을 실천하기 위한 공동체 모임이라고 해서 예외는 아닙니다. 왜냐하면 그런 모임들도 다 사람들로 이루어져 있고, 사람들이 모인 이상 서로 강한 개성끼리 부딪치는 건 어쩔 수 없기 때문입니다.

죄책감을 버리는 대신 자기 자신을 한번 돌아보세요. 자신의 어떤 면이 상대방을 그토록 못마땅하게 여기는지 한번 살펴보는 것입니다. 분명 뭔가 충돌하는 지점을 찾아낼 수 있을 거예요.

그의 자기중심적인 태도가 걸린다면, 나 역시 어느 정도 그런 점이 있어서 그가 못마땅할 수도 있습니다. 이건 일종의 방어기제로서 내 문제를 상대방에게 투사하는 것입니다. 그리고 한번 못마땅한 사람은 이상하게 끝도 없이 그의 약점만 보이는 게 사람 맘입니다. 그러므로 내 편에서 먼저 비난과 판단을 멈춰보세요. 모르긴 해도 상대방도 이 편의 태도가 달라진 걸 알고 조금씩 조심하게 되지 않을까요?

그러면 최소한 서로 매번 부딪치지 않고 의견조율을 해나갈 수 있을 것 같군요. 물론 서로 마음을 여는 계기가 한 번만이라도 주어진다면 서로 성숙한 우정을 나눌 수도 있을 테구요. 부디 그렇게 되길 바랍니다.

사람들이 나를 싫어해요

사람들이 자신을 싫어한다는 생각에서 벗어나기 힘들다고 하신 여자
분께 편지를 보냅니다.

처음에 가까이 다가오던 사람들도 시간이 흐르면 결국 멀어지곤 한
다구요. 어쩌면 자신에게 사람들을 질리게 하는 뭔가가 있는지도 모르
겠다구요. 왜냐하면 누군가와 가까워지면 거의 병적으로 그에게 매달
리는 경향이 있기 때문이라고 했군요. 그러면 대개 여자친구들은 그런
네가 부담스러울 때가 있다고 털어놓곤 한다구요. 그제야 아차, 하며
수위를 조절해본다구요. 하지만 이미 상대방이 싫증을 느낀 뒤라 결국
멀어지는 걸 고스란히 지켜보는 수밖에 없을 때가 많다고 하셨어요.

하물며 남자친구는 말할 것도 없다고 하셨네요. 성격 때문에 많은
남자들과 만나고 헤어지기를 되풀이하는데, 그때마다 상처입고 괴로
워하는 건 자신뿐인 거 같다구요.

안타까운 얘기로군요. 사람들이 자신을 싫어한다는 생각에서 벗어나
기 힘들다고 했는데, 여러 각도에서 생각해볼 여지가 많습니다.

정말 사람들이 싫어하는 건지, 아니면 일방적으로 혼자 그런 생각에
갇혀 있는 건지 알아볼 필요가 있습니다.

만약 싫어하는 게 사실이라면 자신이 어떤 식으로 사람들을 대하기에 그런 일들이 생기는지 자세히 분석해봐야 합니다. 누군가와 친해지면 그에게 매달리게 된다고 했는데, 그런 행동이 일차적으로 문제를 가져올 수 있습니다.

물론 주변에서 친한 사람이 없다보니 누군가에게 매달리게 되는 건 충분히 이해합니다. 하지만 그런 행동이 다시 또 상대방을 떠나게 만드니 문제가 반복되는 겁니다.

우리가 누군가에게 집착을 보이는 건 이미 의존성이 깊어졌다는 뜻입니다. 그렇게 되는 데는 여러 가지 이유가 있을 수 있습니다. 따라서 깊이 있는 분석이 뒤따라야 할 경우도 많습니다.

일차적으로는 불안감, 외로움, 그에 따른 좌절, 우울감 등을 혼자 견디기 힘들기 때문에 자꾸 누군가에게 깊이 의존하게 되는 것입니다. 남자친구와의 관계도 마찬가지입니다. 처음 상대방을 만났을 때, 그가 나의 모든 의존감을 다 채워줄 것만 같은 환상을 갖게 되므로 그에게 병적으로 매달립니다. 그러면 당연히 상대방은 부담을 느끼게 되고, 만나면서부터 이미 이별을 준비하는 이상한 관계가 되고 마는 것입니다.

외로움은 누구나 지니고 있는 절대 숙명과 같은 것입니다. 그걸 싫다고 상대방에게 병적으로 의존한다면, 결국 더욱더 외롭고 상처만 깊어갈 뿐입니다.

따라서 그 점을 직시하고 의존성을 줄일 수 있도록 노력해보세요. 혼자서 힘들다면 전문적인 도움을 받아보는 것도 한 방법입니다.

제가 나서기를 좋아한다구요?

인간관계에서 과연 자신을 어디까지 드러내야 할지 몰라 고민이라고 하신 여자분께 편지를 보냅니다.

대학을 졸업하고 사회생활을 시작한 지 1년 가까이 됐다고 자신을 소개하셨어요.

평소 외향적인 성격에 남 앞에 나서는 것도 그다지 꺼리지 않는 편이라구요. 그러다보니 친한 친구들로부터 너무 속없이 군다는 핀잔을 받기도 한다고 하셨네요.

그 친구들 얘기에 따르면, 자신이 무슨 일에나 너무 나서기를 좋아하고, 자기 자랑도 심하고, 속없이 아무한테나 자기 얘기를 털어놓는 어리석고 바보 같은 여자라는 게 밝혀졌다구요. 평소 두 사람 다 친하다고 생각하고 속에 있는 얘기까지 하며 지내왔던 터라 충격이 더 컸다고 하셨어요. 그 뒤로 정말 누굴 믿어야 할지, 인간관계에서 과연 어디까지 자신을 내보여야 할지, 도저히 감이 잡히지 않는다구요.

지금 심정이 어떠실지 충분히 짐작이 갑니다. 친하다고 생각한 사람 입에서 이편의 험담이 쏟아져나온다면 누구도 유쾌할 수 없으니까요. 하지만 그럴 경우, 잘못하는 건 험담하는 상대방이지 내가 아니랍니다. 먼저 그 점을 명확하게 해둔다면 너무 속상해할 필요는 없지 않을까요?

그 대신 앞으로 자신의 태도도 조금은 수정하고 바꿀 필요는 있겠죠. 아주 사적인 자리나 사적인 관계가 아니고는 사실 자기 얘기를 길게 하는 건 문제를 만들 여지가 많습니다. 다행히 상대방이 좋은 사람이어서 기꺼이 대화상대가 돼주고, 이편의 처지를 백 퍼센트 이해해준다면 더 바랄 게 없겠죠. 하지만 대개의 경우, 아주 친하지 않은 상대방이 사적인 얘길 털어놓으면 일단 부담을 느끼고 당황하게 되는 게 일반적이랍니다.

그러므로 허물없는 사이가 아니면 자기를 너무 드러내보이는 행동은 곤란합니다. 그 경계가 사람에 따라 애매하긴 합니다. 하지만 적어도 내 얘기를 다른 사람한테 전하고 같이 화제에 올릴 만큼 신뢰가 없는 사람인지의 여부는 따져보는 게 좋습니다.

너무 삭막한 인간관계도 문제지만, 지나치게 나를 내보여 상대방을 불편하게 하는 관계도 바람직하지 않긴 마찬가지니까요.

낯선 사람과의 대면이 어려워요

수줍고 내성적인 성격 때문에 친구가 거의 없는데 어떻게 하면 좀더 적극적으로 사람들을 사귈 수 있는지 알고 싶다고 하신 여자분께 편지를 보냅니다.

지금 대학 졸업반인데 한두 명의 친한 친구 외엔 만나는 사람이 극히 제한돼 있다고 하셨군요. 그 이유가 낯선 사람과 대면하는 데 어려움을 겪기 때문이라구요.

학교에서 동아리활동을 하거나 할 때도 자신은 언제나 맨 뒤에 쳐져서 있는 듯 없는 듯 행동하는 게 고작이었다고 하셨네요. 그러다보니 지금껏 아무도 제대로 기억해주지 않는 미미한 존재로 남은 것 같다구요. 성격상 그 편이 차라리 편해서 이제껏 크게 고민하지는 않았다고 했군요. 음악도 좋아하고, 영화 보는 것도 무척 좋아해 혼자라도 그다지 심심하진 않았다구요.

하지만 이제 머지않아 졸업하고 사회에 나가게 되면, 아무래도 자신의 그런 성격이 여러 가지 단점으로 작용할 거 같아 고민이 되기 시작했다구요.

자신의 단점은 무엇보다 사람들을 만나기만 하면 당황부터 하는 것이라고 하셨어요. 누가 말을 걸어오기 전엔 쉽게 먼저 나서서 말을 걸지 못하기 때문이라구요. 마음 같아선 명랑하고 사교적이고 감정표현

에도 능숙한 사람이 되고 싶지만, 과연 그럴 수 있을지 의구심부터 앞
선다고 하셨군요.

먼저 마지막 질문에 대한 대답부터 해드리죠. 의구심은 버리세요. 중
요한 건 변화하려는 의지입니다. 그 의지만 확고하다면 얼마든지 노력
할 수 있고, 또 그만큼 달라질 수 있습니다. 제가 보기에 상담하신 분
은 조금만 노력한다면 얼마든지 지금보다 훨씬 사교적이고 폭넓은 생
활을 해나갈 수 있을 것 같군요.

우선 좀더 적극적이 되어보세요. 음악과 영화를 좋아한다고 했는데,
요즘은 그런 동호회 모임도 대단히 많더군요. 시험삼아 그런 곳에 한
번 가입해보세요. 그리고 이건 치료다, 생각하고 사람들과 적극적으로
어울리려고 애써보는 거예요.

사람들을 만나면 무슨 말을 해야 할지 모르겠다고 했는데 그건 수줍
은 성격 탓이기도 하지만, 이제껏 그런 상황에 부딪쳐본 경험이 너무
없기 때문이기도 합니다. 따라서 자꾸만 사람들을 만나 부딪치다보면
자기도 모르게 그런 환경에 익숙하게 되고, 자연 말문도 트이고 또 표
현력도 길러지게 마련입니다. 때로는 서툴어 실패하기도 하겠지만 너
무 개의치 마세요. 자신이 원하는 게 뭔지, 그걸 얻으려면 어떻게 해야
하는지 하는 것에만 초점을 맞추세요.

변화에 대한 신념만 잃지 않는다면 분명 지금과는 다른 사람이 될
수 있을 겁니다.

사람들 앞에 서는 게 무서워요

많은 사람들 앞에서 얘기하는 데 병적인 불안감을 갖고 있다고 하신 남자분께 편지를 보냅니다.

서른을 눈앞에 두고 있는 나이에 아직도 그런 소심증을 앓고 있다니, 스스로 생각해도 한심할 때가 많다구요. 그렇게 된 건 대학 4학년 무렵부터였던 거 같다고 하셨어요. 갑자기 아무런 준비도 없는 상태에서 사람들 앞에서 발제자로 서야 했던 일이 있으시다구요.

작은 강당이긴 했지만 사람들이 꽤 많이 모인 자리였다고 했군요. 강단에 서는데 순간적으로 얼마나 당황했던지 몸에선 식은땀이 흐르고 눈앞이 가물거리는 현기증까지 나고 말았다구요. 덕분에 한 장짜리 원고가 대여섯 장으로 보이고, 글자는 사방으로 흩어지고, 결국 중간에 발표를 그만둘 수밖에 없는 상황까지 갔었다고 하셨네요. 그 후로 사람들이 조금만 많이 모인 곳에 가면 그때의 악몽이 떠올라 머릿속을 어지럽힌다구요. 결국 어쩌다 자신이 얘기할 차례가 와도 아무런 말도 못하고 그냥 멍하니 바보처럼 있을 때가 많다고 하셨어요.

요즘은 더구나 취직문제 때문에 더 큰 시련에 봉착했다고 하셨군요. 원하는 곳마다 서류심사에선 통과가 되는데 면접에 가면 꼭 실수를 해서 일을 망치곤 한다구요. 앞으로도 서너 군데 더 면접시험을 보러 가야 하는데, 그 생각만 하면 벌써 현기증이 날 지경이라고 하셨어요. 모

두 너무나 원하던 곳이라 기대가 크지만 도저히 면접을 통과할 자신이
없으시다구요.

어떤 상황에 놓이셨는지 충분히 이해가 갑니다. 한 번의 치명적인 실
수에 발목을 잡히면 누구라도 비슷한 처지가 될 수밖에 없습니다. 따
라서 자신이 처한 상황에 너무 큰 압박감을 느끼지 말았으면 좋겠군
요. 누구나 그럴 수 있다고 여기고 지나치게 의미 부여를 하지 않는 거
예요.

앞으로 면접시험을 봐야 하는 것 때문에 더 큰 걱정이라고 하셨는
데, 그 역시 마찬가집니다. 면접과정에서 실수를 말아야 한다는 부담
감이 너무 커서 오히려 실수를 하게 되는 거니까, 우선 맘을 조금이라
고 편하게 갖는 연습을 해보세요.

잘해야 한다는 불안감 때문에 작은 실수도 아주 크게 생각되는 심정
은 이해합니다. 하지만 거기에 계속 집착하다보면 정말 큰 실수를 할
수도 있답니다. 그러므로 당연히 완벽하게 해내지 못할 수도 있다는
사실을 인정하고 면접에 임해보세요.

만약 아무리 애써도 어지럼증이 계속되고 자신의 의지로는 도저히
불안감을 이길 수 없다면, 가까운 병원을 찾으셔서 일시적으로 불안감
을 줄여주는 약물을 처방받는 것도 도움이 될 것 같군요.

자꾸 말문이 막혀요

언제부터인가 특정한 어휘나 단어를 말하는 데 어려움을 겪어서 괴롭다고 하신 여자분께 편지를 보냅니다.

예를 들어 전화 받을 때 여보세요, 하는 소리조차 우물거린다고 하셨군요. 전화목소리가 좋다는 말을 가끔 들어왔다구요. 그 때문인지 전화를 받을 때면 평소 이상으로 긴장하게 되고, 그러면 여보세요, 하는 소리조차 제대로 나오지 않는 식이라고 하셨어요.

"안녕하세요, 감사합니다, 누구누구입니다." 하는 말도 한참 머뭇거리다가 간신히 입 밖에 내는 형편이라구요. 더구나 요즘은 전화통화 때뿐만 아니라 직장에서 상사들이 나가거나 들어올 때, 심지어는 자신이 잠깐 외근을 나갈 때도 인사말이 입 밖에 잘 나오지 않아 곤욕스럽다고 하셨네요. 다녀오십시오, 다녀왔습니다, 정도의 간단한 말인데도 제대로 못하고 속으로 우물거리다 만다구요. 대개는 순간적으로 몸을 굽힌다던가 해서 아예 인사를 안 한다는 인상은 주지 않지만 아무튼 매번 낭패스런 기분에 빠지게 된다고 하셨어요.

나름대로 자신감을 키우려고 혼자 있을 땐 신문이나 책을 큰 소리로 읽어보기도 하고, 인사하는 연습을 해보기도 한다구요. 이러다가 아예 말문이 막혀 제대로 사회생활도 못하는 건 아닌가 싶을 땐 너무 불안하고 두렵다고 하셨군요.

왜 그런 증상들이 나타나는지도 궁금하고 어떻게든 좀 달라질 수 있는 방법이 없는지도 알고 싶으시다구요.

生각보다 많은 사람들이 비슷한 문제로 고민하는 경우를 봅니다. 특정한 상황이나 특정한 사람을 만나면, 아주 간단한 인사말조차 잘 안 나와 본의 아니게 재빨리 외면하거나 해서 오해를 산다고 하소연하는 경우가 많습니다.

일차적으론 사람들에게 좋은 인상을 주고 싶다는 소망이 너무 큰 게 문제가 아닌가 싶습니다.

지금 상담하신 분의 경우도 상대방에게 목소리가 좋다는 칭찬을 듣고 싶은데, 과연 그럴 수 있을까, 하는 식의 불안감이 강박관념을 초래하고 있는 것입니다. 내성적인 성격과 부정적으로 프로그래밍된 사고방식도 문제의 원인일 때가 많습니다. 따라서 있는 그대로 자신을 보여주고, 그에 따른 여러 가지 평가도 있는 그대로 받아들이려는 마음가짐이 필요합니다.

한번 이렇게 생각해보세요. '난 때때로 사람들에게 좋은 평가를 받을 수도 있지만, 안 좋은 평가를 받을 수도 있다.' '날 평가하는 건 그들의 몫이지 내가 상관할 바가 아니다.' '난 단지 분명하고 자신 있는 태도로 사람들을 대하면 그뿐이다.' 하구요. 물론 처음부터 그렇게 되긴 쉽지 않죠. 그러나 일정한 훈련을 쌓는다고 생각하고 노력하면 언젠가는 많이 달라진 자신을 발견하실 수 있을 거예요.

만남 자체를 피하고 있어요

내성적인 성격 때문에 사람들과의 만남 자체를 회피할 때가 많아 고민이라고 하신 분께 편지를 보냅니다.

자신이 관심의 대상이 되거나 주목받는 상황은 아예 처음부터 피하므로 그다지 문제될 것도 없다고 하셨어요.

하지만 태생적인 수줍음 때문인지 사소한 만남조차도 거북하게 여겨질 때가 많다고 했군요.

언젠가는 버스에 오르다가 옛 직장의 동료를 발견했는데 재빨리 외면하고 못 본 척한 적이 있다고 하셨네요. 함께 일할 때 비교적 친하게 지내던 사람이고 보는 순간 반가운 마음이 앞섰는데도 거의 본능적으로 그런 행동을 하고 말았다구요. 다행히 그쪽에서도 미처 자신을 보지 못했던 것 같지만, 만약 봤다면 자신이 외면한 걸 알고 얼마나 서운해했을지 모르지 않는다고 하셨네요. 그렇게 생활하다보니까 대인관계는 나날이 좁아지고, 자신이 참 못난 사람이란 생각이 들어 괴롭다구요.

자신의 그런 내적인 문제를 모르는 사람들로부터 건방지다, 잘난 체한다, 독불장군이다, 하는 비난을 받을 때도 많다고 했군요. 할 수 있다면 자신도 내성적이고 수줍음 타는 성격을 극복하고 남들처럼 활발하게 살아가고 싶다고 하셨어요.

내성적이다, 지나치게 수줍음을 탄다, 하는 문제는 이미 전에도 몇 번 다룬 적이 있는데, 여전히 많은 분들이 같은 문제로 상담을 원하는 걸 봅니다. 그만큼 우리 모두 조금씩 비슷한 문제를 안고 있다는 반증이겠죠. 이번에 보내주신 상담내용도 사실은 생각보다 많은 분들이 호소하는 문제입니다.

한 통계에 따르면 수줍음을 타는 사람들의 3분의 1은 그런 성격을 타고난다고 합니다. 3분의 2는 성장과정에서 겪은 불안감 등이 영향을 미친다고 하는데, 그래도 역시 본질적으로 뿌리뽑기 힘든 성격적 특징인 건 분명합니다.

따라서 그런 자신을 180도 바꾸고 변화시킨다는 건 쉬운 일이 아닙니다. 그보다는 내향적이고 수줍은 성격의 좋은 점을 발달시키는 것도 하나의 해결책이 될 수 있겠죠.

예를 들어, 미국에서는 수줍고 내향적인 타입과 거침없고 외향적인 타입 중 사람들이 어느 쪽에 더 호감을 느끼는지 테스트한 일이 있다고 합니다. 그 결과 놀랍게도 내향적인 타입이 훨씬 후한 점수를 얻었답니다. 사려 깊고 조용한 태도가 과감하고 떠들썩한 태도보다 대인관계에 결과적으로는 유리하게 작용하기 때문이라는 것이 그 이유입니다. 그러니 지금보다 조금만 더 마음을 열고 자신감을 가져보세요. 이런 타입은 성격상 실수하면 어쩌나, 하는 불안감 때문에 더 앞에 나서지 못하는 겁니다.

물론 그런 불안감과 두려움, 실수는 언제고 우리를 찾아올 수 있습니다. 하지만 거기서 멈추지 말고 아주 약간만 더 앞으로 나가보세요. 중요한 건 그렇게 조금씩 해내는 거니까요.

눈에 띄고 싶어요

평범한 자신이 싫어서 가끔 자기도 모르게 과장되게 행동할 때가 있는데, 그때마다 마음속으로부터 경고가 들려와 고민이라고 한 남학생에게 편지를 보냅니다.

그럼 그런 짓을 안 하면 될 거 아니냐고 하지만, 그게 또 마음처럼 쉽게 되지 않는다고 했네요.

아무리 뜯어봐도 개성이라곤 없이 평범하게 생긴 외모가 우선 문제라고 했군요. 어떻게든 그런 평범함을 없애보려고 옷도 남들보다 튀게 입고, 머리도 염색하고, 액세서리도 눈에 뛰는 걸로 하고 다니는 편이라구요. 그런 차림으로 시내를 돌아다니면 사람들이 쳐다볼 때가 많은데, 솔직히 기분은 좋다고 했네요.

문제는 그런 차림을 하게 되면 이상하게 마음까지 흐트러져서 경박한 행동을 하거나 거친 말투를 사용하게 된다구요. 그것까지 수용이 되면 정말 좋겠는데, 그렇게 되지 않아 고민이라고 하셨어요.

뭔가 부조화를 느낄 때마다 마음속에서 경고의 목소리가 들려와 골치가 아프다고 했군요. 자신한테는 경박한 행동이 안 어울린다, 그러니 처음부터 생긴 대로 그저 평범하게 살아가라, 사람들이 겉으론 어떨지 몰라도 내심 자신을 비웃을지도 모른다, 는 생각들이 두서없이 떠오르곤 한다구요. 그밖에도 자신이 바보처럼 느껴지기도 한다고 했네요.

사람에 따라 더러 그런 경험을 할 때가 있죠. 자신의 내면과 겉으로 내보이는 모습이 극단적으로 다른 경우라고나 할까요.

의도적으로 그러는 수도 있고, 무의식적으로 그렇게 되기도 합니다. 지금 갈씀하신 걸로 봐서는 다분히 의도적이나, 그 의도가 자신의 개성과 잘 맞지 않는 경우가 아닌가 합니다.

자신이 지나치게 평범하다고 했는데, 제가 보기엔 오히려 개성이 강한 분인 것 같습니다. 그렇기 때문에 때로 자기 모습을 연출하기도 하고, 또 그 연출이 마음에 안 들어 고민하기도 하는 게 아닐까요?

대학생이라면 인생에서 성숙을 이루기 위해 아직 무수하게 많은 단계를 거쳐야 합니다. 지금 겪고 있는 약간의 혼란과 부조화 또한 그 과제의 하나라고 생각하시면 어떨까요? 그런 과정을 거치다보면 언젠가 자신의 완성된 모습을 찾을 수 있을 테니까요.

제가 보기에 건강한 사고방식을 가진 분 같습니다. 그러므로 지나치게 그 문제에 집착하고 신경쓰지 마세요.

그 대신 굳이 자기 개성과 가치관과 충돌하면서 남들 눈에 띌 이유는 없겠죠. 극단적으로 남들 눈에 띄는 사람은 아무래도 경계의 대상이 되기 쉽기 때문입니다. 더구나 잘못하면 자신의 장점마저 단점으로 변할 수도 있습니다. 그런 점만 조금 주의한다면 지금 모습에 굳이 회의를 느낄 필요는 없을 것 같군요.

남의 눈을 뚫어져라 쳐다보게 돼요

사람들을 만날 때 상대방의 눈을 뚫어져라 쳐다보는 버릇이 있어서 괴롭다고 하신 분께 편지를 보냅니다.

고등학교 다닐 때부터 그런 버릇이 조금씩은 있어왔다구요. 그러다가 대학에 가면서 스스로 노력해 어느 정도 나아졌다고 생각했는데 요즘 다시 증세가 심해졌다고 했네요.

지난 방학 동안 어학공부 때문에 학원에 다니게 됐다구요. 아침 아홉 시부터 시작해 오후 서너 시까지 학원친구들과 얼굴을 맞대고 주로 토론으로 수업을 진행하는 방식이었다구요. 그러다보니 다시 예전 버릇이 생겨나 토론 중에 친구의 눈을 뚫어져라 쳐다보기 시작했다고 하셨어요. 어느 순간 자신이 그러고 있다는 걸 알게 되면 이번엔 거의 강박증처럼 상대방의 눈을 안 쳐다보려고 안간힘을 쓰는 식이라구요. 거기에 신경을 집중하다보니, 결국 수업시간에 뭘 했는지조차 기억이 안 날 때가 많다고 하셨어요.

그 후론 친구들을 만나도 전처럼 밝고 활발한 모습은 찾아보기 힘들게 됐다구요. 성격이 그처럼 변하다보니 새로운 친구들과 사귄다는 건 엄두도 내기 어렵다고 했네요. 그동안 잘 사귀고 있던 남자친구와도 헤어져버렸다구요.

지금과 같은 상태가 계속된다면 앞으로 사회생활을 하기도 힘겨울

듯해 겁이 난다고 하셨어요.

일증의 시선공포증이 있는 거 같습니다. 상대방을 똑바로 쳐다보지 못하는 것도 문제지만, 지나치게 빤히 뚫어져라 눈만 쳐다보고 있는 것도 부담되긴 마찬가지죠.

이런에서 의식하지 못하더라도 상대방이 거북한데, 의식하고 강박적으로 쳐다본다면 더욱 어색할 수도 있구요.

결국 강박증에서 놓여나 자연스런 태도를 몸에 익혀야 하는데, 그러려면 사람들을 자주 만나는 수밖에 없습니다. 혼자서만 있다보면 생각은 점점 많아지고, 그 생각이 사실인 것처럼 생각되면서 더욱더 사람들을 만날 자신을 잃어버리게 되기 때문입니다. 이미 새로운 친구들을 사귀기 힘들다고 했는데, 그런 것이 단적인 예가 되겠죠.

강박증을 떨쳐버리려면 우선 아무 생각 말고 일부러라도 자꾸 사람들을 만나는 연습을 해보세요. 물론 그때마다 혹시 또 상대방의 눈만 뚫어져라 쳐다보면 어쩌나 싶겠지만 거기에 얽매이지 마세요. 그럴 수도 있다고 여기고 가능한 한 시선을 분산시키는 훈련을 해보는 거예요.

숨고 싶고 회피하고 싶은 맘은 이해하지만, 그렇게 해서 상황을 개선시킬 수 없답니다. 혼자선 도저히 힘들다고 판단되면 전문적인 상담을 받아보세요.

심하게 손을 떠는 버릇이 있어요

大학에 다니고 있는 여학생인데 손을 심하게 떠는 버릇이 있어서 고민이라고 하신 분께 편지를 보냅니다.

보통 술을 많이 마시면 그런다고 하는데, 본인은 술 같은 건 입에도 대지 않는데 거의 늘 손을 떠는 형편이라구요. 아마도 정신적인 문제가 있는 것 같다고 했군요. 왜냐하면 중요한 시험을 앞두고 있거나 심리적으로 불안한 일이 있으면 평소보다 떨림이 훨씬 심해지기 때문이라구요.

초등학교 때 실로폰 연주하는 시험을 보다가 긴장해서 손을 떨었는데, 그걸 보고 선생님이 웃으시면서 따라한 적이 있다고 하셨네요. 그때 반 친구들도 덩달아 웃으며 재미있어했는데, 그 후로 심하게 손 떠는 버릇이 생긴 것 같다구요.

본래 성격적으로 심약한 편이라 남 앞에 나서는 걸 잘하지 못한다고 하셨어요. 게다가 무슨 일을 하든 잘못하면 어쩌나 하는 불안감을 느낄 때도 많다구요. 그런데다 설상가상 손까지 떨다보니 매사에 위축되고 대인관계에도 어려움을 느낄 때가 적지 않다고 했군요.

특히 교회에서 다른 사람들과 손잡고 기도하는 시간이 많은데 여간 신경이 쓰이지 않는다구요. 그밖에도 사람들을 만날 때마다 손 떨림이 의식돼 괴로운 순간이 많다고 하셨네요.

어떤 처지에 놓이셨는지 짐작이 갑니다. 일종의 사회공포증으로 괴로움을 겪는 것 같은데, 아마 마음고생이 많으실 거예요.

사회공포증이란 타인들의 시선이 의식되는 상황에서 긴장감이 커질 때 손을 떤다거나 얼굴이 붉어진다거나 갑자기 비정상적으로 땀을 많이 흘린다거나 하는 증상이 나타나고, 그로 인해 일상생활이나 대인관계에 문제를 초래하는 경우를 말합니다.

그처럼 긴장이 커지는 이유는 완벽한 것에 대한 비현실적인 욕구가 크기 때문입니다.

우린 누구나 때때로 남들한테 무시도 당하고, 비난도 받고, 거절도 당하며 살아갑니다. 그게 우리가 처한 현실인데도, 맘 한구석에 난 무시당해서도 안 되고, 비난이나 거절을 당해서도 안 된다는 비현실적인 욕구를 갖고 있다면 매번 긴장하는 게 당연합니다. 실수할 수도 있다고 편하게 생각하고 매사에 긴장을 좀 풀어보세요. 사람들의 시선을 지나치게 의식하지도 마세요.

물론 그러는 심정은 충분히 이해하지만, 실제로 다른 사람들은 이편의 증상에 대해 그다지 깊이 생각하지 않는답니다.

혼자서 도저히 힘들다 싶으면 그땐 전문적인 상담을 받아보는 것도 한 방법이겠죠.

남을 너무 불신해요

군대를 제대하고 막 사회생활을 시작했는데 사람들에 대한 불신이 너무 깊어 고민이라고 하신 분께 편지를 보냅니다.

어릴 때부터 자수성가한 부모님들께서 남을 믿지 말란 말을 자주 해 오곤 하셨다구요. 물론 당시 부모님들께는 그럴 만한 사정이 있었다고 했군요.

아버지께서 믿고 아끼던 후배에게 배신을 당한 경험이 있으시다구요. 아마도 그때의 마음 아픈 기억 때문에 외아들인 자신한테 자꾸 그런 얘길 하시게 된 것 같다구요.

그러나 정작 자신은 굳이 누굴 믿고 안 믿고 하는 문제에 대해 깊이 생각해본 적이 없었다고 하셨네요. 그러다가 군대에 가서 여러 사람들과 부딪치다보니까 아버지께서 왜 그런 말씀을 하셨는지 어렴풋이 이해가 갔다구요. 그렇다고 특별히 불신을 키운 것 같지도 않다고 하셨어요. 그런데 막상 사회생활을 시작하고보니, 자신이 정말 아무도 잘 믿으려 하지 않는다는 걸 깨닫게 됐다구요. 그러다보니 사람들을 만날 때도 자신의 감정을 제대로 드러내기가 어렵다고 하셨네요. 더구나 상대방의 감정이나 생각도 액면 그대로 받아들이지 못하는 거 같아 더 괴로우시다구요.

생각 같아선 그런 불신의 벽을 깨뜨리고 사람들에게 있는 그대로 맘

을 열어 보이고 싶은데 그게 뜻대로 잘 안 된다고 하셨어요. 앞으로 직
장에서 확실하게 자리도 잡아야 하고, 결혼도 해야 하는데, 어떻게 하
면 그런 벽을 뛰어넘을 수 있을지 알고 싶으시다구요.

어떤 상황에 놓이셨는지 이해가 갑니다. 자신의 생각이나 의지와는
달리 대인관계에서 맘을 열지 못하니 얼마나 답답하시겠어요?
　사람들에 대해 불신이 많다는 건, 상대방을 겪어보기도 전에 상대방
이 자신을 이용하거나 배신하거나 피해를 줄 거라고 미리 예상하기 때
문인 경우가 많습니다. 물론 그렇게 된 배경엔 여러 가지 원인이 있을
수 있겠죠. 말씀하신 것처럼 자라온 환경이나 부모님의 영향, 성장기
에 부딪치는 여러 가지 쓰디쓴 경험 등등.
　그러나 어떤 경우에도 미리 마음 밑바닥에 불신을 깔고 사람들을 대
하면 그 불신은 더욱 커질 뿐입니다. 당연히 대인관계도 점점 어려워
질 수밖에 없죠. 따라서 용기를 내 일단 사람들과 사귀면서, 판단은 나
중에 하는 습관을 길러보세요.
　그렇게 하려면 평소 자신이 느끼는 감정이나 생각을 있는 그대로 전
달하고 또 전달받으려고 애쓰는 게 중요합니다. 또 사람들과의 관계에
서 실패를 경험할 수도 있다는 걸 너무 두려워하지 마세요. 그렇게 노
력허나가다보면 점차 많이 달라진 자신을 발견할 수 있을 거예요.

자기 의견을 전하기 어려워요

평소 자신의 의견이나 생각을 남한테 얘기하는 데 몹시 어려움을 겪는다는 남학생에게 편지를 보냅니다.

게다가 대학 2학년이 되도록 뚜렷한 가치관도 없이, 그저 남들 의견에 따를 때가 많다고 했군요. 어떤 땐 그런 자신이 한심하게 여겨질 때도 없는 건 아니라구요. 그러나 막상 자신의 의견을 말하려면 모든 게 뒤죽박죽 머릿속에서 뒤엉켜 아무 생각도 나지 않는다고 하셨네요. 쉬운 예로, 영화를 보거나 책을 읽고 그 감상을 말하는 것조차 하지 못한다구요. 물론 느낌이 없는 건 아니지만 그걸 제대로 온전하게 표현할 자신이 없어서, 결국 한 마디도 하지 못한다고 했군요. 그러다보니 무슨 일에서나 대충 친구들 의견을 따르고, 집에선 부모님들이 하라는 대로 하고 있는 형편이라구요. 덕분에 하루에도 몇 번씩 난 왜 이렇게 못났을까, 하는 생각을 하며 보낼 때가 많다고 했네요.

그런 성격을 고치고 싶은데 마음뿐, 어떤 시도를 어떻게 해야 할지 그것조차 감이 잡히지 않는다구요.

모르긴 해도 초중고등학교 다닐 때, 발표시간에 한 번도 손을 들어본 경험이 없는 타입이 아닌가 싶군요.

아마도 워낙 수줍음을 많이 타는 학생이었을 테구요. 그런 성격이 굳어지다보니 이젠 대학생이 됐는데도 여전히 남들 앞에 나서는 게 어려울 수밖에 없는 거죠.

그러므로 자신한테 무슨 엄청난 문제가 있다는 식의 생각은 하지 말았으면 좋겠네요. 단, 수줍음 많고 자신감 없는 성격 때문에 자신의 의지대로 살지 못하는 어려움은 있겠죠. 하지만 이제 그런 성격을 개선하고 싶다는 생각이 들었으니, 앞으로 서서히 고쳐나가보도록 하세요.

영화나 책을 읽고 그 소감을 말하는 데 어려움을 겪는 건 불안감 때문입니다. 만약 자기 생각을 말했다가 남들이 비웃으면 어쩌나 하는 걱정이 있기 때문입니다.

대학 2학년이 되도록 뚜렷한 가치관이 없는 것도 불만이라고 했는데, 그 나이 땐 누구나 자기만의 분명한 가치관을 갖기가 쉽지 않습니다. 이제 겨우 인생의 출발선상에 섰는데 조급해 할 이유도 없구요. 앞으로 수많은 경험과 사고의 성장을 거치다보면 어느 순간 자신만의 고유한 가치관을 형성하는 시기가 분명 온답니다. 그때까지 두려움 없이 그 경험을 받아들이려고 노력해야 합니다.

이제부터 아주 작은 일에도 스스로 생각하고, 판단하고, 결정하는 연습을 하세요. 그리고 그 결정에 따른 결과를 분석해보고, 스스로 책임감을 갖고 다시 시도해보는 자기 훈련과정을 거쳐보세요. 그렇게 애쓰다보면 어느 순간 부쩍 성숙해진 자신을 발견할 수 있을 거예요.

무시를 당하는 것 같아 괴로워요

평소 사람들로부터 무시당한다는 느낌을 받는 일이 자주 있어 괴롭다고 하신 남자분께 편지를 보냅니다.

그 때문에 상처를 받는 일도 너무 많다고 하셨군요. 이제 사회생활을 시작한 지 얼마 안 됐는데, 앞날이 암담하게만 느껴진다구요.

회사에서 동료나 선배, 상사들이 지나가는 말로 한두 마디 건네는 것조차 예민하게 받아들이고 분석하는 자신을 발견할 땐 정말 한심하기 짝이 없다고 하셨어요. 그뿐 아니라, 거의 불특정다수, 다시 말해 그저 길거리에서 스쳐가는 사람이나, 두 번 다시 만날 일 없는 사람한테서조차 그런 느낌을 받곤 한다구요. 예를 들어 길에서 누구와 어깨가 부딪쳤는데 상대방이 사과도 안 하고 노려보면, 저 인간도 날 무시하는구나, 하는 생각에 왈칵 적개심에 사로잡히는 식이라고 했군요. 순간적이지만 상대방에 대한 분노가 어찌나 큰지, 스스로도 깜짝 놀랄 정도라구요.

물론 자신은 심약한 사람이라 혼자 상처받으며 그만이지만, 아무튼 그런 순간에 거의 공포마저 느낀다고 했군요. 그러다보니 하루하루가 힘겨워 산다는 것 자체가 고역으로 느껴질 때가 많다고 하셨네요.

무시당한다는 생각은 대개 왜곡된 열등감에서 파생합니다. 낮은 자존감 때문에 스스로에 대한 이미지가 뒤틀려 있어서 현실을 부정적으로만 받아들이는 것도 한 원인입니다. 그리하여 잘못된 추론과, 잘못된 감정, 잘못된 행동의 틀 속에서 살다보면, 그것도 너무 오래 그런 상태가 계속되다보면 객관적인 평가 자체가 불가능하게 됩니다.

자기 자신에 대해서뿐만 아니라 타인들에 대해서도 마찬가집니다. 상대방의 생각이나 의도와는 상관없이 그의 태도를 내 멋대로 판단하고 분석하는 오류에 빠지는 것도 그 때문입니다. 아마도 사실은 그 어느 누구도 이 편을 무시하거나, 적어도 그런 의도를 갖고 대하진 않을 것입니다.

물론 어떤 심정으로 그런 상황에 놓이는지는 충분히 이해합니다. 하지만 아주 조금만 여유를 갖고 자기 자신과 주변을 돌아보세요. 그리고 늘 드리는 말씀이지만 어려운 상황에 놓일수록 의연하고 침착하게 대응하는 훈련을 해보세요. 그것은 의도적으로 그렇게 해야 합니다. 되풀이 훈련하다보면 훨씬 긍정적이고 적극적이 된 자신을 발견할 수 있을 거예요. 그러면 누군가가 날 무시한다는 생각 같은 것에선 얼마간 벗어날 수 있답니다.

필요 이상으로 경직돼요

사람들과 함께 있을 때 표정관리에 지나치게 신경을 쓰게 된다는 여자분께 편지를 보냅니다.

덕분에 누굴 만나든, 심지어 친한 친구들과 함께 있을 때에도 필요 이상으로 긴장하게 된다고 하셨어요. 그래선지 얼마 전 한 친구로부터 꽤 충격적인 얘길 들었다고 하셨네요. 친구 말이 "다른 애들과 함께 있어도 이상하게 너만 가면 쓴 사람처럼 보인다."고 했다구요.

그 후로 집에 있을 때면 혼자 거울을 보며 말하는 연습을 하기도 했다고 하셨군요. 거울을 상대로 한껏 즐거운 표정으로 웃으며 얘기하는 연습을 하곤 했는데, 문득 어느 순간 그런 자신이 너무 한심하게 여겨져 그것도 그만둬버렸다구요. 거울 속에서 자신은 분명 밝은 표정으로 눈도, 입도 웃고 있지만, 자기 속의 딱딱함은 가릴 순 없다는 걸 깨달았다고 하셨네요.

얼굴 생김새에 불만은 없다구요. 어릴 때부터 예쁘단 말도 꽤 들은 편이라고 하셨어요. 그렇지만 지나치게 남을 의식하는 버릇이 어릴 때부터 꽤 있었던 거 같다구요.

비슷한 내용의 상담이 끊이질 않는 걸 보면 대인관계에서 남을 의식

한다는 문제가 참 뿌리깊다는 생각을 하게 됩니다. 물론 누구도 남의 시선을 의식하지 않고 살아가는 사람은 없습니다. 하지만 그게 지나쳐 일상생활에 지장을 줄 정도라면 어느 정도 문제가 있다고 봐야겠죠.

이런 타입은 남들의 시선이나 평가를 의식하지 말고, 자신이 느끼고 생각하고 믿는 바에 따라 행동하고 표현하는 훈련을 할 필요가 있습니다.

거울을 보고 연습도 해봤다고 하셨는데, 있지도 않은 감정을 담아서 억지로 그러다보면 오히려 표정은 더 어색해지고 더 굳어지게 마련입니다. 그보다는 그냥 있는 그대로 자신의 모습을 내보이는 편이 자연스럽지 않을까요? 상대방이 가면을 쓴 거 같다느니 하더라도 그건 그의 평가일 뿐이라고 과감히 생각하고 신경쓰지 말아보세요. 한 친구가 어떤 평가를 했다고 해서 주변의 모든 사람들이 다 그럴지 모른다고 여기는 것도 과잉해석이니까요. 계속해서 그런 평가에 매달리다보면 자기도 모르게 더욱 신경을 쓰게 되고, 나쁜 경우 강박증으로 진행될 수도 있답니다. 그런 결과를 초래해선 안 되겠죠.

아무도 내 맘을 몰라요

주변에 진심으로 자신의 맘을 알아주는 사람이 한 사람도 없는 것 같아 괴롭다고 하신 여자분께 편지를 보냅니다.

지난해 고등학교를 졸업했지만, 대학에 진학하지 못해 집에서 하는 일 없이 지내고 있는 처지라고 했군요. 그런데 그렇게 된 원인이 지금껏 지내오면서 좋은 사람보다는 맘에 안 드는 사람, 도움이 되는 사람보다는 자신의 앞길을 방해하는 사람만 있었기 때문인 거 같다구요.

예를 들어 초중고등학교를 통틀어 한 번도 맘에 드는 담임선생님을 만난 기억이 없다고 하셨네요. 뭔가 자신에게 상처만 주고, 갈등을 일으키게 하고, 결국 학교생활에 집중하지 못하도록 하는 선생님들만 있었던 것 같다구요.

친구들도 마찬가지라고 했군요. 어쩌다 엄청난 노력 끝에 간신히 선생님들과 친해지면, 이번에는 친구들이 힘을 합쳐 자신을 따돌리는 식이었다구요.

부모님들도 그런 자신을 이해하기보다는 언제나 공부하란 말씀밖에 없었던 거 같다고 하셨어요.

학교생활에 적응하지 못하다보니 성적이 나쁜 게 당연한데도, 아무리 그런 점을 얘기해도 부모님들은 이해를 못해주셨다구요. 그 대신 번번이 공부도 못하고 친구들도 잘못 사귀고, 선생님들께도 늘 야단만 맞는 못난 아이 취급하셨던 기억밖에 없다고 했네요.

　대학에 못 간 걸 후회하진 않지만, 그래도 좀더 나은 시간들을 보냈더라면 하는 아쉬움이 너무 커서 요즘에도 매사에 아무런 의욕이 나지 않는다구요.

애기의 전반적인 내용이 타인이 자신에게 얼마나 잘못했는지에만 초점이 맞춰져 있는 걸로 미루어 타인의존적인 성향이 지나치지 않나 싶군요. 다른 사람에게서 받고 싶은 게 많은 타입이라고 할까요. 받고 싶은 게 많을수록 당연히 그걸 채워주지 못하는 사람들도 많아지게 마련이죠.

　그러면 타인과 자신에 대한 불만족이 커지고, 그런 사람들에 대한 미움과 원망도 많아지고, 다투고 질투하는 일도 잦아지고, 당연히 대인관계도 원만치 않게 됩니다. 그렇게 점점 고립되고, 우울해지고, 자신감도 없어지다보면, 이 세상 모두가 다 원망스럽게 느껴질 수밖에 없고.

　이런 타입은 다른 사람에게 뭔가를 기대하기보다 스스로 행동하면서 자기 힘으로 얻은 것에서 보람과 긍지를 느낄 수 있는 경험이 절대적으로 필요합니다. 그래야 타인에 대한 기대도 줄어들고 홀로 설 수 있기 때문이죠. 과거는 어쩔 수 없다 해도 이제부턴 독립된 정신으로 홀로서기를 시도해보시기 바랍니다.

나의 독설이 곤혹스러워요

사람들과 만나 얘기할 때 자기도 모르게 거친 말들을 불쑥불쑥 하는
버릇이 있어 고민이라고 하신 분께 편지를 보냅니다.

성격적으로 다혈질이고, 무슨 일이든 질질 끄는 걸 잘 못 보는 타입
이라고 자신을 소개하셨어요. 그러다보니 시간을 두고 천천히 진행해
야 할 대화나 일들을 잘 견디지 못한다구요. 그래서 친구들도 자신을
번갯불에 콩 구워먹는 위인으로 부른다고 했네요.

실제로 무슨 일이든 후딱후딱 해치우려드는 면이 강하다구요. 얘기
를 나눌 때도 상대방이 완곡한 표현을 쓰며 시간을 끌거나, 겉멋을 잔
뜩 부려가며 어려운 말을 쓰거나 하면 화가 난다고 하셨어요. 그래서
자신도 모르게 거칠고, 때로는 상대방에게 상처가 될 말도 서슴없이
하게 된다구요. 나중에야 아차, 하고 후회하지만 이미 엎질러진 물이
라 낭패를 당할 때도 많다고 하셨네요.

가까운 사이에서야 으레 그러려니 하고 넘어가주곤 한다구요. 하지
만 중요한 대인관계에서도 그런 위기를 만날 때가 있는데, 그때마다
여간 곤혹스럽지 않다고 하셨어요.

어떻게 하면 그런 버릇을 고칠 수 있을지 알고 싶으시다구요.

우선 상황이 그다지 비관적이진 않다는 말씀부터 드려야겠네요. 왜냐하면 대개의 독설가들은 자신이 독설로 많은 사람을 아프게 한다는 사실조차 깨닫지 못하고 있는 경우가 많기 때문입니다. 다행히 상담하신 분께선 자신의 단점을 알고 고치려고 하니까, 그것만으로도 충분히 희망이 있는 셈입니다. 그렇다고 완벽한 해결책이 있는 건 아닙니다. 그저 조심하고 주의하는 수밖에는요.

일단 누구와 애길 나누든 정중하고 예의를 갖추는 버릇을 익히도록 애써보세요. 상대방이 소홀히 여겨도 될 사람이라거나, 툭하면 이쪽의 심사를 사납게 하는 사람이라고 해서 예의를 버리지는 마세요.

말이란 일종의 부메랑과 같습니다. 내가 던진 독설이 언제 다시 내게로 날아올지 알 수 없습니다. 따라서 거친 표현이 입에서 나가려고 하거든 먼저 이 부메랑법칙을 떠올려보세요. 그래도 참지 못하겠다 싶은 순간이 물론 많으실 거예요.

하지만 역시 참고 조심하려고 애쓰셔야 합니다. 되풀이해서 훈련을 거치다보면 언젠가 예의를 갖춰 정중하게 말하는 때가 올 테니까요. 분명한 것은 신랄하고 거친 말들은 상대방에게 치유되기 힘든 상처를 낸다는 사실입니다. 그리고 당연히 인간관계에도 흠집을 내게 마련이죠. 그 점을 늘 잊지 마세요.

감정제어가 안 돼요

대학 1학년인 여학생인데, 아무래도 자신이 정서불안증세가 심한 것 같다고 하신 분께 편지를 보냅니다.

주변사람들이 자신을 그다지 좋아하지 않는다는 생각을 할 때가 많다구요. 가족들도 그렇고 친구들도 마찬가지란 생각을 자주 한다고 했군요.

왜 그런 생각이 드는지는 잘 모르겠지만 아무튼 자주 소외당하는 느낌, 외롭다는 느낌을 지워버리기가 힘들다구요. 그래서인지 학교에서 친한 친구와도 자주 싸우고 의 상할 때가 많고, 기분이 좋았다가 나빴다가를 수시로 되풀이하는 편이라구요.

그러지 말아야지, 하지만 그때뿐, 자신도 모르게 감정제어가 되지 않는다고 했네요.

부모님 사이가 안 좋으셔서 가정적으로 문제가 있는 것도 원인이 아닐까 싶다구요. 중고등학교 시절부터 누가 집 얘기를 하면 반사적으로 피하는 버릇이 있었다고 했군요. 친구들을 집으로 데려온 일도 한 번도 없었다구요. 다른 친구들 집에 놀러가는 것도 싫어하긴 마찬가지였다고도 하셨어요. 그애들이 부모님들과 행복하게 웃고 얘기하는 걸 보고 있으면 공연히 눈물이 나고 속상해지곤 했기 때문이라구요.

지금은 어린애도 아니고, 그런 일에 마음쓰지도 않는데, 자주 자신의 감정을 조절할 수 없다는 게 한심하게 느껴진다고도 했군요.

안타까운 얘기네요. 아마도 부모님들께서 자신들의 문제로 인해 딸한테 미처 깊은 관심을 보여주지 못한 게 아닌가 싶군요. 그러다보니 어릴 때부터 혼자 소외당한다는 느낌을 가졌을 테고, 그것이 상처가 돼서 자주 격심한 감정적 혼란을 겪는 것일 수도 있습니다. 하지만 이 세상에 어느 가정이든 약간의 문제는 다 있답니다. 그렇게 생각하고 이제 그만 어린시절의 아픔에서 놓여나도록 애써보세요. 물론 혼자서는 어려울 수도 있습니다. 그럴 땐 주변의 친한 친구나 선배한테 자신의 문제를 있는 그대로 털어놓고 도움을 구해보세요.

어린애도 아닌데 감정조절을 제대로 못하는 자신이 한심하다고 했는데, 사실은 그런 문제 역시 누구나 조금씩 경험하는 것이랍니다. 감정조절이란 게 나이를 먹는다고 해서 누구나 쉽게 되는 게 아니니까요. 20대, 30대, 40대에도 얼마든지 감정적 혼란을 겪을 수 있습니다.

따라서 자신을 너무 혹독하게 몰아치지는 마세요. 그럴 수도 있다고 생각하고 스스로에게 너그러워지는 연습을 해보는 거예요. 자신에게 너무 많은 것들을, 너무 완벽한 것들을 기대하고 있지 않은지도 한번 돌아보시구요. 만약 그렇다는 결론이 내려진다면, 이제부터는 그런 완벽주의에서도 벗어나는 훈련을 할 필요가 있습니다.

무슨 일에나 양해를 구하는 버릇이 있어요

어떤 일을 하거나 누군가와 애기를 나눌 때 그러지 않아도 되는데 꼭 쓸 데 없는 양해를 구하는 버릇이 있어서 고민이라고 하신 분께 편지를 보냅니다.

가벼운 예로 쇼핑한 물건이 잘못된 거라 바꾸러 가서도 당당히 바꿔 달라고 하지 못하고 우물쭈물거리며 "혹시 바꿀 수 있나요?" 하는 식이라구요. 물론 상대방이 경우바르고 좋은 사람이면 그게 통한다고 하셨어요. 하지만 열에 아홉은 오히려 상대방이 퉁퉁거리며 불평을 늘어놓거나 아예 못 바꿔준다고 으름장을 놓아 맘이 상할 때가 많으시다구요.

그렇게 크고 작은 사건들을 겪을 때마다 다신 그러지 말아야지, 하고 결심해보지만 별 효과가 없으시다구요. 막상 어떤 순간에 부딪치면 자기도 모르게 거의 기계적으로 다른 사람의 양해를 구하고, 우물쭈물 허락을 기다리곤 한다구요.

친한 친구 중엔 "너 아무도 모르게 죄지은 거 있지? 그래서 사람들이 그거 알까봐 전전긍긍하는 거지? 안 그러면 제발 그 눈치보는 거 같은 약한 행동은 하지 마라." 하며 심하게 나무라는 경우도 있다고 하셨네요.

어떻게 하면 그런 습관에서 벗어날 수 있는지, 어떻게 해야 좀더 강하고 당당하게 행동할 수 있는지 알고 싶으시다구요.

자주 남에게 양해를 구하거나, 모두가 나보다 낫다는 식으로 행동하
는 사람들이 분명히 있습니다. 굳이 말로 하지 않아도 그 사람 태도만
보면 벌써 "난 당신보다 못난 사람이에요."하는 걸 나타내는 경우도
허다합니다.

　일종의 피해자 타입, 혹은 희생자 타입이라고 할 수 있습니다. 성격
적으로 유약하고 우유부단하고 자존감도 낮은 사람이 대개 쉽게 그런
타입이 됩니다. 어떻게 하면 그런 상태에서 벗어나는지 알고 싶다고
하셨는데, 스스로 강해지는 연습을 하기 전엔 달리 방법이 없답니다.

　쇼핑을 예로 드셨는데, 우선 그런 곳에서부터 훈련을 해보세요. 양
해를 구하지 말고 당당히 원하는 서비스를 요구하는 거예요. 만약 상
대방이 부당하게 나오면 참고 넘기지 말고 그 자리에서 분명하게 따져
보는 것입니다. 물론 그렇게 하기 위해선 논리적이고 똑똑하게 말하는
연습을 해야 합니다. 몸가짐에서도 강하도 당당한 뭔가를 풍길 수 있
어야 합니다. 혼자서 거울을 보면서 연습을 해보세요. 친한 친구가 있
다면 옆에서 봐달라고 하시구요.

　우선, 어깨를 펴고 상대방 시선을 똑바로 바라보면서 분명한 어조로
말하는 훈련을 해보세요. 그리고 마음속으로도 다시 한 번 누구한테도
허락받지 않는 당당하고 자신감 있는 사람이 되자, 고 굳게 결심해보
세요. 물론 처음에는 쉽지 않겠지만 언젠가는 스스로도 훈련의 결과에
놀라게 될지도 모릅니다.

속마음까지 털어놔야 하나요

친한 사람들에게 속마음을 다 털어놔야 할지, 아니면 혼자만 담아둬야 할 부분도 있어야 할지, 갈등할 때가 많다고 하신 여자분께 편지를 보냅니다.

결혼 전에도 그런 갈등을 했지만 결혼 후에까지 그런 문제들로 신경을 써야 한다는 것도 맘에 안 든다고 하셨네요. 자신이 아직도 어른이 되지 못한 징표인 거 같아 더 그렇다구요.

친구들 중엔 제 속 다 내보이며 이웃들과 너무나 허물없이 지내는 친구가 있다고 하셨어요. 덕분에 그 친구 집에 무슨 일이 있다 하면 이웃들이 다 나서서 자기 일처럼 해결해주려고 애쓴다구요. 그러는 걸 보면 물론 부럽다고 하셨어요. 한편 자신은 성격상 열 번 죽었다 깨어나도 그 친구처럼은 못할 거란 생각을 하면 속이 상하기도 한다구요.

자신도 가장 친한 친구한테 마음속을 비교적 다 털어놓는 편이라구요. 하지만 그런 친구는 딱 하나뿐인데다 그나마 멀리 떨어져 있어 자주 만나지도 못한다고 하셨네요.

결국 매일 마주치는 이웃들과 친하게 어울리게 되는데, 이상하게 자신은 아주 친한 상대방이 아니면 결코 맘속까지를 다 보이기가 어렵다구요. 어떤 땐 상대방은 비밀얘기까지 다 털어놓으며 곰살맞게 구는데 자기 혼자만 뻣뻣한 거 같아 죄책감을 느낄 때도 있다고 하셨네요.

굳이 하고 싶지 않은 얘기까지 해가며 속을 털어놔야 할지, 아니면 그냥 생긴 대로 살아도 괜찮은 건지 알고 싶다고도 하셨군요.

우선 마지막 질문에 대한 답변부터 말씀드리자면, 굳이 하고 싶지 않은 일을 할 필요는 없지 않을까 싶군요. 사람은 누구나 다 타고난 성향이 다르게 마련이죠. 그러므로 남처럼 되고 싶다고 해서 그게 마음대로 되는 게 아니랍니다. 공연히 갈등하고 속만 끓이게 되지요.

그리고 허물없는 사이라고 해서 꼭 마음속 비밀 얘기까지 털어놔야 하는 건 아닙니다. 물론 거짓말을 하거나 이중적인 모습을 보여선 안 되겠죠. 하지만 그런 것만 아니라면 내 전부를 다 내보일 이유는 없답니다. 성격적으로 속에 아무것도 담아두지 못하고 누군가에게 다 털어 놓아야 하는 사람도 물론 있습니다. 그런 타입이라면 정신건강상 비밀을 갖고 있다는 것 자체가 견디기 힘든 일이겠죠. 하지만 아무래도 남한테 내 얘길 시시콜콜 하기 힘든 성격이라면, 친해지기 위해 일부러 성격까지 바꿀 필욘 없습니다. 뭐 쉽게 바꿔지는 것도 아니구요. 그러므로 죄책감 같은 건 느끼지 말고, 그냥 자신이 하고 싶은 대로 하며 살아가시는 게 어떨까요? 결국 그 편이 가장 자연스럽고, 또 정신건강에도 더 좋게 마련입니다.

남의 단점부터 찾아내요

사람들을 대할 때 상대방의 장점보다는 단점부터 찾아내는 고약한 버릇이 있어 고민이라고 하신 남자분께 편지를 보냅니다.

그러지 말자고 다짐하면서도 또 똑같은 버릇을 되풀이하곤 해 괴로우시다구요. 덕분에 친구들도 없고, 대인관계도 늘 삐걱거린다고 하셨군요. 물론 남들이 볼 땐 친한 것처럼 보이는 사람도 없진 않다구요. 하지만 그런 사람들도 사실은 그렇게 친한 사이는 못 된다고 하셨네요. 깊이 속내를 털어놓고 사귀진 못하기 때문이라구요.

왜 그럴까 곰곰이 생각해봤는데, 역시 자신의 성격에 문제가 있는 것 같다는 결론에 이르렀다구요. 누굴 만나도 그 사람의 좋은 점을 먼저 보지 못하고, 단점이나 실수를 파악하기 바쁘고, 또 그걸 쉽게 잊지 못하기 때문이라고 하셨어요. 그러다보니 쉽게 가까워지지 못하고 또 조금 친해졌다 싶다가도 나중엔 억지로 만나는 이상한 관계가 되어버리곤 했다구요.

마음 같아선 누굴 만나도 따지지 않고, 분석하지 않고, 그저 순수하게 그 사람을 좋아하고 싶다구요. 가끔은 정말 사람의 좋은 점만 보이는 그런 안경은 없을까, 하는 생각마저 할 때가 있다고 하셨군요.

물론 자신에게 사람들을 그다지 좋아하지 않는 성향도 있는 거 같다구요. 혼자 있어도 심심한 일이 없을 뿐 아니라, 성격적으로 맞지 않는 사람과는 길게 대화를 나누는 것 자체를 몹시 싫어한다고 하셨네요. 혹시 그런 거 따지지 말고 사람을 좋아하는 방법은 없는지도 궁금하다고 했군요.

자기와 잘 맞지 않는 사람과 길게 얘기하는 걸 좋아할 사람은 아무도 없죠. 장점만 보이는 안경이 있어서 누구든 가리지 않고 순수하게 좋아할 수 있었으면, 하는 마음은 충분히 이해가 갑니다. 그러나 그런 소망 자체가 얼마나 비현실적인지는 본인이 더 잘 아실 거라 생각되는군요.

　이 세상에 장점만 있는 사람, 장점만 보여주는 사람은 어디에도 없습니다. 그런데도 그런 사람만을 찾는다면 언제까지고 사람들과 좋은 관계를 맺기는 어렵습니다. 자기 자신에 대해서도 마찬가지입니다. 대개 자신에게 엄격하고 따지기 좋아하는 사람이 남에 대해서도 비평할 거리만 찾는 경우가 많습니다. 따라서 우린 누구나 자신과 타인의 장단점을 있는 그대로 보고, 또 인정할 수 있어야 합니다. 그리고 그것을 온전히 받아들일 때, 말씀하신 것처럼 순수하게 사람들을 대할 수 있게 되는 것입니다.

모두 내게 관심을 가져주면 좋겠어요

올해 대학에 입학했는데 학교생활이 쉽지만은 않아 고민이라고 한 여학생에게 편지를 보냅니다.

이제 학교생활을 시작한 지 열흘 남짓 되었는데 마치 몇 달은 흐른 느낌이라고 했군요. 그만큼 긴장되고 힘이 들었던 거 같다구요. 아마도 욕심이 많은 탓이겠지만 모든 친구들이 자기에게 관심을 가져주길 바라는 마음이 크다고 했네요. 어쩌다 그렇지 않다는 걸 느끼면 그만큼 더 불안해서 견디기가 힘들다구요. 그래선지 하루에도 몇 번씩 기분이 오락가락한다고도 하셨군요. 선배나 친구들이 관심을 가져주면 기분이 좋았다가, 또 조금 무관심한 거 같으면 금방 바닥으로 꺼지는 거 같다구요. 그리고 자꾸 다른 친구들과 자신을 비교하게 된다고도 했네요. 다른 사람들은 다 얘기도 잘하고 재미있는 거 같은데, 자신은 어째서 말주변도 없고 재미도 없는지, 그런 생각을 하면 저절로 한숨이 나오곤 한다구요.

그렇게 생각과 감정이 교차하다보니, 누구와 얘기할 때도 집중하지 못하고 머릿속으론 자꾸 쓸데없는 생각들을 하게 된다구요. 그럴수록 더 긴장하게 되고, 결국 빨리 집에 돌아가서 혼자 있고 싶다는 생각밖에 나지 않는다고 하셨어요.

주변을 둘러보면 내성적인 사람은 있어도 자기처럼 그렇게 비교하고 우울해하는 사람은 없는 거 같은데 왜 그런지 모르겠다구요.

　선배나 친구들이 자신을 이상한 애로 볼까봐 그것도 겁이 난다고 했군요. 그래서인지 시간이 지날수록 누구와 얘기하고 속마음을 털어놓기가 점점 더 힘들어지고 있다구요.

먼저 비슷한 상담내용이 끊이지 않고 있다는 말씀부터 드려야겠군요. 다른 사람들은 안 그런데 혼자서만 그런 고민을 하고 있는 것 같다고 했는데 사실은 전혀 그렇지 않답니다. 그러니 먼저 혼자만의 문제라고 여기고 너무 깊이 고민하지 마세요. 더구나 이제 막 대학생활을 시작한 친구들이라면 아마 거의 다 비슷한 문제로 고민하고 있을 테니까요.

　그런 고민을 해결하는 지름길은 지금까지 두려워서 회피해왔던 상황을 자꾸 접해보는 것뿐이랍니다. 그리고 사람들의 관심에 지나치게 민감하게 대응하지 마세요. 상대방도 사실은 똑같은 문제로 고민하고 있어서 이편에 관심을 보였다가 안 보였다가 할 수도 있습니다. 그런데 그것 때문에 내편에서 기분이 좋았다 나빴다 해선 좀 곤란하겠죠.

　물론 성격적으로 문제가 있는 사람도 있겠지만 지내다보면 자연스럽게 자신과 맞는 사람을 분별해내게 마련입니다. 그때까지 약간의 시행착오를 겪는다고 여기고 의연하게 도전해나가다보면 좋은 결과가 기다리고 있을 겁니다.

나? vs 나!

지은이 | 양창순
펴낸이 | 양숙진

초판 1쇄 펴낸날 | 2003년 1월 29일

펴낸곳 | ㈜현대문학
등록번호 | 제1-452호
주소 | 137-905 서울시 서초구 잠원동 41-10
전화 516-3770
팩스 516-5433
E-Mail | book@hdmh.co.kr / webmaster@hdmh.co.kr
홈페이지 | www.hdmh.co.kr

찍은곳 | 대한교과서주식회사

값 8,500원

ISBN 89 - 7275 - 246 - 0 03810